위대한 유산

일러두기

- 이 책은 Charles Dickens, 『*Great Expectations*』(Project Gutenberg, 2008)를 참고했습니다.

진형준 교수의 세계문학컬렉션

30

# 위대한 유산

## Great Expectations

**찰스 디킨스** 지음

살림

**찰스 디킨스**

미국 사진작가 제러마이어 거니의 1867~1868년경 사진.

## 「데임 스쿨 dame school」

영국 작가 겸 사진작가 피터 헨리 에머슨의 1887년 사진. 초기 영국 초등학교의 한 형태인 데임 스쿨의 수업 장면을 촬영했다. 찰스 디킨스는 8명의 형제자매 중 둘째로 태어났다. 아버지가 해군 지급국 직원이었던 덕분에 몇 년간 데임 스쿨과 비국교도 학교를 다닐 수 있었다. 어린 시절 디킨스는 집 밖에서 주로 놀았지만, 책도 열심히 읽었다. 토비어스 스몰릿과 헨리 필딩의 피카레스크소설(악한소설)들과 『로빈슨 크루소』, 그리고 『아라비안나이트(천일야화)』와 익살극 작품 등을 읽고 또 읽었다. 그는 사람과 사건에 대한 탁월한 기억력 덕분에 어린 시절의 슬픈 기억을 고스란히 간직했고, 훗날 자신의 작품에 적극 활용했다.

**「구두약 창고의 디킨스** Dickens at the Blacking Warehouse」

1904년 잡지 「레저 아우어(The Leisure Hour)」에 실린 영국 삽화가 프레드 바너드의 작품. 찰스 디킨스를 공장에서 일하는 12세 소년으로 묘사했다. 찰스 디킨스가 12세이던 1824년 아버지 존 디킨스는 빚 때문에 채무자 감옥에 수감되었다. 이 때문에 가정 형편이 어려워지자 찰스 디킨스는 학교를 그만두고 구두약 공장에 들어갔다. 그는 그곳에서 하루에 10시간씩 구두약 병에 제품설명서 붙이는 일을 하며 1주일에 6실링을 받았다. 공장의 힘들고 가혹한 노동조건은 그에게 지워지지 않는 인상을 남겨, 훗날 작품에서 사회경제적 현실과 노동 조건의 개선에 깊은 관심을 드러내는 계기가 되었다.

## 「찰스 디킨스 작품 속 등장인물들 Characters from the books of Charles Dickens」

작자 미상의 19세기 판화 작품. 찰스 디킨스로 추정되는 노인이 의자에 앉아 자기 앞을 지나가는 디킨스 작품 속 등장인물 무리를 지켜보고 있다. 15세 때 변호사 사무실 사환을 시작으로 법원 속기사를 거쳐 신문사 속기 기자가 된 디킨스는 이후 여러 신문에 글을 기고하며 생활을 이어갔다. 그러다가 1836년 첫 소설 『픽윅 페이퍼스(The Pickwick Papers)』를 출간하며 작가로 화려하게 데뷔했다. 그는 탁월한 유머와 풍자, 사회와 인물에 대한 날카로운 통찰로 몇 년 만에 국제적인 문학가로 명성을 떨쳤으며 당대의 대문호로 추앙받았다. 그의 작품이 지닌 특징인 사실주의, 코미디, 유려한 문체, 독창적인 인물 형상화, 사회 비판 정신 등은 톨스토이, 조지 오웰을 비롯한 여러 작가의 극찬을 이끌어냈다.

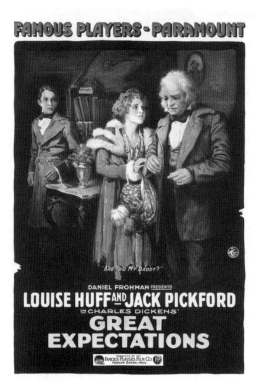

**영화 〈위대한 유산〉**

이탈리아 출신 미국 영화감독 로버트 비뇰라의 1917년작 영화 〈위대한 유산〉의 포스터. 소설 『위대한 유산』은 먼저 디킨스가 발행한 주간 문예지 「사시사철(All the Year Round)」에 1860년 12월부터 1861년 8월까지 연재된 후 1861년 10월 책으로 출간되었다. 이 작품은 가난, 감옥선과 쇠사슬, 목숨을 건 사투 등 극단적인 이미지와 다채로운 성격의 등장인물, 부와 가난, 사랑과 거절, 악에 대한 선의 궁극적 승리라는 디킨스 특유의 주제 등으로 가득하다. 출간되자마자 전 세계적으로 찬사를 받으며, 독자와 비평가 모두에게 인정받았다.

위대한 유산 **차례**

제1부

# 1

　　　　　내 이름을 성까지 합쳐 정확히 말한
다면 필립 피립이다. 아주 어린 시절 나는 그 둘을 구별할 수
없었고 둘 다 핍이라고 발음했다. 그래서 내 이름은 그냥 핍
이 되었다.

　나는 부모님의 모습을 본 적이 없다. 부모님의 묘비 옆에는
일찌감치 생존경쟁에서 패배해버린 내 어린 다섯 동생의 묘
비가 있었다. 나는 나보다 스무 살이 많은 누나 조 가저리 부
인과 매형 밑에서 자랐다. 하지만 정확히 말한다면 누나 밑에
서 자랐다고 하는 것이 옳다. 매형도 누나 밑에 있었으니까 매
형은 대장장이였다.

우리 마을은 바닷가에서 30킬로미터 정도 떨어진 곳에 위치한 강 하류 습지대에 있었다. 물론 마을은 진짜 습지대를 벗어난 곳에 있었고 진짜 습지대는 마을 저편 강 쪽에 있었다. 그리고 습지에 못 미친 곳에 교회가 있었고 묘지가 있었다.

어느 크리스마스이브 날 저녁 무렵 나는 우리 부모와 다섯 동생이 묻혀 있는 교회 묘지 옆에 있었다. 그날 내가 왜 그곳에 있었는지 나는 정확히 기억하지 못한다. 그냥 이곳저곳 어슬렁거리다가 우연히 그곳에 가게 된 것이 틀림없었다.

묘지 너머 황량한 습지에서 소들이 풀을 뜯어먹고 있었고 강이 납빛을 띠고 흘러가고 있었으며 저 멀리 바다에서는 무시무시한 바람이 몰아치고 있었다. 나는 갑자기 무서워져서 벌벌 떨면서 훌쩍훌쩍 울기 시작했다. 그냥 모든 것이 무서웠다.

그때였다. 웬 사나이가 교회 현관 옆 묘지들 사이에서 불쑥 나타나더니 무시무시한 목소리로 외쳤다.

"아가리 닥치지 못해! 조용히 하지 않으면 목을 댕강 잘라 버리겠다!"

거친 잿빛 옷을 입고 있었고 다리에 큰 족쇄를 찬 무시무시한 얼굴의 사나이였다. 신발은 찢어져 있었고 머리에는 누더기 조각을 두르고 있었다. 온몸이 흠뻑 젖은데다 돌에 부딪쳤는지 다리를 절고 있었고 여기저기 상처투성이였다.

나는 온몸을 덜덜 떨며 말했다.

"아저씨, 제발 제 목은 자르지 말아주세요."

"네 이름이 뭐냐? 어디 살아?"

"핍이에요, 아저씨." 나는 말을 하면서 습지대 너머의 마을을 손으로 가리켰다.

그는 나를 번쩍 들더니 거꾸로 쳐들었다. 내 주머니에 들어 있던 빵 한 조각이 땅에 떨어지자 그는 나를 높다란 묘비 위에 올려놓더니 빵을 게걸스럽게 먹으며 말했다.

"이놈아, 네 아버지는 뭐하냐?"

"아빠, 엄마는 돌아가셨어요. 저는 누나랑 살아요. 매형은 대장장이 조 가저리예요."

내 말에 그는 눈을 번쩍 빛냈다.

"뭐, 대장장이라고?"

그는 내게 다가오더니 나를 붙잡고 흔들며 말했다. 나는 떨어지지 않으려고 그를 두 손으로 꽉 쥐었다.

그가 계속 말했다.

"내 말 잘 들어. 그러면 너를 살려줄지도 몰라. 너 줄칼이 뭔지 알지?"

"네, 아저씨."

"그리고 음식물이 뭔지도 알겠지?"

"네, 알아요, 아저씨."

"냉큼 가서 내일 아침까지 줄칼하고 음식물을 가져와. 저쪽에 포대 자리가 있으니 그리로 가져와. 나를 봤다는 이야기는 아무에게도 절대로 하지 말고. 만일 시키는 대로 안 하면 네 간과 심장을 도려내 먹을 거다. 난 혼자가 아냐. 저쪽에 나와 한편인 젊은 친구가 한 명 숨어 있어. 그놈에 비한다면 난 천사야. 그놈은 애들 심장과 간을 빼먹는 데는 도가 통한 친구지. 지금도 네 배를 가르려는 걸 내가 힘들게 막고 있는 중이다. 자, 어쩔 거냐?"

내가 둘 다 가져오겠다고 맹세하자 그제야 그는 나를 묘비에서 내려놓았다. 그런 후 그는 벌벌 떨리는 자신의 몸을 양팔로 감싸 안고 교회 담장을 향해 절뚝거리며 걸어갔다. 그는 담장을 타고 올라가더니 몸을 돌려 나를 쳐다보았다. 그가 몸을 돌리자마자 나는 집 쪽을 향해 줄행랑쳤다. 나는 혹시 그가 말한 젊은이가 있는지 둘러보았다. 그러나 아무도 보이지 않았다. 나는 무서움에 휩싸여 집으로 내달렸다.

교회 묘지로부터 집으로 달려왔을 때 집 옆에 붙어 있는 대장간은 닫혀 있었고 매형 조가 부엌에 홀로 앉아 있었다. 매형은 엷은 황갈색 곱슬머리에 푸른 눈을 하고 있는 서글서글한 인상의 남자였다. 마음씨가 곱고 착했으며 상냥하고 어수룩한 데다 정이 많은 남자였다.

반면 누나는 손도 큼지막했으며 뼈대도 굵었고 피부도 새빨겠다. 게다가 얼굴도 예쁘지 않았다. 누나는 나만 손찌검을 한 게 아니라 매형에게도 가끔 손찌검을 했다. 나는 누나가 분명 그 손찌검 솜씨로 매형을 남편으로 삼았을 거라는 생각을 막연히 하곤 했다.

매형과 나 사이에는 수난을 함께 받고 있다는 동료의식이 있었다. 그와 나는 비밀을 함께 나누는 사이였다. 나를 보자 매형이 비밀 한 가지를 넌지시 알려주었다.

"핍, 누나가 너를 찾으려고 열두 번이나 나갔었다. 지금도 또 너를 찾으러 나갔으니 열세 번째인 셈이야. 게다가 회초리를 움켜쥐고 불같이 화를 내며 나갔어."

"조, 나간 지 오래됐어?" 나는 늘 조를 덩치 큰 내 또래 아이처럼 편하게 대했고 그도 나를 친구처럼 대했다. 아니다. 더 정확하게 말한다면 우리는 절친한 친구 사이였다.

"글쎄, 한 5분 되었을라나? 아이고 핍, 저기 온다. 어이, 친구. 빨리 저 문 뒤에 숨어. 수건으로 가리고."

하지만 소용없었다. 하긴 조의 머리에서 나온 꾀가 그렇게 큰 효과를 발휘할 리도 없었다. 다행히 누나는 나를 들어 올려 조에게 집어던지는 걸로 분풀이를 끝냈다. 언제나 그렇듯이 조는 나를 능숙한 솜씨로 받아낸 뒤 나를 난로 안쪽으로 옮겨놓고는 자신의 긴 두 다리로 나를 보호해주었다.

"이 사고뭉치야, 도대체 어디 갔던 거야!"

나는 싹싹 빌며 "교회 묘지에 갔다 왔어"라고 울먹였다.

누나는 '내가 저걸 왜 애써서 키웠는지 모르겠다'고 투덜대며 빵을 잘라 버터를 바르기 시작했다. 저녁을 준비하기 시작한 것이다.

나는 배가 몹시 고팠지만 내 몫의 빵을 입에 넣지 못했다.

그 무시무시한 죄수의 협박이 계속 귀에 울렸기 때문이었다. 게다가 그의 젊은 동료 몫까지 챙겨야 한다니 걱정이 태산이었다. 나는 우선 내 몫의 빵조각을 바짓가랑이 안에 넣었다. 누나 몰래 재빨리 그 어려운 일을 해치웠지만 그만 조에게 들키고 말았다. 빵 덩어리가 눈앞에서 갑자기 사라진 것을 본 그가 나를 의아한 눈길로 쳐다보았다. 누나가 조의 그런 모습을 놓칠 리 없었다.

그녀가 찻잔을 내려놓으며 날카로운 목소리로 조에게 말을 걸었다.

"무슨 일이야? 왜 그러는데?"

조는 누나의 말에는 대답도 하지 않고 나에게 충고했다. 그는 그만큼 내가 걱정이 되었던 것이다.

"핍, 친구로서 말하는데, 그러면 탈이 나. 어딘가 걸릴 거라고. 왜 그랬어? 빵을 씹을 수 없었던 거야?"

"도대체 무슨 일이냐니까?" 누나가 다시 날카롭게 물었다.

그러나 조는 여전히 내게 걱정스런 표정으로 다정하게 말했다.

"자, 기침을 해봐. 조금이라도 뱉어낼 수 있다면 그러는 게 좋아."

이쯤 되면 누나는 폭발하기 마련이었다. 그녀는 조에게 버럭 덤벼들더니 그의 양쪽 구레나룻을 움켜쥐고 그의 머리를 벽에다 쿵쿵 찧어댔다. 나는 죄수처럼 몸을 웅크리고 구석에 앉아 있을 수밖에 없었다.

조는 수난을 당하면서도 친밀한 목소리로 내게 진지하게 말했다.

"우리는 친구 사이니까, 내가 절대로 고자질하지 않는다는 건 잘 알지? 하지만 빵을 그렇게 씹지도 않고 통째로 삼키면 어떡하느냐고!"

"뭐야? 이놈이 빵을 통째로 삼켰어?"

그날 나는 누나가 만병통치약이라고 철석같이 믿고 있는 희석한 타르액을 반 리터나 마셔야 했다. 조는 나보다 절반 정도만 마시는 가벼운 벌을 받았다.

그날 나는 거의 제정신이 아니었다. 조 가저리 부인(내게는 누나라는 호칭보다 이 호칭이 더 친숙한 이유를 정말 모르겠다)의 잔심부름을 하며 어쩔 수 없이 한 손을 바짓가랑이 빵 조각에 대고 있어야 했을 뿐 아니라(그 엄청난 부담!), 누나의 재산을 도둑질한다는 죄책감에도 시달렸던 것이다(나는 집안 살림을 절대로 조의 것으로 생각했던 적이 없었으므로 그에게는 죄책감이 들지 않았다). 게다가 습지에서 바람 부는 소리만 들려도 다리에 족쇄를 찬 죄수가 줄칼과 음식을 가져오라고 소리치는 것 같았다. '그 젊다는 죄수가 조급한 마음에 지금 당장 내 간과 심장을 빼내러 오면 어떡하지. 혹시 내일 아침 약속을 오늘로 잘못 알고 지금 당장 오면 어떡하지' 하는 생각이 들 때마다 몸이 와들와들 떨렸다. 공포심에 머리칼이 쭈뼛 곤두서는 일이 진짜로 벌어진다면 그날의 내가 바로 그랬을 것이다.

그날 식사가 끝나자 누나는 내일 크리스마스 점심 파티를 위해 푸딩을 만들었다. 나는 푸딩을 저어야만 했다. 그때였다. 어디선가 대포 소리가 들렸다.

"저거 대포 소리 아니야, 조?"

그러자 조가 말했다.

"죄수가 또 도망쳤나보다."

나는 아직 죄수가 뭔지, 왜 도망을 하는 건지 알 수 있을만한 나이가 아니었다. 하지만 모르는 걸 그냥 넘겨버릴 나이도 아니었다. 나는 조에게 죄수는 뭔지, 대포는 누가 쏘는 건지 꼬치꼬치 물었다. 조는 누나 눈치를 보며 열심히 설명해주었지만 조가 설명하기에는 벅찬 질문이었나보다. 그의 입에서 나온 '핍'이라는 내 이름 외에 내가 알아들을 수 있는 건 아무것도 없었다.

답답해하던 누나가 큰 소리로 외쳤다.

"이놈아, 그만 물어봐! 저기 헐크스에서 쏘는 거야."

"헐크스가 뭔데?"

"이런 육시랄 놈! 한 번 대답해주면 열두 개는 따라오니. 그건 저 습지대 건너편에 있는 감옥선을 말하는 거다. 알겠니?"

그날 밤 나는 새벽에 잠에서 깨었다. 식료품 저장고를 털기 위해서였다. 어슴푸레 날이 밝아올 무렵 나는 벌떡 일어나 계단을 내려갔다. 사방에서 "저기 도둑놈 잡아라!"라고 외치는 것 같았다. 심지어 널빤지들까지 합세해서 외치는 것 같았다.

나는 저장고에서 약간의 빵과 치즈, 빵 안에 넣어 먹는 양념된 다진 고기, 살점이 조금 붙어 있는 뼈 하나, 돼지고기 파이 등을 훔쳤다. 그리고 약간의 브랜디도 챙겼다.

부엌에는 대장간으로 통하는 문이 나 있었다. 나는 그 문의 자물쇠를 열고 빗장을 뺀 다음 조의 연장통에서 줄칼 하나를 꺼내어 챙겼다. 나는 잠금장치들을 원상태로 해놓고는 대문을 열고 나와 안개 긴 습지대로 내달렸다.

습지대로 접어들자 안개가 짙어졌다. 주변 물체들이 일제히 "저 도둑놈 잡아라!"라고 외치는 것 같았다. 소 떼들도 "어이, 꼬마 도둑놈!" 하며 내게 말을 거는 것 같았다. 커다란 검은 소 한 마리가 나를 노려보는 것 같아 나는 "어쩔 수 없었어요, 소 아저씨! 내가 먹으려고 훔친 게 아니에요"라고 말하고 말았다.

나는 탈옥수가 말한 곳을 알고 있었다. 어느 날 조와 함께 가 본 일이 있었던 것이다. 내가 포대 자리와 아주 가까운 데 있는 수로를 막 건넌 후 낮은 언덕을 오르고 있을 때였다. 내 앞에 한 남자가 앉아 있는 게 보였다. 잿빛 옷을 입고 있는데다 다리에 족쇄를 차고 있는 게 바로 어제 만난 그 죄수였다. 내가 갑자기 나타나면 더 반가워하리라 생각하고 나는 살금살금 다가가서 그의 어깨를 툭 쳤다. 그런데 그가 얼굴을 돌리더니 주먹을 휘둘렀다. 다행히 주먹은 허공만 맴돌았을 뿐이었다. 그 사내는 자리에서 벌떡 일어나더니 그대로 줄행랑을 쳤다. 잠깐 얼굴이 마주쳤을 뿐이지만 분명 어제 본 그 탈옥수가 아님을 알 수 있었다. 간과 심장을 도려내는 데 이골이 났다는 그 젊은 동료임이 분명했다. 나는 내 간이 어디 있는지 정확히 몰랐지만 분명히 내 간이 통증을 느꼈다고 장담할 수 있다.

나는 포대 자리로 갔다. 그곳에서 만나기로 했던 남자가 기다리고 있었다. 나는 그에게 가져온 음식물들과 줄칼을 주었다. 그는 음식물들을 그야말로 입안에 쑤셔 넣었다. 그러나 먹는 중간중간에도 주위를 살피곤 했다. 나는 그에게 용기를 내어 말했다.

"그렇게 맛있게 드시는 걸 보니 정말 기뻐요. 그런데 그 사람 몫은 안 남겨도 되나요? 이제 정말 더 이상 가져올 게 없거든요."

"그 사람? 그 사람이 누군데?"

"아저씨가 말했던 젊은 사람이요."

"아하, 그 자식? 그 자식은 먹을 게 필요 없는 놈이야."

"제가 보기엔 안 그렇던데요."

"보긴 뭘 봐? 그놈을 봤단 말이냐?"

"네, 방금 전에 저 너머에서 봤어요."

그는 조금밖에 안 남은 음식물을 윗옷 가슴팍에 쑤셔 넣으며 말했다.

"그놈 지금 어디 있는지 아니? 내가 그놈을 잡아야 해."

내가 젊은이를 보았던 방향을 가리키자 그는 줄칼을 들었다. 그는 풀밭에 앉아 족쇄에 줄칼질을 하기 시작했다. 나는 그에게 가야 한다고 말했다. 하지만 그는 줄칼질만 열심히 할 뿐 내 말을 듣지 않았다. 나는 그에게 인사도 없이 그 자리를 떠났다. 그는 사정없이 욕설을 해대며 열심히 줄칼질을 하고 있었다.


집으로 돌아오며 나는 부엌에서 경찰관이 나를 체포하기 위해 기다리고 있으리라고 확신하고 있었다. 하지만 경찰관은 없었고 내가 음식을 훔친 일도 발각되지 않았다.

"아니, 아침부터 어딜 그렇게 쏘다니고 오는 거냐?" 이게 조 부인이 내게 건넨 크리스마스 인사였다. 조 부인은 그날 잔치를 위해 집안을 치우랴, 음식을 장만하랴 정신없이 바빴기에 그 정도로 그친 게 다행이었다. 점심 때 푸짐하게 잔치를 벌일 예정이었으므로 아침은 대충 때웠다.

그날 교회 서기인 웝슬 씨, 수레바퀴 제조업자인 허블 부부, 읍내에서 곡물상을 하는 부유한 펌블추크 숙부(원래는 조의 숙부였는데 조 부인은 그를 아예 자기 숙부인 양 자기 차지로 만들어버렸다)가 우리의 점심 잔치에 참석하기로 되어 있었다.

마침내 점심시간이 되자 손님들이 찾아왔다. 나는 손님들에게 문을 열어주었다. 웝슬 씨는 매부리코에 대머리를 빛내고 있었고 허블 씨는 어깨가 구부정한 노인네였다. 언제나처럼 포도주 두 병을 들고 나타난 펌블추크 숙부는 거구의 중년 남자로서 동태눈처럼 흐릿한 눈으로 사람을 쏘아보는 버릇이 있었다.

우리는 모두 자리에 앉았다. 내가 얼마나 가시방석에 앉은 기분이었는지는 여러분이 더 잘 알 것이다. 게다가 그들은 모두 나를 화젯거리로 삼으며 참으로 골칫거리라는 표정으로 혀를 끌끌 찼다. 그런 자리에서는 늘 그랬듯이 펌블추크 씨가 앞장서서 내게 훈계를 했다. 네가 돼지가 아니고 사람으로 태어난 걸 다행으로 알아라, 너 같은 애를 '손수' 키워준 누나에게 감사해야 한다는 등 자못 진지하게 나를 몰아세웠다. 누나는 그동안 내가 저지른 잘못들, 이를테면 나 때문에 잠을 설친 일, 아무 데나 올라갔다가 떨어져서 부상을 입은 일, 무덤에나 들어가라고 야단치면 발버둥 치면서 거긴 절대로 안 들어가겠다고 버티던 일들을 늘어놓기 시작했다.

그건 그런대로 견딜 만했다. 게다가 조가 끊임없이 안쓰러운 눈길로 나를 달래며 내게 고기 수프를 듬뿍듬뿍 덜어주었기에 큰 위안이 되었다. 대신 내 온 신경은 음식물 저장고로 향하고 있었다. 누가 브랜디를 마시자고 하면 어쩌나? 돼지고기 파이를 먹을 시간이 되면 어쩌나? 다진 고기 양념을 빵에 넣어 먹자고 하면 어쩌나? 걱정이 태산 같았다. 다행히 사람들이 펌블추크 숙부가 가져온 포도주로 음료를 대신했기에 가슴을 쓸어내릴 수 있었다.

하지만 드디어 사달이 벌어졌다. 모두들 맛있는 푸딩을 먹고 나자 누나가 일어서며 말했다.

"여러분이 모두 감탄하실 음식이 기다리고 있답니다. 바로 돼지고기 파이이지요."

누나가 파이를 가져오겠다며 밖으로 나갔다. 펌블추크 씨는 나이프를 반듯이 놓으며 임전태세를 갖추었고 웝슬 씨는 매부리코를 벌렁거렸다. 마치 콧구멍 속에서 식욕이 솟는 것 같았다. 허블 씨는 맛좋은 돼지고기 파이는 그 어떤 음식보다 훌륭한 음식이라고 칭송했고 조는 나에게 "핍, 네 몫도 있을 거야"라고 낮게 속삭였다.

나는 더 이상 버틸 수가 없었다. 식품 저장고로 향하는 누나의 발자국 소리가 들리자 나는 벌떡 일어나 필사적으로 도망을 쳤다.

그러나 나는 대문 밖으로 나가지도 못했다. 머스킷 총을 어깨에 멘 병사들과 정면으로 부딪치고 말았던 것이다. 그들 중 한 명이 수갑 한 짝을 내 코앞으로 내밀며 말했다.

"아이고, 이놈아! 잘 보고 다녀야지. 자, 들어가자."


병사들이 머스킷 총 개머리판을 현관 계단에 부딪치며 안으로 들어서자 사람들이 모두 놀라서 자리에서 일어났다. "도대체 파이가 어디로 갔지?"라고 툴툴대며 빈손으로 부엌에서 들어오던 조 부인도 깜짝 놀라 그들을 쳐다보았다.

나를 앞세우고 들어온 하사관이 오른손에 들고 있는 수갑을 앞으로 내밀며 말했다.

"실례합니다, 신사 숙녀 여러분. 나는 국왕 폐하를 대신해서 탈주범을 쫓고 있습니다. 그런데 대장장이의 손이 필요해서 이렇게 왔습니다."

대장장이가 필요하다는 말에 조 부인이 금방이라고 달려들 것 같은 기세로 물었다.

"대체 대장장이가 왜 필요하신데요?"

그러자 하사관이 점잖게 말했다.

"개인적인 입장에서 말씀드리자면 이렇게 훌륭하신 그의 부인을 알게 되는 영광을 누리기 위해서라고 대답할 것이고, 국왕 폐하의 입장에서 말씀드린다면 아주 중대한 볼일이 있기 때문이라고 대답하겠습니다."

그의 이런 정중한 대답을 듣고 펌블추크 씨가 '정말 예의 바른 태도야'라고 주위에 들릴 정도로 큰 소리로 중얼거렸고 웁슬 씨와 허블 부부도 고개를 끄덕였다.

이번에는 하사관이 조에게 수갑을 내밀며 말했다.

"자, 이걸 보시오. 자물쇠 하나가 망가졌고 연결 장치도 고장이 났소. 즉시 써야만 하니 손을 봐주시오."

조는 수갑을 살펴본 후 불도 새로 지펴야 하니 한두 시간은 걸릴 거라고 말했다. 하사관은 또다시 국왕 폐하 운운하며 아주 중요한 일이니 차질 없이 해달라고 말했다.

멍하니 넋을 놓고 그들을 바라보던 나는 일단 내 손목에 채울 수갑이 아니라는 사실에 안도의 숨을 내쉬었다.

하사관은 두 시간 정도 기다리는 건 별 문제가 아니라고 말하더니 물었다.

"여기서 습지대가 그렇게 멀지 않지요? 한 1마일 정도 되나요?"

조 부인이 딱 1마일이라고 대답하자 그가 말을 이었다.

"그러면 땅거미가 지기 전에 포위를 할 수 있겠군요. 두 놈의 죄수가 습지대로 도망을 쳤단 말입니다. 여러분 중 혹시 그놈들을 본 분은 안 계시겠지요?"

'여러분' 중에 나는 포함되지 않는 게 분명했기에 나는 가만히 있었고 다른 이들은 본 적이 없다고 자신 있게 말했다.

누나는 병사들을 위해 맥주 통에서 맥주 한 주전자를 퍼왔고 포도주도 내놓았다. 병사들과 우리 집 손님들 모두 술을 나누어 마시며 희희낙락했고 내 마음은 그 가엾은 탈주범들을 향한 동정심에 가득 찼다.

마침내 조가 수리를 끝낸 수갑을 가지고 올라왔다. 조는 외투를 입으며 병사들을 따라가서 추격전을 구경하는 게 어떻겠느냐고 제안했다. 펌블추크 씨와 허블 씨는 점잖게 거절했고 웝슬 씨는 조와 함께 가겠다고 나섰다. 조는 조 부인이 허락한다면 나도 데리고 가겠다고 말했다. 사태가 어떻게 진행될지 그녀가 궁금해 하지 않았다면 나도 조도 그녀의 허락을 받아내지는 못했을 것이다. 조 부인은 조건부로 허락을 했다.

"총 개머리판에 산산조각 난 이놈의 머리를 가지고 와서 다시 짜 맞추어달라는 요구는 할 생각도 말아요!"

하사관은 아무 말도 하지 않는다는 조건하에 우리들이 그들을 뒤따르는 것을 허락했다. 날씨도 춥고 깜깜한 밤이어서 우리는 마을 사람들을 단 한 명도 만나지 못했다. 교회 묘지에 이르자 하사관은 묘지 주변과 교회를 샅샅이 수색하라고 명령했다. 부하들이 소득 없이 돌아오자 병사들에게 습지대를 향해 수색을 계속하라고 명령했다. 진눈깨비가 내리기 시작하자 조는 나를 등에 업었다.

나는 엄청난 불안감에 사로잡혀 있었다. 탈주범들과 맞닥뜨리게 되면 내가 병사들을 끌고 온 거라고 그들이 의심할 것 같아서였다. 그들이 나를 배신자라고 생각하면 어쩌지? 하지만 걱정해봤자 소용없었다. 나는 이미 조의 등에 업혀 현장에 와 있었다.

병사들은 일렬횡대로 습지를 수색하며 앞으로 나아갔다. 병사들이 옛 포대 방향으로 나아가고 우리가 조금 뒤떨어져서 따라가고 있을 때였다. 비바람을 타고 고함소리가 들렸다. 우리는 모두 걸음을 멈추었다. 곧 이어 하사관이 병사들에게 일제히 소리가 들리는 곳으로 뛰어가라고 명령했다. 우리들도 뒤따라 뛰어갔다. 조가 하도 힘차게 뛰어가는 바람에 나는 떨어지지 않으려고 그를 꽉 붙잡아야 했다. 정말로 숨 막히는 질주였다.

고함 소리가 들리는 곳 가까이 이르자 이번에는 똑똑히 말을 알아들을 수 있었다. 누군가가 "사람 살려!"라고 외치고 있었던 것이다. 하사관이 앞장서서 총을 겨눈 채 그들에게 뛰어들며 외쳤다.

"이놈들아 꼼짝 마라! 어서 둘이 떨어지지 못해!"

두 명의 탈주범이 진흙탕에서 서로 주먹질을 하며 싸우고 있었던 것이다. 병사들이 일제히 뛰어들어 그들을 떼어놓았다. 둘 다 피를 흘리고 있었으며 가쁜 숨을 몰아쉬고 있었다.

내가 아는 죄수가 소맷자락으로 얼굴에 흐르는 피를 닦으며 말했다.

"나리, 알아줘야 합니다. 저놈을 잡은 건 바로 납니다. 내가 저놈을 잡아 당신들에게 넘긴 거란 말이요."

하사관이 말했다.

"그게 뭐 어쨌단 말이냐! 그렇다고 네게 무슨 득이 될 줄 아느냐?"

"그런 건 바라지도 않소. 내가 저놈을 잡았고 저놈도 그걸 알고 있다는 걸로 충분하오. 저런 놈은 그냥 도망가게 놔둘 수 없소."

상대방 죄수는 얼굴이 온통 멍들고 찢어져 있었으며 숨이 가빠 입을 열지도 못하고 있었다. 수갑을 채울 때도 그는 기운이 없는지 병사에게 몸을 기대고 있었다. 그가 겨우 힘을 내서 입을 열었다.

"저놈이 나를 죽이려고 했어요."

"내가 너를 죽여? 무슨 득 볼 일 있다고 죽여? 나리, 내가 저놈을 이 습지대에서 빠져나가지 못하게 막았고 이리로 질질 끌고 온 겁니다. 그러지 않았다면 나는 벌써 도망갈 수 있었을 거요. 자, 보시지요. 내게는 족쇄도 없어요. 저놈이 자유롭게 살도록 내버려두라고? 저런 더러운 놈을! 그건 절대로 안 되지!"

그러면서 그는 다리를 내보였다. 젊은 탈주범은 저놈이 나를 죽이려 했다는 말만 되풀이하고 있었다.

하사관이 "입 닥쳐!"라고 외치더니 횃불을 밝히라고 명령했다.

순간 주변을 둘러보던 죄수가 나를 발견했다. 나는 그곳 수로에 도착한 후 조의 등에서 내려 꼼짝 않고 있었다. 그가 나를 보자 나는 간절한 표정으로 그를 쳐다보며 두 손을 흔들고 고개를 저었다. 그는 아무 표정도 짓지 않았다.

현장을 떠나기에 앞서 네 명의 병사들이 허공을 향해 두 발씩 총을 발사했다. 그러자 멀리 떨어진 곳 여기저기서 횃불이 밝혀지더니 곧 이어 세 발의 대포소리가 들렸다. 이어서 하사관이 앞장 선 채 모두 출발했다. 두 명의 죄수는 각기 호송병들에게 둘러싸여 있었다. 조가 결말이 어찌 되는지 끝까지 보고 싶어 했기에 우리도 그들의 뒤를 따랐다. 나는 조의 손을 잡고 걸었다.

칠흑같이 어두워서 아무것도 보이지 않는 길을 우리는 한 시간 정도 걸었다. 우리가 보트 선착장에 도착하자 나무로 대충 만든 초소가 나타났다. 우리들은 초소 안으로 들어갔다. 담배 냄새가 진동하는 초소 안에는 난롯불과 등불이 있었고 꼴사나운 침상이 하나 놓여 있었다. 한꺼번에 열 명은 누울 정도로 커다란 침상이었다.

초소에 들어서자 이제까지 아무 말도 없었던 나의 죄수가 하사관에게 말했다.

"내가 한 가지 말해줄 게 있소. 사람이 굶어 죽을 수는 없는 노릇 아니요? 그래서 저기 교회가 있는 마을에서 음식물을 좀 갖다 먹었소."

"도둑질을 했단 말이지?"

"그렇소. 바로 대장장이 집이요. 음식물 조금하고 술 한 모금, 그리고 고기 파이도 슬쩍했소."

하사관이 조에게 낮은 목소리로 물었다.

"혹시 고기 파이 같은 것 잃은 일이 있소?"

조가 대답했다.

"여러분이 우리 집에 들어왔을 때, 우리 집사람이 그런 말을 하던 참이었지요. 그렇지, 핍?"

그러자 내 죄수가 조에게 눈길을 돌리고 말했다.

"당신이 그 대장장이요? 미안하지만 내가 당신 고기 파이를 좀 먹었소."

그러자 선량한 조가 대답했다.

"그게 내 거라면야 얼마든지 먹어도 좋다는 걸 하느님도 아실 겁니다. 당신이 무슨 짓을 했건 사람을 굶어 죽게 할 수는 없잖아요." 조는 눈앞에 떠오르는 조 부인의 얼굴을 지우려고 애쓰며 말했다.

나는 그렇게 음식물 도둑질을 사면받았다. 사실을 말하자면 양심의 가책도 별로 느끼지 않았다. 조 말마따나 '사람을 굶어 죽일 수는 없지 않은가'라는 제법 어른스러운 생각이 들기도 했다. 나는 조에게는 모든 것을 털어놓고 싶었다. 그러나 그가 나를 나쁜 아이로 생각하면 어쩌나 하는 생각에 입을 다물었다. 나의 동료이자 친구인 조의 믿음을 잃는다는 것은 정말로 두려운 일이었다.

이윽고 죄수들이 젓는 보트가 도착했고 저 멀리 감옥선이 보였다. 이어서 보트가 감옥선 가까이 다가가고 '내 죄수'가 감옥선으로 끌어올려 지는 모습이 보였다. 나는 조의 등에 업혀 집으로 돌아왔다. 집에 도착하기도 전에 나는 잠이 들었고, 조 부인은 산산조각난 내 머리를 다시 짜맞추는 수고를 하지 않아도 되었다.

# 2

　　　　나는 웝슬 씨의 고모할머니가 운영
하는 마을 야간학교에 다니기는 했다. 하지만 어린 학생들은
6시부터 7시 사이에 병에 걸린 할머니가 꾸벅꾸벅 조는 모습
만 구경하고 올 뿐이었다.

　하그 할머니는 그 대가로 한 학생당 1주일에 2펜스씩 돈을
받았다. 나는 웝슬 씨의 고모할머니 도움 없이 순전히 혼자 힘
으로 알파벳 글자의 숲을 헤매는 수밖에 없었다. 그래도 내가
글자를 떠듬떠듬이나마 읽을 수 있게 된 것은 웝슬 씨 고모할
머니의 손녀 비디 덕분이었다. 그녀는 내가 알파벳이라는 가
시 돋친 들장미 숲을 헤맬 때 조금씩 내게 길을 내주었다. 비

디도 나처럼 부모님이 안 계셨다.

비디의 도움을 받아 글을 어느 정도 깨치기는 했지만 내 독해능력은 형편없었다. 떠듬떠듬 겨우 글자를 읽을 수 있을 뿐이었으며 게다가 내가 읽은 글을 멋대로 해석해버리기 일쑤였다. 예컨대 어머니 묘비에 씌어 있는 '위에 묻혀 있는 자의 아내'라는 글을 읽고는 '아버지가 착한 일을 많이 해서 저 높은 곳에 계신가 보다'라고 생각했을 정도였다. 그곳에서 '아래에 묻혀 있는 자'라고 쓰인 글을 보게 된다면 나는 그 사람을 형편없는 사람으로 평가했을 것이다.

하나만 더 예를 들자. 교리 문답을 하며 신자가 취해야 할 태도를 배운 뒤 나는 그것을 지키려고 애를 썼다. '저는 앞으로 평생 한길을 걷겠습니다'라고 선서한 후 집에서 나와서 마을을 지날 때 늘 같은 길로만 다니려고 애썼다. 그걸 어기고 방앗간 쪽이나 바퀴 수리공의 집 쪽으로 돌아간다면 하느님과의 신성한 약속을 어기는 짓이라고 생각했다.

하지만 별 상관없었다. 나는 어느 정도 나이가 차면 조의 견습공으로 들어갈 예정이었다. 일자무식인 조가 훌륭한 대장장이 노릇을 잘 해내고 있으니 내가 유식해질 필요는 없었다.

어느 날 나는 조와 함께 집에서 이런저런 이야기를 한가하게 나누고 있었다. 습지대 추격사건이 있은 지 꼬박 1년이 지났을 때였다. 그날은 장날이어서 조 부인은 펌블추크 숙부와 함께 장을 보러 가고 없었다.

이윽고 날이 어둑어둑해졌다. 경쾌한 말발굽 소리가 들리더니 조부인과 펌블추크 씨가 눈 밑까지 옷을 뒤집어쓴 채 나타났다. 그들이 말에서 내려 집으로 들어오자 우리는 모두 부엌으로 들어갔다. 조 부인은 약간 흥분해 있었다. 그녀가 보닛도 채 벗지 않은 채 말했다.

"이 녀석이 오늘 입은 은혜를 모른다면, 평생 은혜 따윈 모르고 살아갈 거야."

나는 영문도 모르는 채 은혜를 입은 데 대해 진정으로 감사하는 표정을 애써 지을 수밖에 없었다. 내 표정을 보고 누나가 다시 말했다.

"이 녀석이 응석받이 노릇이나 하지 않을까 걱정이야."

그러자 펌블추크 씨가 말했다.

"그녀는 그런 걸 받아주실 분이 아니지. 아주 현명한 분이거든."

그녀라니? 나는 입술로 '그녀'를 발음하는 시늉을 하며 조를 바라보았다. 조도 같은 시늉을 하며 나를 바라보았다. 눈치 빠른 누나가 우리들의 무언극을 보고 즉각 소리를 질렀다.

"뭣들 하는 거야?"

조가 손등으로 코를 문지르며 그녀에게 말했다.

"아니, 숙부님이 그녀라고 하셔서……."

"그럼 그녀가 아니란 말이야? 미스 해비셤을 '그 남자'라고 불러야 하겠어?"

"미스 해비셤? 읍내 윗마을에 사는 여자?"

"그럼 아랫마을에 사는 미스 해비셤이 또 있어? 어쨌든 그분이 애를 부르신대. 거기 와서 함께 놀아달라고. 거기 가서 놀아주는 게 애한테도 좋을 걸. 안 그러면 내가 죽어라 부려먹을 테니까."

누나는 내가 놀기 좋아하는 아이가 되지 않으면 혼내주겠다는 듯 나를 향해 고개를 흔들었다.

나는 해비셤 부인에 대한 이야기를 들은 적이 있었다. 마을 사람들은 모두 그녀에 대한 이야기를 알고 있었다. 그녀는 방책을 두른 큰 저택에 은둔해 살고 있으며 부자인데다 무서운 여자라는 소문이었다.

조가 말했다.

"허, 사실인가보네! 그런데 그분이 대체 핍을 어떻게 알게 된 거지?"

"이런 바보! 그분이 핍을 안다고 누가 그랬어?"

"당신이 그랬잖아. 핍이 거기 와서 놀아주기를 그분이 원한다고."

"그게 어디 그분이 핍을 안다는 거하고 같아? 항상 저 모양이라니까! 그분이 숙부님께 어디 여기 와서 놀아줄 만한 아이가 없을까요, 라고 물어볼 수도 있잖아. 숙부님은 늘 우리에게 다정하신 분이니까. 대뜸 핍 생각을 하고 그분께 추천해드렸다고 생각할 수는 없어? 이 천방지축으로 날뛰는 놈 이름을 대주었다고 생각할 수는 없어?"

맹세코 하는 말이지만 나는 결코 천방지축으로 날뛰어본 적은 없었다. 나는 좀 억울한 표정을 지었지만 펌블추크 숙부는 세상에 둘도 없이 훌륭한 답변을 해주었다고 흐뭇해하는 표정이었다.

펌블추크 씨가 조에게 말했다.

"조지프, 이제 어떻게 된 일인지 알겠지?"

그러자 누나가 말을 가로챘다.

"알긴 뭘 알아요. 조, 당신은 안다고 생각할지 몰라도 아무 것도 몰라. 언제 무엇 하나 제대로 안 적이 있었나? 암튼 이 놈 운이 활짝 튄 거야. 숙부님이 오늘 밤 이놈을 직접 읍내로 데리고 가실 거야. 내일 아침 손수 해비셤 부인에게 데려다주 신다고 약속하셨대. 당신이 그런 걸 어떻게 알아."

그러더니 누나는 마치 병아리를 채가는 독수리처럼 내게 달려들면서 말했다.

"아이고, 이놈 꼴 좀 봐라. 온통 때투성이 아냐. 이 마당에 내가 이런 멍청이들하고 노닥거리고나 있다니!"

누나의 말이 끝나기 무섭게 내 발은 나무통 속에 쑤셔 박혔 고 내 머리는 커다란 빗물 통 꼭지 밑에 놓였다. 누나는 내 피 부 껍질을 벗겨내려는 기세로 내 얼굴을 박박 문지르고 머리 칼을 잡아 뜯었다.

몸을 다 씻기고 나자 누나는 내게 뻣뻣한 셔츠와 꼭 끼는 양복을 입혔다. 그런 후 누나는 나를 펌블추크 숙부에게 정식 으로 넘겨주었다. 숙부는 엄숙하게 격식을 차려 나를 인수했으며 그동안 내게 해주고 싶어 안달이었던 말들을 일장연설하듯 늘어놓았다. 하지만 그 연설 내용을 여기서 여러분에게 소개하기는 어렵다. 단 한 마디도 내 귀에 들어오지 않았으니 기억이 날 리 만무한 것이다. 다만 이 한 마디는 기억난다.

"애야, 네 친척들에게 늘 감사해야 한다. 특히 너를 손수 키워준 분들께는 두말할 필요도 없다."

나는 조에게 인사했다.

"안녕, 조."

"하느님의 가호가 있기를 빌겠네, 내 친구 핍!"

나는 이제까지 단 한 번도 그와 떨어져본 적이 없었다. 나는 가슴이 찡해왔다. 마차가 움직이자 별들이 보이기 시작했다. 그러나 그 많은 별들 중에 내가 왜 미스 해비셤 댁에 놀러 가게 된 건지, 도대체 뭘 하면서 놀면 되는 건지 속 시원히 알려주는 별은 없었다.


펌블추크 씨의 곡물 가게는 읍내 중심가에 있었다. 나는 다락방에 있는 침대에서 잠을 잤다. 집 안 전체에서 곡물가루 냄새와 후춧가루 냄새가 났다. 펌블추크 씨와 나는 아침 8시에 가게 뒤편에 있는 응접실에서 아침을 먹었다. 펌블추크 씨는 정말이지 다시는 함께 식사를 하고 싶지 않은 사람이었다. 버터를 지나치게 조금 바른, 역시 지나치게 작은 빵을 준데다, 우유가 맞는지 의심이 갈 정도로 물을 듬뿍 섞은 우유를 주었기 때문만은 아니었다. 만나면서부터 온통 산수 문제로 나를 골치 아프게 했기 때문이다.

아침에 응접실에서 그를 보고 공손하게 인사를 건네자마자 그가 내게 물었다.

"얘야, 7 곱하기 9가 뭐지?"

세상에, 이렇게 낯선 곳에서 배도 텅 비어 있는 판에 뜬금없이 그런 질문을 하면 어떻게 대답을 할 수 있단 말인가! 내가 빵을 채 삼키기도 전에 그는 "거기다 7을 더하면?"이라고 물었고 그런 고문은 식사 시간 내내 이어졌다.

드디어 아침 10시가 되어 미스 해비셤의 저택으로 출발하게 되자 나는 해방감에 만세를 부를 지경이었다. 하지만 그 숙녀의 집에서 어떻게 처신해야 할지 아무것도 몰랐기에 마음이 편치만은 않았다.

펌블추크 씨의 집을 출발한 지 15분도 못 되어 우리는 미스 해비셤의 저택에 도착했다. 그녀의 저택은 낡은 벽돌집이었으며 사방에 쇠창살이 처져 있었다. 창문들도 벽돌로 막아버렸거나 쇠창살들을 두르고 있었다. 우리는 초인종을 누른 후 문이 열리길 기다렸다. 그 동안에도 펌블추크 씨는 "거기다 14를 더하면?"이라고 내게 문제를 내고 있었지만 나는 못들은 척했다. 이윽고 창문 하나가 열리더니 "누구시죠?"라는 목소리가 들렸다. 펌블추크 씨가 큰 소리로 자기 이름을 말하자 창문이 닫히더니 어린 소녀 하나가 열쇠 꾸러미를 든 채 마당을 가로질러 문을 열러 왔다.

"이 애가 핍입니다."

"그래요? 얘가 핍이군요." 소녀가 대꾸했다. 예쁘장한 얼굴이었지만 거만하기 짝이 없었다.

그녀가 말했다.

"들어와라, 핍."

그 말에 펌블추크 씨도 따라 들어가려 하자 소녀가 그를 가로막았다.

"저런, 미스 해비셤께서 당신도 만나고 싶다는 말씀은 안 하셨는데요."

펌블추크 씨는 무안한 듯 얼굴을 붉히더니 뒤도 돌아보지 않고 가버렸다. 나는 그가 불쑥 고개를 돌리고 "거기다 16을 더하면?"이라고 물어볼까봐 얼른 안으로 들어갔다.

나는 소녀를 따라 정원을 걸어갔다. 뭐라고 말이라도 걸어야 할 것 같아서 내가 물었다.

"이 집 이름이 뭐예요, 아가씨?"

"매너 하우스라고도 하지만 보통 '새티스 하우스'라고 해. 그리스어인지 라틴어인지는 몰라도 충분하다는 뜻이야."

"충분한 집, 참 멋진 이름이네요."

"그래, 이 저택을 갖게 되면 무엇도 부족한 게 없을 거라는 뜻으로 붙인 거야."

소녀는 내게 막말을 해댔지만 사실은 내 또래 정도였다. 그녀는 자기가 스무 살 처녀라도 되는 것처럼 나를 업신여겼다.

우리는 정원을 지나 집 안으로 들어갔다. 복도가 너무 어두웠다. 소녀는 현관에 놓고 나온 촛불을 집어 들었고 우리는 여러 복도들을 지나 계단을 올라갔다. 온통 어둠뿐이었고 촛불만이 앞을 밝혀주었다.

마침내 어느 방 앞에 이르자 소녀는 내게 들어가라고 말한 후 촛불을 들고 가버렸다. 어둠 속에 혼자 남은 내가 할 수 있는 일은 문을 두드리는 일뿐이었다. 내가 문을 두드리자 안에서 들어오라는 소리가 들렸다.

문을 열고 들어가자 양초들로 환하게 밝혀져 있는 큰 방이 눈앞에 나타났다. 침대와 화장대가 있었고 화장대 앞에 어떤 부인이 앉아 있었다.

부인은 온통 하얀색 일색이었다. 옷은 물론 구두까지 하얀색이었다. 게다가 그녀는 머리에 긴 면사포를 쓰고 있었으며 머리까지 하얀색이었다. 그녀의 목과 양손에는 보석들이 반짝이고 있었다. 마치 거울 앞에 앉아 신부 화장을 하고 있는 듯했다.

그런데 자세히 보니 모든 색들이 누렇게 바래 있었다. 신부 드레스를 입고 있었지만 드레스도, 그 옷을 입고 있는 신부도 세월과 함께 시들어버린 것이다. 나는 겁이 더럭 나서 소리라도 지르고 싶은 심정이었다.

"너는 누구냐?" 부인이 화장대 거울에서 눈을 떼지 않은 채 내게 물었다.

"핍입니다, 마님. 펌블추크 씨가 데리고 온 아이입니다. 놀러 온 아이요."

"그래? 이리 가까이 와라."

나는 슬금슬금 그녀 앞으로 가며 주위를 둘러보았다. 괘종
시계가 9시 20분 전에 멈춰 있는 게 눈에 들어왔고 그녀의 손
목시계도 9시 20분 전을 가리키고 있었다.

내가 가까이 가자 그녀가 말했다.

"나를 똑바로 보아라. 나는 네가 태어난 이래로 햇빛이라곤
본 적이 없는 사람이다. 어때, 무섭지 않냐?"

나는 안 무섭다고 얼른 대답했다. 하지만 거짓말을 한 게
속으로 영 꺼림칙했다.

그녀가 다시 말했다.

"난 세상과 인연을 끊고 산다. 기분전환을 위해 널 불렀다.
어디 한번 놀아보아라."

누나한테 약간 주눅이 들어 살긴 했어도 그때까지 나는 노
는 데는 자신이 있었다. 특히 조와 함께 있을 때면 어떤 놀이
를 해도 재미가 있었다. 하지만 그 순간 나는 내가 정말 놀 줄
모르는 아이라는 걸 깨달았다. 코를 잡고 방을 뱅뱅 돌아볼까
하는 생각이 잠깐 들었지만 자신이 없었다.

위대한 유산

**48**

나는 그냥 빤히 부인의 얼굴을 바라보고 서 있었다. 그러자 부인이 말했다.

"너 심술궂고 고집이 센 아이로구나."

"아닙니다, 마님. 전 잘 놀아요. 게다가 제가 놀지 않으면 누나한테 혼날 거예요. 하지만 여기가 너무 낯설고 으리으리해서……."

"여기가 낯설다고? 내게는 친숙한데……. 에스텔라를 불러라."

이 낯선 곳에서 깜깜한 복도를 향해 그녀의 이름을 부르는 일은 억지로 노는 일만큼이나 어렵고 난감한 일이었다. 어쨌든 나는 그 어려운 과업을 수행했다. 길고 어두운 복도를 따라 그녀가 촛불을 들고 나타난 것이다.

소녀가 방으로 들어오자 부인이 말했다.

"에스텔라, 이 애와 카드놀이 하는 모습을 내게 보여주렴."

"이런 애하고요! 이렇게 천한 노동자 집안 애하고요!"

그러자 미스 해비셤이 정말 대답 같지 않은 대답을 했다.

"넌, 이 애 가슴을 찢어놓을 수 있잖니."

나는 내 가슴에 칼이라도 들어올 것 같아 두 팔로 가슴을 감쌌다.

"애, 너 무슨 카드놀이 할 줄 아니?" 한껏 눈을 흘기며 에스텔라가 내게 물었다.

"'거지 만들기' 놀이를 할 줄 알아요, 아가씨."

그러자 미스 해비셤이 말했다.

"에스텔라, 저 애를 거지로 만들어라."

우리 둘은 카드놀이를 하려고 마주 앉았다.

카드놀이를 하는 도중 에스텔라가 말했다.

"애가 악당 네이브를 잭이라고 불러요. 어휴, 손은 왜 저리 거친지……."

생각 같아서는 손을 감추고 싶었다. 하지만 손을 감춘 자세로 카드놀이를 할 수는 없는 노릇이었다. 카드놀이 내내 나는 생전 처음으로 내 손을 미워했다. 그리면서 한편으로는 처음으로 내게 미움을 받은 내 손에게 미안한 마음도 들었다.

얼마 후 카드놀이가 끝났고 에스텔라는 나를 빈털터리 거지로 만들었다. 그러자 미스 해비셤이 내게 말했다.

"너를 또 불러야 할지 좀 생각해봐야겠다."

그녀는 잠시 생각하더니 말했다.

"그래, 엿새 후에 다시 와라. 에스텔라, 얘에게 먹을 것 좀 주고 집 구경을 하게 하렴."

소녀는 촛불을 들고 나를 배웅했다. 그녀가 정원으로 향하는 문을 열자 나는 한밤중이리라 생각했다. 하지만 햇빛이 쏟아지는 바람에 나는 어리둥절해졌다.

그녀는 나에게 기다리라고 말한 후 어디론가 사라졌다. 안마당에 혼자 남은 나는 내 거친 손과 신발, 옷들을 살펴보았다. 이전에는 아무렇지도 않던 것들이 왜 그렇게 초라하고 볼품없게 느껴지는지! 나는 조에게 '네이브'를 왜 '잭'이라고 부르게 만들었는지 따지고 싶었다. 생전 처음으로 그가 좀 교양 있는 사람이었다면 얼마나 좋을까 하는 생각도 했다. 그리고 나도 교양 있는 사람이 되고 싶었다.

에스텔라가 빵과 고기와 함께 머그잔에 맥주를 담아서 갖고 왔다. 그녀는 머그잔을 잔디 위에 내려놓은 뒤, 마치 개에게 먹이를 주듯이 나를 보지도 않고 빵과 고기를 내밀었다. 나는 너무나 창피했고 모멸감에 화도 났으며 슬프기도 해서 눈물이 그렁그렁 맺힐 정도였다. 그녀는 나를 울게 만든 게 기쁘다는 표정으로 나를 바라보더니 홱 몸을 돌려 그곳을 떠났다.

저택 옆쪽에는 이제 폐가가 된 양조장이 있었다. 홀로 남은 나는 엉엉 실컷 운 뒤 양조장 벽을 발로 걸어차며 상처받은 마음을 달랬다. 빵과 고기는 맛이 있었고 맥주는 조금 독했다. 나는 곧 주변을 둘러볼 정도로 기운을 되찾았다.

비둘기장에는 비둘기가 없었고 돼지우리에는 돼지가 한 마리도 없었다. 양조장 창고는 텅 비어 있었으며 옆 마당에 빈 술통들만 뒹굴고 있었다. 그때였다. 누군가가 빈 술통 위를 뒤뚱뒤뚱 걷고 있었다. 바로 에스텔라였다. 잠시 후 그녀는 사라졌다. 그녀가 사라지자 나도 술통 위를 걷기 시작했다. 나는 '이런 놀이라면 신나게 보여줄 수 있는데'라고 생각하며 뒤뚱뒤뚱 술통 위를 걸었다. 그때 정말로 기이한 일이 벌어졌다.

눈부신 햇살에 침침해진 눈을 오른쪽으로 돌렸을 때다. 내 오른편 가까이 있는 건물의 커다란 나무 들보가 눈에 들어왔다. 그런데 그 들보에 목을 매달고 있는 사람 모습이 보이는 게 아닌가! 온몸이 누렇게 색이 바랜 하얀 옷으로 감싸여 있었고 한쪽 발에만 신발을 신고 있었다. 얼굴을 보니 바로 미스 해비셤이었으며 나를 부르는 것처럼 입술을 씰룩거리고 있었다. 조금 전만 해도 없던 모습이 어떻게 갑자기 나타난 거지?

나는 너무나 무서워서 줄행랑을 쳤다. 얼마 후 좀 진정이 되자 다시 그곳으로 가보았다. 그러나 그 형상은 감쪽같이 사라지고 없었다. 나는 더 큰 공포감에 휩싸였다. 에스텔라가 열쇠꾸러미를 들고 내게 다가오는 모습을 보지 못했다면 나는 오랫동안 정신을 차리지 못했을 것이다.

그녀는 대문을 열어주더니 비아냥거리는 표정으로 내 어깨를 툭 치며 말했다.

"왜 안 우니?"

"울고 싶지 않아요."

"아닐 걸. 정말 잘 울던데……."

그녀는 대문 밖으로 나를 내보내며 깔깔거리고 웃었다. 비웃음이 가득한 웃음이었다. 그런 후 대문을 잠가버렸다. 나는 곧장 펌블추크 씨 가게로 갔다. 다행히 그는 집에 없었다. 나는 6일 후에 다시 미스 해비셤의 저택에 가기로 했다는 말을 남기고 대장간 집까지 4마일이나 되는 길을 걸어갔다.

길을 가면서 나는 생전 처음으로 나 자신을 되돌아보았다. 결국 나는 비천한 노동자 집안의 아이에 불과하다는 것, 내 손은 거칠고 내 옷과 장화는 보잘것없다는 것, 나는 생각보다 훨

씬 무식하다는 것, 나는 천박한 하층민의 삶에 익숙해 있을 뿐
이라는 것을 처음으로 깨달았으며, 그 사실을 마음속 깊이 되
뇌고 또 되뇌었다.

집으로 돌아오자 누나가 미스 해비셤의 집에서 무슨 일이
있었는지 캐물었다. 하지만 나는 우물쭈물할 수밖에 없었다.
내가 본 것을 곧이곧대로 말해주면 누나가 절대로 믿지 않으
리라는 확신이 들었기 때문이다. 더욱이 미스 해비셤의 외모
에 대해 이야기해주어 빈약한 상상력으로 누나가 그녀의 모
습을 그려보느라 애쓰게 만들고 싶지 않았다. 나의 그런 갸
륵한 생각의 보상으로 나는 부엌 벽에 얼굴을 쥐어박혀야만
했다.

다음 날 오후 차 마시는 시간에 게걸스러운 호기심 덩어리
이며 사람 괴롭히는 데 이골이 난 펌블추크 씨가 찾아오자 나
는 더 이상 입을 다물고 있을 수 없었다. 그가 "그래, 얘야. 읍
내에 갔던 일은 어찌 되었느냐?"라고 물었다. 나는 "아주 잘
되었어요, 아저씨"라고 대답했다. 그가 그건 답변이 아니라며
재차 물어도 나는 "아주 잘되었다니까요"라고 대답했을 뿐이

었다. 그러자 누나가 더 이상 참지 못하고 버럭 소리를 지르며 내게 달려들었다. 귀싸대기를 맞은 나는 그 집에서 있었던 일을 이야기해주지 않을 수 없었다.

하지만 더 정확히 말한다면 그 집에서 있었던 일이 아니라 그 집에서 없었던 일이라고 하는 게 옳다. 나는 미스 해비셤이 아주 크고 시커먼 사람이었다고, 커다란 사륜마차에 앉아 있었다고 지어낸 이야기를 하기 시작했다. 그녀의 조카딸로 보이는 에스텔라 양이 케이크와 와인을 그녀에게 건네주었으며 큰 개 네 마리가 있었다고, 깃발을 가지고 에스텔라와 놀았다고, 방 안에 불을 밝혀놓아 아주 환했다고 늘어놓았다. 내가 이야기하는 도중 펌블추크 씨가 미스 해비셤을 한 번도 본 적이 없다는 사실을 나는 알게 되었다. 그는 그녀의 방문 앞에서 그녀와 이야기를 나누었을 뿐인 것이다.

만일 누나와 펌블추크 씨가 질문을 더 늘어놓았다면 나는 내가 거짓말을 했다고 자백했을 것이다. 하지만 다행히도 그들은 내가 해준 이야기를 놓고 열심히 토론을 벌이기 시작했기에 위기에서 벗어날 수 있었다.

일을 끝낸 조가 차를 마시러 들어오자 조 부인은 내게 들은 이야기를 그에게 해주었다. 조에게 친절을 베푼 것이 아니라 자신의 궁금증을 풀기 위해 한 번 더 반복한 것이었다. 나는 조에게 미안했다. 펌블추크 씨가 마차를 타고 돌아가자 나는 대장간으로 몰래 빠져나가 내가 거짓말을 했다는 사실을 털어놓았다. 언제나 나를 믿고 있는 친구 조에게 거짓말을 한다는 건 너무 큰 죄를 짓는 것 같았기 때문이다. 하지만 내가 왜 거짓말을 했는지 조에게 설명하는 것은 나나 조의 능력 밖의 일이었다. 조는 어쨌든 거짓말을 하는 건 옳지 못하다고 말하는 것으로 내 잘못을 용서해주었다.

내 방으로 돌아와 잠자리 기도를 할 때 나는 거짓말을 하지 말라는 조의 권고를 되새겼다. 하지만 마음은 혼란스러웠다. 내 속에는 하찮은 대장장이에 불과한 조를 에스텔라가 얼마나 비천하게 여길까, 그의 신발이나 손이 투박하다고 얼마나 비웃을까 하는 생각으로 꽉 차 있었다. 어쨌든 그날은 내게 기억할 만한 날이었다. 내게 큰 변화를 가져다 준 날이었기 때문이다.

다음 날도, 그다음날도 나는 자신을 비범하게 만들 수 있는 방법을 곰곰이 궁리하며 보냈다. 그리고 그 방법을 찾아냈다.

바로 비디로부터 그녀가 아는 모든 것을 배우는 방법이었다.

나는 밤에 웹슬 씨의 고모할머니가 운영하는 학교로 비디를 찾아갔다. 나는 그녀에게 내가 성공해야만 하는 특별한 이유가 생겼다, 그러니 그녀가 가지고 있는 모든 지식을 내게 전수해주면 고맙겠다고 말했다. 바로 그날부터 비디는 잡화점 가격표 목록에서부터 신문에서 보고 베낀 고대 영어 문자 등을 내게 전해주면서 나를 비범하게(?) 만들기 시작했다.

우리 마을에는 '유쾌한 뱃사람'이라는 주막이 있었다. 조는 가끔 그곳에 앉아 파이프 담배 피우는 것을 즐겼다. 그날 밤 나는 학교에서 돌아오는 길에 '유쾌한 뱃사람'에 들러 무슨 일이 있어도 조를 데려오라는 조 부인의 엄명을 받았다.

학교에서 오는 길에 주막에 들르니 조가 웹슬 씨와 함께 파이프 담배를 피우고 있었다. 그런데 그들 옆에 웬 낯선 남자가 앉아 있었다. 나를 보자 조가 언제나처럼 "헤이, 내 친구 핍"이라고 내게 인사를 건넸다. 조가 내게 인사를 하자 낯선 남자가 고개를 돌려 나를 바라보았다. 생면부지의 남자였다.

그의 머리는 한쪽으로 완전히 기울어 있었으며 한쪽 눈은 절반쯤 감겨 있었다. 그는 나를 뚫어져라 바라본 뒤 고개를 끄덕이더니 자기 옆에 앉으라고 자리를 내주었다. 하지만 나는 조 곁에 가서 앉았다.

내가 자리에 앉자 낯선 남자가 조에게 말했다.

"선생 직업이 대장장이라고 하시던 중이지요?"

"네, 그렇게 말씀드렸지요."

"자, 오늘은 토요일이니 내가 한잔 사지요"라고 그가 말했다.

조가 "저는 남이 사는 술을 마시는 습관이 안 되어 있습니다"라고 사양하자 그가 습관적으로 그러라는 게 아니라 이번 딱 한 번뿐이라고 말하며 주인에게 럼주 석 잔을 주문했다.

그 사나이가 이번에는 웹슬 씨를 보며 "하시는 일이 무엇이죠?"라고 묻자 조가 "우리 교회 서기님이시지요. 아주 낭송을 잘하는 신사분이지요"라고 대답했다.

"아하, 마을 묘지들이 있는 습지대에 있는 교회 말이군요"라고 낯선 사나이가 재빨리 말했다. 그러더니 그가 나를 보고 말했다.

"그런데 저 꼬마 이름이 뭡니까?"

"핍입니다"라고 조가 대답했다.

"선생 아들이요?"

"아닙니다."

"그럼 조카요?"

조는 사색에 잠긴 표정으로 말했다.

"글쎄요, 조카라고 하기도 그렇고……."

"젠장, 그럼 도대체 뭐란 말이요?"

웝슬 씨가, 나와 조가 처남 매부 사이라는 매우 어려운 설명을 대신 해주었기에 조는 곤경에서 벗어날 수 있었다. 그러는 사이 낯선 사내는 내내 나만 바라보고 있었다. 마치 나를 향해 총이라도 한 방 날릴 것 같았다. 그런데 정말 놀라운 총을 내게 발사했다.

그는 물에 탄 럼주를 들고 나를 향해 흔들었다. 그런 후 그걸 휘저으며 맛을 보았는데, 식탁에 놓여 있던 스푼이 아니라 줄칼로 술을 휘저은 것이었다. 그는 그 줄칼을 나 빼놓고는 아무도 보지 못하게 했다. 그런 후 그걸 술잔에서 빼내더니 윗도리 가슴 쪽 주머니에 넣었다. 나는 그게 조의 줄칼임을 금방 알아차렸다. 그렇다면 저 낯선 사나이는 내 죄를 알고 있다는 뜻 아닌가? 나는 마법에라도 걸린 것처럼 그를 뚫어져라 바라보고 있었다. 하지만 그는 내 쪽으로는 눈길도 돌리지 않고 그들과 이야기를 나누고 있었다.

조가 이제 그만 가봐야겠다고 자리에서 일어나자 그가 조에게 말했다.

"잠깐만요, 가저리 씨! 내가 저 꼬마에게 뭔가 줄 게 있소."

그는 한 움큼의 잔돈 더미에서 1실링짜리 은화를 꺼내더니 구겨진 종이 같은 것으로 둘둘 말아 내게 주었다.

나는 그에게 고맙다고 꾸벅 인사한 후 조의 손을 잡고 집으로 돌아왔다. 집으로 돌아오니 조 부인의 기분이 그다지 나빠 보이지 않자 조가 그녀에게 1실링짜리 은화 이야기를 꺼냈다.

"가짜 돈일걸." 조 부인이 자신 있게 말했다.

나는 종이에서 돈을 꺼냈다. 진짜 은화였다.

"어, 그런데 이게 뭐야?" 조 부인이 은화를 쌌던 종이를 펼쳤다.

"이거 1파운드짜리 지폐 두 장 아냐?"

사실이었다. 기름기와 땀에 찌든 1파운드짜리 지폐였다. 조는 얼른 지폐를 집어 들더니 '유쾌한 뱃사람'을 향해 내달렸다. 그에게 돈을 돌려주기 위해서였다. 나는 그 남자가 이미 그곳에 없을 것이라 확신하며 누나를 바라보았다.

잠시 후 조가 지폐를 든 채 나타났다. 누나는 종이에 지폐들을 싼 다음 응접실 찬장에 있는 장식용 찻주전자 안에 넣어 두었다. 그렇게 해서 두 장의 지폐는 그곳에 고이 모셔두게 되었는데, 그건 내게는 악몽 같은 일이었다.

나는 내가 마치 비열한 악당과 공범이라도 된 것 같은 죄책감에 시달리며 잠을 설쳤다. 겨우 잠이 들었지만 누군가가 줄칼을 들고 내게 달려드는 꿈을 꾸고는 비명을 지르며 잠에서 깨어나기도 했다.

# 3

나는 약속한 날에 미스 해비셤의 집
을 다시 찾아갔다. 정문에서 초인종을 누르자 전처럼 에스텔
라가 나타나 문을 열어주었다. 미스 해비셤의 방으로 들어가
니 모든 것들이 저번 보았을 때와 똑같았다.

미스 해비셤이 내게 말했다.

"얘야, 오늘은 몸 쓰는 일을 좀 해볼래?"

내가 할 수 있다 없다, 결정할 수 있는 입장이 아니었다. 나
는 내가 쉽게 대답할 수 있는 질문을 받은 것이 기뻤다. 내가
기꺼이 그러고 싶다고 대답하자 그녀가 뼈만 앙상한 손으로
내 뒤편에 있는 문을 가리켰다.

"그렇다면 저 방으로 들어가서 내가 갈 때까지 기다려라."

나는 층계참을 가로질러 그녀가 가리킨 방으로 들어갔다. 그 방 역시 햇빛이 완전히 차단되어 있었으며 통풍도 되지 않아 퀴퀴한 냄새가 났다. 벽난로의 불은 꺼져 가는 모양새였고 벽난로 위에 놓인 촛대의 촛불들이 희미하게 방을 밝히고 있었다. 아니다. 촛불이 방을 밝히고 있었다기보다는 방 안의 어둠을 희미하게 방해하고 있었다고 하는 편이 옳았다.

식탁에는 식탁보가 깔려 있었고 무슨 잔치라도 준비했던 것처럼 그 한가운데 무엇인지 알 수 없는 물건이 덩그러니 놓여 있었다. 워낙에 거미줄이 얼기설기 얽혀 있어 무슨 물건인지 식별할 수 없었다. 거미들이 부지런히 그 위를 오가고 있었고 벽 안쪽에서 쥐들이 달그락거리는 소리가 들렸다.

그 기이한 것들을 정신없이 바라보고 있는데 누군가 내 어깨에 손을 얹었다. 해비셤 부인이었다. 그녀는 지팡이에 몸을 의지하고 있었는데, 마치 그 방의 주인 마녀 같았다. 그녀가 지팡이로 식탁을 가리키며 말했다.

"이건 내가 죽으면 눕게 될 식탁이다. 사람들이 이곳에 와서 내 죽은 모습을 보게 될 거다."

그녀는 지팡이로 식탁 위의 커다란 물체를 가리키며 내게
물었다.

"저게 뭔지 알겠느냐?"

내가 가만히 있자 그녀가 말했다.

"아주 커다란 웨딩 케이크다. 바로 내 케이크지."

그녀는 방을 한 번 휘둘러보고 나서 한 손을 내 어깨에 짚
고 기대면서 말했다.

"자, 나를 좀 걷게 해라. 어서, 나를 걷게 해달라고."

나는 몸을 쓰는 일이란 게 그녀가 방 안을 빙빙 돌며 걷게
하는 일이라는 것을 알았다. 우리는 아주 천천히 방 안을 거닐
었다.

"오늘이 내 생일이다, 핍. 이런 날은 친척들이 나를 찾아온
다. 벌써 왔다 갔지."

나는 그녀에게 축하한다고 말했다. 그러자 그녀가 지팡이
를 들어 올렸다.

"그런 말 절대로 하지 마라. 내 친척들도 그런 소리는 못
해. 하필이면 바로 오늘, 내 생일날 저 케이크가 배달되었고
자르지도 않은 채 저렇게 있게 되었지. 나는 저것과 함께 썩어

가는 거다. 쥐새끼들이 저걸 갉아먹고 나도 갉아 먹히는 거야. 내가 죽어 저기에 누우면 그놈한테 내리는 저주가 완성되는 거야."

그러더니 그녀는 혼잣말을 했다.

'내가 죽어 저 식탁 위에 눕게 되면 그때나 매슈가 나를 와서 보려나.'

나는 도무지 무슨 말인지 알아들을 수 없었다. 나는 아무 말도 할 수 없었다. 다만 금방이라도 그녀가 밀랍인형이 되어 식탁 위에 누울 것 같다는 생각에 무서움이 밀려올 뿐이었다.

잠시 생각에 잠겨 있던 그녀가 말했다.

"그런데 너희 왜 카드놀이를 하지 않는 거지?"

나는 첫날처럼 에스텔라를 불렀고 둘이 카드놀이를 했으며 나는 또다시 빈털터리 거지가 되었다.

에스텔라는 여전히 나를 깔보는 표정이었지만 마치 은혜라도 베푸는 듯, 한 마디 말도 하지 않았다. 여섯 번이나 거지가 된 끝에 나는 다시 개처럼 먹을 것을 받았다. 홀로 되자 나는 마당 이곳저곳을 내 마음대로 거닐었다. 그때 내 눈에 옆 정원으로 통하는 문이 열려 있는 것이 보였다. 나는 정원으로 들어갔다. 정원 귀퉁이에는 집이 한 채 있었다. 나는 무심코 창문을 통해 안을 들여다보았다. 그런데 나는 깜짝 놀랐다. 온통 비어있는 집이라고 생각하고 있었는데 웬 꼬마 신사가 나를 바라보고 있었던 것이다. 머리카락 색이 연했으며 얼굴이 창백한 꼬마 신사였다.

그가 창에서 사라지더니 금방 내 옆으로 나타났다. 그러더니 다짜고짜 말했다.

"누가 여기 함부로 들어와서 어슬렁거리라고 했어?"

"에스텔라 양이."

"잔소리 말고 나랑 한판 붙자! 심심했는데 잘됐다. 정식 결투 한번 해보자."

말이 끝나기가 무섭게 그는 내 머리카락을 잡아당기더니 이번에는 머리로 내 배를 들이받았다. 느닷없는 공격이었다.

"자, 결전장으로 가자!"

그가 너무 날쌘 것 같아 은근히 겁이 났지만 나는 후미진 정원 구석으로 그를 따라갔다. 그는 조끼에 셔츠까지 벗더니 주먹을 들어 올려 폼을 잡았다. 아주 자신에 찬 표정이었다. 내 나이 또래 같았지만 나보다 키가 더 컸고 동작도 그럴듯했다.

하지만 정작 내가 먼저 한 방을 날리자 그는 벌렁 뒤로 나동그래지며 코피를 흘렸다. 그는 곧장 일어서더니 다시 포즈를 취했다. 하지만 소용없었다. 그는 단 한 번도 나를 때리지 못했고 번번이 내 펀치를 맞고 나가떨어졌다. 결국 그가 항복을 선언했다.

나는 얼굴에 묻은 피를 닦아내는 그를 보며 말했다.

"도와줄까?"

"고맙지만 됐어."

내가 "안녕, 잘 가"라고 말하자 그가 "너도 잘 가"라고 답례했다.

안마당으로 들어가자 에스텔라가 열쇠 꾸러미를 들고 서 있었다. 그녀는 내가 어디 갔었는지, 왜 자기를 기다리게 했는지 묻지도 않았고 화를 내지도 않았다. 오히려 뺨에 발그레 홍조를 띠고 있었다. 그녀는 대문으로 가는 대신 복도 안으로 뒷걸음질 치더니 나를 손짓으로 불렀다.

"이리 와. 원한다면 내게 키스해도 좋아."

그녀가 내게 뺨을 내밀자 나는 그 뺨에 입을 맞추었다. 그녀의 뺨에 입을 맞추면서 나는 무슨 동냥이나 받는 것 같은 기분이었다.

밖으로 나오니 어둑어둑했다. 그날은 그 집에 아주 오래 있었던 것이다.


다음번 약속된 날 미스 해비셤의 저택으로 가면서 나는 얼마나 두려움에 떨었는지 모른다. 폭력 행위를 저지른 현장에 다시 가야 하다니! 형사들이 숨어 있다가 나를 체포하는 것은 아닐까? 미스 해비셤이 벌떡 일어나 나를 향해 총을 쏘지나 않을까?

하지만 아무 일도 일어나지 않았다. 아무도 그 일에 대해서 말하지 않았으며 그 집에서 다시 그 꼬마 신사의 모습을 볼 수도 없었다.

그날 이후 나는 미스 해비셤을 바퀴 달린 의자에 앉히고 그녀의 방을 돈 후, 웨딩 케이크가 있는 건너편 방을 도는 일을 주로 했다. 어떤 때는 한 번에 세 시간씩 휠체어를 밀기도 했다. 나는 이틀에 한 번꼴로 그 집을 방문했으며 그 방문은 적어도 여덟 달에서 열 달 정도는 계속되었다.

서로가 친숙해지자 미스 해비셤은 내 신상에 대해 이것저

것 묻기 시작했다. 앞으로 뭐가 될 작정이냐고 그녀가 내게 묻자 나는 조의 견습공이 될 거라고 대답했다. 나는 그녀가 내게 어떤 도움이라도 줄까 싶어 앞으로의 내 계획을 비교적 자세히 설명했다. 하지만 그녀는 하루 식사 외에는 아무것도 주지 않았으며 봉사의 대가로 그 무언가를 주겠다는 이야기는 단한 마디도 하지 않았다.

에스텔라는 늘 우리와 함께였다. 하지만 내게 입맞춤을 해도 좋다는 이야기는 두 번 다시 하지 않았다. 그녀는 자기 기분에 따라 나를 대했다. 어떨 때는 조금 친숙한 척하기도 했고 어떤 때는 더 차갑게 대하기도 했다. 또 어떤 때는 마치 은혜를 베푸는 것처럼 건방지기도 했으며 어떤 때는 대놓고 나를 혐오한다고 말하기도 했다. 그녀와 내가 카드놀이를 하고 있으면 미스 해비셤은 열심히 그 모습을 지켜보았다. 미스 해비셤은 가끔 에스텔라를 품에 안고 애정이 담긴 목소리로 속삭이곤 했다.

"너는 내 자랑이고 희망이야. 그들의 심장을 산산조각 내버려. 인정사정 볼 것 없어."

그러던 어느 날이었다. 미스 해비셤과 내가 뜰을 거닐고 있었는데 그녀가 갑자기 내 어깨에 손을 올려놓으며 말했다. 뭔가 불만스러운 것 같은 음성이었다.

"키가 많이 컸구나, 핍."

나는 그런 건 나로서도 도저히 어쩔 수 없는 일이라는 표정을 짓는 수밖에 없었다. 그녀는 뭔가 언짢은 듯한 표정만 지었을 뿐 아무 말이 없었다. 이윽고 운동이 끝나고 그녀를 화장대 옆에 앉힌 후 물러나려 하자 그녀가 좀 더 있으라는 뜻으로 손가락을 까닥했다.

그녀가 내게 물었다.

"네가 견습공으로 들어갈 대장장이 이름이 뭐라고 했지?"

"조 가저리입니다, 마님."

"네가 당장 견습공으로 들어갈 때가 된 것 같다. 그 사람에게 「도제 계약서」를 갖고 이리 오라고 할 수 있겠느냐?"

나는 그가 영광스럽게 생각할 것이라고 대답했다.

"그럼, 다음번에 데려오도록 해라. 단둘이라야 한다."


이틀 후 조는 외출복을 입고 나와 함께 집을 나섰다. 누나도 읍내까지 따라가서 펌블추크 씨 댁에서 우리를 기다리겠다고 했다. 우리는 읍내까지 걸어갔다. 펌블추크 씨의 가게에 도착하자 누나는 안으로 들어갔고 조와 나는 미스 해비셤의 저택으로 향했다.

에스텔라가 평소처럼 문을 열어주자 조는 모자를 벗고 두 손으로 모자챙을 잡은 채 더없이 공손한 태도로 서 있었다. 하지만 에스텔라는 조를 거들떠보지도 않고 평상시대로 우리를 안으로 안내했다. 미스 해비셤은 화장대 앞에 앉아 있다가 몸을 돌려 우리를 바라보더니 조에게 말했다.

"그래, 당신이 이 애 누나의 남편인가요?"

하지만 조는 깃털을 잔뜩 세운 새 같은 모습으로 한마디도 못 하고 서 있었다.

그러자 미스 해비셤이 다시 물었다.

"당신이 이 애 누나 남편인가요?"

정말 짜증나는 상황이었다. 조는 그녀를 만나는 동안 내내, 미스 해비셤을 향해서가 아니라 나를 향해 말을 했다.

"핍, 내가 네 누나랑 결혼했지. 그때 나는 네가 총각이라고 말할 수 있는 사람이었어."

"알았어요. 그럼 당신이 이 애를 견습공으로 받아들일 생각인가요?"

"핍, 너와 나는 언제나 친구였으니 네가 잘 알 거다. 그렇게 되면 우리 둘 다 아주 즐거울 거고 너도 그렇게 되길 바라고 있다는 걸. 너에게는 아무 반대 의사도 없다는 걸."

"그렇다면 「도제 계약서」를 가져왔나요?"

"핍, 내가 그 「계약서」를 모자 속에 집어넣는 걸 너도 보았겠지?"

그 말과 함께 조는 모자에서 계약서를 꺼내더니 미스 해비셤이 아니라 내게 그것을 건넸다. 나는 나의 사랑하는 이 친구가 너무 창피했다. 에스텔라가 미스 해비셤의 뒤에 서서 장난기가 가득한 눈웃음을 짓고 있는 걸 보자니 쥐구멍에라도 들어가고 싶었다. 나는 그의 손에서 계약서를 낚아채서 미스 해비셤에게 건네주었다.

그녀는 「계약서」를 들여다보더니 말했다.

"이 아이에게 수업료를 받을 생각은 없나요?"

조가 아무 말도 없자 내가 그에게 힐난하는 투로 말했다.

"조, 왜 이렇다 저렇다 이야기가 없어?"

조가 마음에 상처를 받은 티가 역력하게 말했다.

"그건 대답이 필요 없는 질문이야. 너하고 나 사이에 그런 게 어디 있어. 내가 아니라고 대답할 걸 너도 뻔히 알고 있는 질문이잖아. 그래서 대답을 안 한 거야."

미스 해비셤은 그를 흘낏 바라보더니 옆 탁자에 놓아두었던 작은 주머니를 집어 들었다.

"핍이 여기서 수업료를 벌었어요. 이 주머니에 25기니가 들어 있어요. 핍, 그걸 네 주인에게 주도록 해라."

조는 그냥 얼이 빠져 그걸 받겠다는 건지 안 받겠다는 건지 허둥대기만 했다. 그러자 미스 해비셤이 말했다.

"자, 이제 그만 가봐라, 핍! 에스텔라, 밖까지 배웅해줘라."

"언제 다시 올까요, 마님?"이라고 묻자 그녀가 말했다.

"아니, 이제 올 필요는 없다. 이제부터 가저리 씨가 네 주인이다."

그러더니 그녀는 조에게 또박또박 말했다.

"가저리 씨, 저 애는 여기서 아주 착하게 지냈어요. 그 돈은 그 상으로 주는 거예요. 당신은 정직한 사람이니 더 많은 돈을 기대하지는 않겠지요."

미스 해비셤의 집에서 나온 우리는 곧바로 펌블추크 씨의 가게로 갔다. 누나가 조에게 물었다.

"그래 그분이 이 버르장머리 없는 놈에게 뭘 주셨어?"

그러자 조가 대답했다.

"아무것도 안 주셨어."

조 부인이 버럭 화를 내자 그가 계속했다.

"그분은 핍에게는 아무것도 안 주셨어. 핍의 후원자들에게 주셨어."

나는 조의 대답을 듣고 미스 해비셤의 저택에서 시달림을 당한 후 조가 훨씬 똑똑해졌다고 생각했다.

"그래 얼마나 받았는데?" 조 부인이 웃으면서 물었다.

"10파운드라고 하면 여기 사람들이 뭐라고 할까?"

"아마 꽤 많은 액수라고 하겠지." 누나가 퉁명스럽게 대답했다.

"그런데 그보다 훨씬 더 많은 액수야. 25파운드야."

조는 즐거운 마음으로 돈 주머니를 누나에게 건네며 이렇게 말했다.

그러자 사기꾼 기질이 농후한 펌블추크 씨가 나를 옴짝달싹하지 못하게 만드는 제안을 했다.

"조카, 일단 시작한 일은 끝을 봐야 해. 이 아이를 지금 당장 도제 계약으로 묶어야 해."

말을 마치더니 펌블추크 씨는 우리를 모두 읍사무소로 데리고 갔다. 그리고 그곳에서 내 「도제 계약서」에 서명이 끝나고 나는 도제로 꽁꽁 묶이게 되었다. 그러는 동안 펌블추크 씨는 내가 도망이라도 갈 듯 나를 꽉 붙잡고 있었다.

그날 누나는 25기니라는 거금이 생긴 기념으로 허블 씨 부부와 웝슬 씨까지 초대해서 제법 그럴듯한 식당에서 잔치를 벌였다. 그 자리에서 사기꾼 펌블추크 씨는 이제부터 내가 카드놀이를 한다거나 술을 마신다거나 나쁜 친구들과 어울리면 감옥에 가게 될 거라며 나를 거의 협박하듯이 내 도제 계약을 축하해주었다.

밤에 내 작은 침대에 들어가 누웠을 때 나는 정말 비참한 기분이었다. 그리고 무엇보다 내가 조의 직업을 좋아하지 않을 것이라는 확신이 들었다. 한때 그 직업을 좋아했던 적이 있었지만, 그날은 결코 그 한때가 아니었다.

자기가 살고 있는 집을 창피하게 여긴다는 건 정말 비참한 일이다. 그런데 내게 그런 일이 일어나고 말았다. 우리 집은 결코 즐거운 집은 아니었다. 누나의 성질머리가 우리 집을 그렇게 만들었다. 하지만 조가 그런 우리 집을 정화시켰다. 그래서 나는 우리 집 응접실을 아주 안락한 곳으로 생각했고 현관도 멋지다고 생각했다. 대장장이 일이 아주 남자다운 일이라고 믿고 있었다.

그런데 단 1년 만에 그 모든 믿음이 사라졌다. 우리 집안 모든 것이 상스럽고 천했다. 나는 어떤 일이 있어도 우리 집을 미스 해비섬이나 에스텔라에게 보여주고 싶지 않았다. 누구 탓인지는 중요하지 않았다. 이미 엎질러진 물이었다.

한때 조의 대장간에서 도제 수업을 받게 되면 사내다운 사람이 되고 행복할 수도 있으리라 믿었던 적이 있었다. 하지만 이제는 내 앞길에 놓인 무거운 짐처럼만 여겨질 뿐이었다. 내 앞길을 가로막고 있는 장막처럼만 여겨질 뿐이었다.

하지만 나는 조에게 불평을 털어놓지 않았다. 내가 인내심이 있어서가 아니었다. 조가 성실했기 때문이다. 내가 집을 뛰쳐나가지도 않은 채 비교적 열의를 가지고 도제 수업을 받은 것은 내가 근면이라는 미덕을 지키려고 애를 썼기 때문이 아니다. 조가 그 미덕을 너무나 중시했기 때문에 그냥 따라했을 뿐이다. 나는 정직한 마음으로 자신이 할 일을 성실히 수행하는 조 곁에서 그의 영향을 받았다.

하지만 가끔씩 시커먼 손과 얼굴을 한 채 거칠기 짝이 없는 일을 하고 있는 나를, 에스텔라가 창문을 통해 들여다보고 있다는 환상에 깜짝깜짝 놀라곤 했다. 그리고 그녀가 얼마나 의기양양해 하며 나를 경멸할까 하는 두려움이 나를 사로잡곤 했다.

그런 날 저녁을 먹으러 집으로 들어가면 내 앞의 식사가 어느 때보다 초라해 보였다. 그리고 우리 집은 정말 창피할 뿐이라는 불손한 생각이 들곤 했다.

# 4

      나는 이제 웁슬 씨 고모할머니의 학
교에는 다니지 않았다. 그러기에는 내가 너무 커버렸기 때문
이다. 하지만 비디를 통해 그녀가 알고 있는 지식을 열심히
전수받는 일은 계속했다. 나는 내가 획득한 지식은 모두 조에
게 전하려고 애썼다. 사실 그렇게 갸륵한 동기가 있었던 것은
아니었음을 털어놓아야겠다. 나는 그를 좀 덜 무식한 사람으
로 만들어서 에스텔라에게 망신을 덜 당하게 하고 싶었을 뿐
이었다.

    습지대 끝에 있는 옛날 포대 자리가 우리의 학습 장소였다.
하지만 말이 학습 장소지 조의 지식이 정말 거기서 늘었다고

보장할 수는 없다. 그는 파이프를 열심히 빨아대며 "나는 정말로 멍청해"라는 말을 자랑스럽게 늘어놓기 일쑤였다. 나는 방죽 위에 엎드려 파란 하늘과 흐르는 강물, 습지의 풍경들을 바라보며 미스 해비셤과 에스텔라의 모습을 그 속에서 흐릿하게 그리고 있었다.

그런 어느 날 내가 오랫동안 내 머릿속을 맴돌던 생각을 조에게 털어놓았다.

"조, 내가 미스 해비셤을 한번 찾아가봐야 하지 않을까?"

"글쎄다, 핍. 그런데 뭐하려고?"

"뭐 꼭 용건이 있어야만 누굴 찾아가나?"

"글쎄, 아마 그런 질문을 받을 만한 방문도 있겠지. 그런데 미스 해비셤은 너에게 후한 보답을 해주셨어. 그리고 그게 전부라고 했지. 그건 각자 뿔뿔이 헤어지자는 뜻이 아니었을까? 나는 이쪽으로, 너는 저쪽으로."

나도 그런 생각을 하고 있었다.

"하지만, 조. 내가 견습공 생활을 한 지도 1년이 지났어. 그녀에게 감사한다고, 잊지 않고 있다고 인사를 드려야 하지 않을까?"

내 말에 조는 당장 그곳에 어울릴 만한 선물이 어떤 게 좋을지 늘어놓기 시작했다. 그 집에 말이 없으니 말편자는 필요 없을 것이고 방범용 쇠사슬은 이미 설치되어 있고, 놋쇠로 만든 포크는 별로 자랑할 게 못 될 거라는 지론을 늘어놓기 시작했다. 석쇠가 마땅하긴 하겠는데 석쇠로는 장인의 솜씨를 발휘할 수 없다며 그는 한숨을 내쉬었다.

"조, 나는 미스 해비셤에게 뭔가 선물하겠다는 게 아냐. 그냥 내일 반나절 휴가를 주면 미스 해비셤을 방문할 수 있겠다는 말을 하려던 거였어."

조는 내 생각에 그게 좋겠다면 자기 생각도 그렇다고 대답했다. 그래서 나는 반나절의 휴가를 얻었다. 그런데 그 휴가가 말썽을 일으켰다.

조는 꽤 오래전부터 올릭이라는 성을 가진 일용직 일꾼을 주급을 주며 부리고 있었다. 그 자는 자기 세례명이 돌지라고 우겼지만 말 그대로 '믿거나 말거나'였다. 그는 어깨가 떡 벌어지고 기운이 장사였다. 그는 습지대 바깥쪽 수문지기의 집에 살고 있었으며 언제나 구부정한 자세로 걸어 다녔다.

그는 나를 좋아하지 않았다. 더욱이 내가 조의 수련공이 되자 자기 자리를 내가 빼앗은 거라고 생각했다. 내가 조에게 반나절 휴가를 얻은 그날, 그는 우리와 함께 대장간에 있었다. 나는 조에게 내가 반나절 휴가를 얻었다는 것을 상기시켰다. 아무래도 잊었을 것 같아서였다.

내 말을 들은 그가 조에게 말했다.

"이보세요, 주인님. 그렇게 한 사람만 편애하시면 안 되지요. 꼬마 핍이 반나절 휴가를 얻었다면 올릭 영감에게도 똑같이 휴가를 줘야 하는 거 아닌가요?" 그는 당시 스물다섯 살 정도 먹었던 것으로 기억나는데 꼭 자기를 늙은 영감인 것처럼 말하곤 했다.

"아니, 자네는 반나절 휴가를 얻어서 뭐할 건데?"

"그럼 저 애는 반나절 휴가를 얻어서 뭐할 건데요? 저도 그만큼은 할 일이 있지요."

"핍은 읍내에 나갈 거라네."

"그래요? 그러면 올릭도 읍내에 나가지요. 둘 다 읍내에 갈 수 있잖아요. 혼자만 가라는 법이 어디 있나요?"

조는 결국 올릭에게도 반나절 휴가를 주었다. 그의 정교한 논리를 그럴듯하다고 받아들인 것이다.

누나는 그때 마당에 있다가 우리의 대화를 다 엿들었다. 그녀는 대장간 창문을 통해 얼굴을 내밀고 조에게 말했다.

"정말로 당신답구먼. 이 멍청한 인간아! 그렇게 급료를 낭비하다니 당신 참 부자구려."

그러더니 누나는 올릭을 가리키며 말했다.

"저런 사람 주인은 나 같은 사람이어야 해."

그러자 올릭이 빈정거리는 투로 말했다.

"조 부인은 맘만 먹으면 다 부릴 수 있을 텐데요, 뭐."

그때 조가 나지막이 말하는 소리가 내 귀에 들렸다.

"저 여자를 가만히 내버려둬."

그러나 곧 그렇게 할 수 없는 사태가 벌어졌다. 누나가 올릭에게 삿대질을 하며 욕을 했고 올릭도 지지 않고 응수했다. 그러자 드디어 누나가 폭발한 것이다.

"아니 저놈이 뭐라는 거야? 남편이 버젓이 옆에 있는데도 저놈 말하는 것 좀 봐라. 아이고, 핍! 너도 다 봤지?"

내지르는 한 마디 한 마디가 다 비명이었다.

조가 '다시 저 여자를 가만 내버려둬'라고 나지막하게 말했지만 올릭은 멈추지 않았다. 그도 이를 악물며 으르렁거렸다.

"아줌마가 내 마누라였다면 내가 펌프까지 끌고 가서 그 몸으로 펌프를 막아버렸을 거요."

나는 사람의 몸이 그런 용도로도 쓰일 수 있나 한동안 생각에 잠겨야 했다.

어쨌든 올릭의 말에 누나의 광분이 절정에 다다랐다. 분노의 여신으로 완벽하게 변신을 한 누나는 문을 향해 돌진했다. 다행히 문은 내가 잠가놓은 상태였다. 하지만 그게 누나에게도 다행인지는 모르겠다. 정신없이 문을 향해 돌진하던 누나는 문의 저항을 받아 그 자리에 쓰러지고 말았던 것이다.

'저 여자를 가만 내버려둬'라는 점잖은 말로 사태를 진정시키려 했다가 실패한 조가 할 수 있는 일이 무엇이었겠는가? 그는 자신이 부리는 일꾼 앞에 버티고 섰다. 그리고 도대체 내 마누라 일에 이렇게 끼어들어 참견하는 이유가 무엇이냐, 나와 한판 붙는 걸 충분히 감당할 수 있겠느냐고 역시 점잖게 물었다. 올릭 영감도 한판 붙는 것 외에는 도리가 없다고 생각하고 자세를 취했다. 두 사람은 작업복 앞치마도 벗지 않은 채 두 명의 거인족처럼 서로에게 덤벼들었다.

하지만 인근에서 조에게 당할 자는 아무도 없다는 것을 나는 잘 알고 있었다. 올릭은 눈 깜짝할 사이에 석탄재 사이에 파묻혔다. 조는 빗장을 벗겨 문을 열고는 창문가에 인사불성으로 쓰러져 있는 누나를 집안으로 옮겨 누였다. 조가 누나에게 정신 차리라고 말했지만 누나는 조의 머리카락만 쥐어뜯을 뿐이었다.

그런 후 기이한 정적이 찾아왔다. 나는 위층으로 올라가 옷을 차려 입었다. 옷을 입고 다시 내려와보니 조와 올릭은 청소를 하고 있었다. 올릭의 콧구멍 한쪽에 약간 상처가 난 것 외에는 다친 곳도 없었다. 잠시 후 '유쾌한 뱃사람'에서 맥주를 배달해왔고 둘은 평온한 모습으로 맥주를 마셨다.

나를 배웅하며 조가 내게 해준 말은 정말 심오했다.

"핍, 미쳐서 날뛰다가도 그 날뛰는 짓을 멈추기도 하는 거, 그게 바로 인생이다."

나는 미스 해비셤을 만나고 왔다. 나는 그녀에게 수련공 생활을 아주 잘하고 있으며 그녀에게 감사드리기 위해서 왔다고 했다. 그런데 에스텔라의 모습이 보이지 않았다. 문을 열어준 것도 그녀가 아니라 새러 포킷이라는 미스 해비셤의 친척이었다. 자기 앞에서 두리번거리는 나를 보고 미스 해비섬은 에스텔라가 숙녀 교육을 받으러 아주 먼 외국으로 갔다고 했다. 그러더니 그녀가 덧붙였다.

"그 애는 전보다 훨씬 더 예뻐졌단다. 보는 사람마다 감탄하지. 그 애를 놓친 것 같니?"

그 말을 한 후 그녀가 웃음을 터뜨렸는데 기분 나쁘기 짝이 없는 웃음이었다. 나는 당황스러웠다. 다행히 그녀가 나에게 그만 가보라고 하는 바람에 아무 대꾸도 없이 나올 수 있었다. 꼭 호두 껍데기 같은 새러 포킷이 나를 내보내고 문을 닫았을 때, 나는 내 꼴, 내 집, 내 직업 등 모든 내 것에 대해 불만을 느꼈다. 그날 그 방문을 통해 내가 얻은 수확이라고는 그 불만이 전부였다.

그날 나는 집에 늦게 돌아왔다. 집으로 돌아오는 도중 웁슬 씨를 만났기 때문이다. 그는 손에 들고 있던 책을 내게 낭송해주겠다고 했다. 조지 릴로의 『조지 반웰의 일생』이었다. 그는 나를 펌블추크 씨의 가게로 데려고 가서 늦게까지 그 책을 낭송해주었다. 함께 낭송을 듣고 있던 펌블추크 씨는 교수대의 이슬로 사라진 주인공 조지 반웰을 완전히 나와 동일시하는 눈빛으로 나를 바라보았다. 그는 고개를 절레절레 흔들며 내게 말했다.

"이 녀석아, 교훈으로 삼아. 교훈으로 삼으라고!" 마치 내가 그 극의 주인공처럼 삼촌을 죽일 운명을 타고 났다는 투였다.

늦은 밤이 되어서야 나는 웹슬 씨와 함께 집으로 발걸음을 옮겼다. 읍내 너머로 안개가 자욱하게 깔려 있었다. 그러던 중 우리는 구부정하게 몸을 굽힌 채 길을 걷고 있던 한 사내와 마주쳤다. 올릭이었다.

셋이 걸어오는데 대포소리가 들렸다. 감옥선에서 쏘는 대포소리였다. 그 소리를 듣고 올릭이 말했다.

"어이구! 새장 같은 감옥에서 또 죄수 몇 놈이 도망갔나보군. 하긴 탈주하기 딱 좋은 밤이야."

우리가 마을에 도착했을 때는 11시가 다 되어 있었다. 우리는 '유쾌한 뱃사람' 옆을 지나고 있었다. 늦은 시각이었는데도 술집 문이 활짝 열려 있는데다 사람들이 웅성거리고 있는 것을 보고 우리는 깜짝 놀랐다. 안으로 얼른 들어갔다 나온 웹슬 씨가 허둥지둥 내게 말했다.

"핍, 네 집에 큰일이 났다는구나. 자, 뛰어가자."

내가 그를 따라 뛰어가며 물었다.

"무슨 일인데요?"

"나도 자세히는 몰라. 조 가저리가 외출한 동안 누군가가 습격을 한 모양이야. 탈주범 놈들이겠지. 누군가 크게 다쳤대."

우리는 더 이상 이야기를 나누지 않고 쏜살같이 집을 향해 달렸다. 부엌에는 사람들이 모여 있었고 의사 선생님과 조도 부엌 한가운데 서 있었다. 그 누군가는 바로 누나, 조 부인이었다. 누나는 의식을 잃은 채 부엌 바닥에 쓰러져 있었다. 누군가 뒤쪽에서 머리를 내리쳤다는 것이었다. 누나는 이제 더 이상 길길이 날뛰는 조 부인으로서의 모습을 보여줄 수 없게 되어버렸다.

조는 8시 15분에서 10시 15분 전까지 파이프 담배를 피우며 '유쾌한 뱃사람'에 있었다. 조는 10시 5분 전에 집에 돌아와서 조 부인이 부엌바닥에 쓰러져 있는 모습을 발견했다. 촛불은 꺼져 있었다.

집 안 어디에도 사라진 물건은 없었다. 누나가 쓰러지면서 흘린 피 말고는 어지럽혀진 곳도 없었다. 그런데 현장에서 아주 중요한 증거물 하나가 발견되었다. 누나를 가격한 데 쓰인 것이 틀림없는 죄수용 족쇄가 발견된 것이다. 그 족쇄는 줄칼로 잘려 있었다.

조는 대장장이의 눈썰미로 그 족쇄는 아주 오래전에 줄칼로 자른 것이라고 단언했다.

나는 그 족쇄가 내가 만났던 죄수의 족쇄임을 의심하지 않았다. 하지만 왠지 그 죄수가 이 족쇄를 사용한 것 같지는 않다는 생각이 들었다. 그보다는 올릭이 아니면 술집에서 내게 줄칼을 보여 주었던 남자가 이 족쇄를 지니고 있다가 사용했으리라는 믿음이 있었다.

그런데 올릭은 행적이 분명했다. 그는 읍내에 갔었고 몇몇 술집에서 여러 사람과 어울렸으며 나와 웝슬 씨를 만나 집으로 돌아온 것이 확인되었다. 그날 누나와 말다툼한 것 빼고는 그에게 불리한 사실은 하나도 없었다. 게다가 누나와 말다툼한 사람을 의심의 대상으로 삼는다면 주변 사람을 다 의심해야 할 판이었다.

그렇다고 그 낯선 사람을 의심하기도 어려웠다. 설혹 그가 지폐를 찾으러 다시 왔다 해도 누나와 다투었을 리는 없었다.

누나는 그 돈을 되돌려줄 태세가 충분히 되어 있었다. 게다가 애당초 말다툼 같은 건 없었다고 했다. 범인은 누나가 눈치채지 못하게 다가와 순식간에 누나를 가격하는 바람에 누나는 뒤를 돌아볼 틈도 없이 쓰러졌던 것이다.

어쨌든 내가 그 흉기를 제공한 장본인이라는 생각에 나는 괴로웠다. 나는 조에게 모든 걸 다 털어놓고 싶었다. 하지만 정말로 조와 멀어질 수도 있으리라는 생각에 두려웠다. 그리고 무엇보다 조가 내 말을 믿지 않을 것 같았다. 나는 이미 미스 해비셤의 저택에 있지도 않은 일들을 마치 있는 것처럼 꾸며낸 전과자가 아닌가?

켄트 지역의 치안 경찰들과 런던에서 급파된 수사대가 한두 주 동안 우리 집 주변을 맴돌면서 수사를 한다고 법석을 떨었다. 하지만 아무 소득 없이 그냥 물러났다. 나중에 안 일이지만 런던에서 급파된 수사관들은 애당초 조를 의심했다고 한다. 하지만 그들은 결국 조를 의심했던 사실을 후회하게 되었다. 조가 정이 깊은 사람이며 절대로 그런 짓을 할 사람이 아니라는 것을 한두 주일만의 정교한 수사로 밝혀낸 그들은 역시 일류 수사대다웠다.

사건은 유야무야 되었지만 누나는 그렇지 않았다. 수사진이 사라진 후 누나는 한참을 몸져누웠다. 그리고 시력, 청력, 기억력 모두 전과 같지 않았다. 얼마 후 누나는 부축을 받고 아래층으로 내려 올 정도로는 회복이 되었다. 하지만 누나는 완전히 다른 사람이 되어버렸다. 벼락을 내리던 그 입으로 말도 제대로 하지 못했으며 무엇보다 성미가 엄청나게 누그러졌다. 게다가 누나는 팔다리를 불안정하게 떨었으며 우울증을 겪기도 했다. 어쨌든 누나가 전보다 훨씬 상냥한 사람이 되었다는 것만은 확실하게 말할 수 있다.

하지만 문제가 한 가지 있었다. 누나를 누가 돌볼 것이냐하는 것이었다. 그런데 그게 아주 잘 해결이 되었다. 웹슬 씨의 고모할머니가 만성적으로 앓고 있던 아주 고질적인 습관, 그 맹목적인 생존습관을 버려준 덕분이었다. 그녀가 맹목적인 생존습관을 버려준 덕분에 비디가 우리 집 식구가 되어 누나를 돌보았다.

비디는 특히 조에게 은인 같은 존재였다. 비디가 마치 어린 시절부터 죽 그랬다는 듯 아주 현명하고 능숙하게 누나를 돌보기 시작하자 조는 평온을 되찾고 일상생활을 할 수 있었다. 나도 규칙적인 수련공 생활에 접어들어 변함없이 무미건조한 일상생활을 누리기 시작했다. 올릭도 다시 일용직 일꾼으로 대장간 일을 했다. 내 생일이 되어 딱 한 번 미스 해비셤을 찾아갔던 것이 특별한 일이라면 일이었다.

그렇게 생활하던 중 나는 비디에게서 미묘하나마 어떤 변화 같은 것을 감지했다. 그녀의 구두굽이 높아졌고 머릿결이 더 반짝거리고 깔끔해지기 시작한 것이다. 물론 신분이 낮은 그녀가 에스텔라처럼 아름다울 수는 없었다. 하지만 그녀는 명랑한데다 건강했고 마음씨도 고왔다. 어느 날 나는 그녀의 눈이 참 예쁘고 착하게 생겼다는 생각을 했다.

그녀는 누나만 잘 돌본 것이 아니라 모든 집안 살림을 놀라울 만큼 잘해냈다. 게다가 나는 대장간 일이 끝나면 나름대로 공부를 열심히 했다. 하지만 비디를 보면서 나는 '전혀 공부할 시간이 없는 것 같은데 어쩜 저렇게 나한테 하나도 뒤떨어지지 않는 거지?'라는 생각을 하곤 했다. 게다가 그녀는 대장간과 관련된 모든 지식을 거의 완벽하게 터득하고 있었다. 이론

면에서 보자면 그녀는 이미 나보다 더 뛰어난 대장장이였다.

의자에 앉아 조용히 바느질을 하는 그녀의 모습을 바라보며 나는 그녀가 비범한 여자라는 생각을 갖기 시작했다. 그러고 보니 웹슬 씨의 고모할머니가 그 몹쓸 생존습관에서 벗어나지 못했을 때 비디가 그 힘든 일을 어떻게 묵묵히 견뎌왔나 하는 데까지 생각이 이르렀다. 구질구질하게 다 떨어진 보따리 같은 그 노파를 자기 어깨에 짊어진 채 그 보잘것없는 가게와 야간학교에 둘러싸여 힘들게 살면서도 비디가 얼마나 현명했던가 하는 생각이 들었던 것이다.

그런 생각을 하면서 나는 비디가 지금 우리 집안을 위해서 해주고 있는 일에 대해 내가 과연 제대로 고마움을 표한 적이 있던가, 하는 생각이 들었다. 게다가 그녀는 내 인생 최초의 진짜 선생님 아닌가?

내가 그녀에게 말했다.

"비디, 옛날처럼 너와 둘이 이야기를 나눌 시간이 있으면 좋겠어. 다음 일요일에 둘이 습지대를 산책하며 이야기를 좀 나누면 어떨까?"

누나는 이제 비디 없이 혼자 두면 안 되는 상태였다. 하지만

그날은 조가 흔쾌히 누나를 맡아주어서 비디와 나는 산책을
나설 수 있게 되었다. 날씨가 화창한 여름날이었다. 우리는 교
회와 교회 묘지를 지나 습지대까지 걸어갔다. 돛을 활짝 펴고
지나가는 배들이 눈에 들어오자 내게 에스텔라와 해비셤 부인
이 떠올랐다. 강가에 도착해 강기슭에 앉자, 나는 깊은 내 마
음을 비디에게 털어놓기 좋은 곳이며 좋은 때라고 생각했다.

나는 비밀을 지킬 것을 약속하라며 그녀에게 말했다.

"비디, 난 신사가 되고 싶어."

"어머, 나라면 안 그럴 텐데. 그런다고 무슨 큰 보람이 있을
것 같지는 않아. 핍, 지금이 행복하지 않아?"

"비디, 난 조금도 행복하지 않아. 나는 내 삶과 직업이 너무
싫어. 도제 계약은 나를 만족스럽게 해주기는커녕 나를 옭아
매고 있을 뿐이야. 그러니 그런 바보 같은 소리 하지 마."

"그래, 내가 바보 같은 소리를 했지? 난 그저 네가 잘 되길
바랄 뿐이야. 그리고 네가 편안해지길 바랄 뿐이야."

"지금의 내 삶과 다른 삶을 살지 않으면 내 마음은 결코 편
해지지 않을 거야. 아니, 점점 더 비참해지기만 할 거야. 비디,
제발 내 마음을 이해해줘."

제1부

**93**

"정말 가슴 아픈 일이구나." 비디가 서글픈 표정을 지으며 말했다. 나도 비디의 말에 동의했다. 나도 정말 가슴 아픈 일이라고 생각하고 있었다. 지금의 처지에 만족하지 못하면서 다른 삶을 살 가능성이 없다는 게 얼마나 가슴 아픈 일인가!

내가 비디에게 말했다.

"나도 옛날처럼 살고 싶어. 그냥 아무 생각 없이 대장간 일을 좋아하며 살고 싶어. 그렇게만 된다면 나는 조와 동업자가 될 것이고, 너와도 잘 어울리는 사람이 될 수 있겠지. 하지만 비디, 내가 너무 비천하다는 말을 듣고도 그냥 이렇게 살 수는 없어."

"그게 무슨 소리야? 어떻게 그런 말을 함부로 하지? 누가 그런 말을 했어, 핍?"

나는 당황했다. 생각하지도 못한 사이에 이야기가 딴 길로 샌 것이다. 하지만 이제 얼버무릴 수가 없었다.

"미스 해비셤 댁에 있는 아름다운 아가씨가 그랬어. 정말 아름다운 아가씨야. 난 그 아가씨를 사모하고 있어. 바로 그 아가씨 때문에 나는 신사가 되고 싶은 거야."

스스로 생각해도 정말 미치광이 같은 고백이었다. 나는 공연히 화가 나서 주변의 풀들을 잡아 뜯어 발아래 강물로 내던지기 시작했다.

비디가 잠시 주저하는 것 같더니 물었다.

"그 아가씨에게 앙갚음하려고 신사가 되려는 거니, 아니면 그 아가씨 마음에 들려고 그러는 거니?"

"몰라!" 나는 퉁명스럽게 대답했다.

"만약 앙갚음을 하고 싶어서라면, 그냥 잊어버리고 신경 쓰지 않는 게 나을 거야. 그게 네 자존심을 살리는 길이거든. 그리고 그 아가씨 마음에 들려고 그러는 거라면, 내 생각엔 그럴 만한 가치가 있는 여자가 아닌 것 같아."

사실은 나도 여러 번 했던 생각이다. 하지만 나는 어리벙벙한 시골 소년일 뿐이었다. 그런 처지에도 불구하고 제아무리 훌륭하고 현명한 사람이라도 빠져들 수밖에 없는 모순! 이 모순을 어찌 피할 수 있었겠는가? 사랑! 그게 바로 모순이었다. 그런 판단을 언제나 비웃는 게 사랑 아닌가!

내가 비디에게 대답했다.

"네 말이 옳을지도 몰라. 하지만 나는 그 아가씨를 정말로 연모하고 있어."

제1부

그 말을 하면서 나는 양쪽 머리카락을 잔뜩 움켜쥐고 잡아 뜯었다. '나는 천하에 둘도 없는 바보야!'라고 고백하는 기분이었다.

현명한 비디는 더 이상 나를 설득하려들지 않았다. 그녀는 내 손을 부드럽게 내 머리에서 떼어내더니 내 어깨를 가볍게 토닥거렸다.

그녀가 말했다.

"한 가지만은 정말 기뻐. 네가 네 마음을 내게 털어놓았다는 거. 내가 언제고 그 비밀을 지켜줄 수 있다는 것도 기쁜 일이고."

나는 비디의 목에 팔을 두르고 입맞춤을 하면서 말했다.

"나는 언제고 네게 무엇이든 다 말할 거야."

"네가 신사가 되기 전까지겠지."

"내가 신사가 될 수 없다는 건 네가 더 잘 알잖아. 그러니까 '언제까지나'인 셈이야."

우리는 조금 더 걸으면서 이런저런 이야기를 나눈 후 집으로 돌아왔다.

그날 이후 내 혼란은 더 커졌다. 비디가 에스텔라보다

100배는 훌륭하다는 생각, 내 삶 속에 부끄러운 게 하나도 없다는 생각, 천직으로 부여받은 노동자로서의 삶을 살아가더라도 얼마든지 행복할 수 있다는 깨달음이 내게 자주 찾아왔다. 하지만 바로 그 순간, 미스 해비셤을 방문했을 때의 기억들이 무서운 위력으로 나를 강타해서 내 마음을 조각내버리곤 했다. 그리고 내 도제 계약 기간이 끝나면 미스 해비셤이 나를 출세시켜줄지도 모른다는 엉뚱한 기대감마저 찾아와 조각난 내 마음을 사방천지로 흩어지게 만들었다.

도제 계약 기간이 제대로 끝났더라도 나는 그 혼란에서 결코 벗어날 수 없었을 것이다. 하지만 나는 그 기간을 채우지 못했다. 뜻하지 않은 사건이, 조와 나를 묶고 있던 줄을 끊어버렸다.

# 5

　　내가 조의 견습공이 된 지 네 해째 되
던 어느 토요일 밤이었다. '유쾌한 뱃사람' 난롯불 주변에 사
람들이 모여 웹슬 씨가 신문을 읽는 소리에 귀를 기울이고 있
었다. 나도 그 자리에 있었다. 기사 내용은 어떤 살인 사건 재
판에 관한 것이었다. 웹슬 씨는 기사에 나오는 모든 인물들
역을 하면서 기사를 읽었다. 그는 증인이 되어 떨리는 목소리
로 증언을 했으며 피해자가 되어 신음을 내뱉었고 살인범이
되어 고함을 내질렀다. 그의 모노드라마를 보고 우리는 모두
재판정의 배심원이 되었으며 계획에 의한 고의 살인이라는
평결을 내렸다.

바로 그때 반대편 긴 의자에 웬 낯선 사람이 앉아 있는 모습이 내 눈에 들어왔다. 그는 등받이에 등을 기댄 채 우리를 구경하고 있었다. 그의 얼굴에 경멸하는 기색이 역력했다. 그는 의기양양하게 우리들을 둘러보고 있는 웹슬 씨를 향해 말했다.

"이보시오. 영국법에 의하면 유죄가 입증되기 전까지는 모든 사람을 무죄로 간주한다는 사실을 알고 있소?"

"그건, 나도⋯⋯."

"거기 신문에 반대 심문이 나와 있소?"

"아니, 그건⋯⋯."

우리는 이제까지 우러러 보았던 재판장 웹슬 씨를 의심하기 시작했다.

"자, 다시 읽어보시오. 그 죄수가 자기 진술을 했던가, 안 했던가? 아마 아직 안 했다고 나와 있을걸."

"⋯⋯."

낯선 사나이는 웹슬 씨를 향해 오른손을 뻗은 채로 사람들을 죽 둘러보며 말했다.

"여러분, 신문에 저렇게 명백한 사실이 나와 있는데도, 자기변명도 아직 못한 피고를 유죄라고 판단하고는 버젓이 편하게 잠을 자는 저런 사람들이 과연 양심이 있다고 할 수 있을까요? 여러분은 어떻게 평결하시겠습니까?"

우리들은 다시 그 낯선 사나이가 주도하는 재판정의 배심원이 되어 웝슬 씨를 유죄로 평결했다. 그는 뭔가 항의하려는 웝슬 씨를 손가락으로 가볍게 제압한 후 우리들을 휙 돌아보며 말했다. 우리는 모두 겁을 먹고 움찔했다.

"내가 받은 정보에 의하면 여러분 중에 조지프 혹은 조 가저리라는 이름의 대장장이가 있다고 믿을 만한 충분한 근거가 있소. 누가 그 사람이오?"

그가 지목한 사람이 대장장이 조가 아니라 국왕이었다 할지라도 손을 들고 나설 만큼 권위가 있었다.

조가 "바로 납니다"라고 말하며 일어서자 그가 눈짓으로 가까이 오라고 했고 조는 얼른 그의 곁으로 갔다.

그가 말했다.

"당신에게 핍이라고들 부르는 견습공이 한 명 있지요?"

"여기 있습니다." 내가 외쳤다.

그를 자세히 보자 언젠가 한번 본 것 같다는 느낌이 들었다. 언젠가 미스 해비셤 저택을 방문했을 때 복도에서 한번 마주친 적이 있던 것 같았다. 나도 그의 곁으로 갔다. 가까이서 자세히 보니 큰 머리, 거무스레한 안색, 움푹한 눈, 짙은 눈썹, 턱수염 등이 분명히 낯이 익었다.

그가 조와 내게 말했다.

"나는 두 사람과 나눌 이야기가 있소. 아마 당신들 집이 좋을 거요. 내 용건은 두 사람을 만나는 거지 여기 있는 사람들과는 아무 상관도 없기 때문이오."

우리 셋은 어리둥절해하는 사람들을 뒤로 하고 곧바로 우리 집으로 갔다. 우리들의 면담은 우리 집 응접실에서 이루어졌다. 자리를 잡자 그 사나이가 말했다.

"내 이름은 재거스요. 꽤 유명한 런던의 변호사요. 나는 용건만 좋아하는 사람이오. 자, 조지프 가저리 씨, 나는 당신의 도제인 이 친구를 도제에서 풀어주라는 제안을 받고 그걸 전달하러 왔소. 이 친구가 요구하면 도제 계약을 취소하는 데 반대하지 않겠지요? 그 대가로 뭘 원하는 건 없지요?"

조가 조답지 않게 그를 노려보면서 말했다.

"핍의 앞길을 막지 않는다는 조건으로 뭘 원한다는 건 하느님께 맹세코 절대 있을 수 없는 일입니다.”

나는 조가 그렇게 논리적으로 정확하게 말하는 걸 본 적이 없었다.

“잘 알았소. 하지만 그걸 금방 뒤집을 생각은 마시오. 바로 용건을 말하겠소. 내가 말하려는 건 이 친구가 엄청난 재산을 물려받게 되었다는 사실이오. 나아가 이 친구가 즉시 지금 하는 일을 그만두고 신사 교육을 받아야 한다는 것, 한마디로 말해 엄청난 재산을 상속받게 된 젊은이에게 걸맞은 교육을 받아야 한다는 것, 이게 그 재산을 물려주려는 분이 원하는 거요.”

나는 그만 멍해지고 말았다. 내 꿈이 이렇게 실현되다니! 터무니없어 보였던 내 공상이 이렇게 현실로 내 앞에 모습을 드러낸 것이다. 그래, 미스 해비셤이 내게 이런 엄청난 행운을 가져다준 거야.

재거스 씨가 이번엔 나를 향해 말했다. 역시 간단명료했다.

“자, 핍 군. 내가 자네에게 전할 말은 딱 두 가지이네. 우선 자네는 앞으로 늘 핍이라는 이름을 간직해야 한다는 게 자네에게 유산을 물려주시겠다는 분의 요구라네. 이런 엄청난 일에 그렇게 손쉬운 요구만 부과되었으니 당연히 이의가 없을 걸세."

이의가 있을 리 없었다. 나는 전혀 이의가 없다는 말을 더 듬거리며 중얼거렸다.

그가 계속 말했다.

"다음으로, 이게 정말 중요한 거라네. 자네 은인이 몸소 자신의 이름을 밝히기 전까지는 그분의 이름이 비밀에 부쳐져야만 한다는 거라네. 그게 언제가 될지는 나도 모르네. 그러니 앞으로 그 문제에 관해서는 어떤 질문을 해서도 안 되네. 제일 좋은 건 자네가 아예 궁금해하지 않는 거겠지만 속으로 궁금해하는 걸 내가 막을 도리는 없지. 이것도 그렇게 어려운 조건이라고는 생각되지 않는데. 어때, 이의가 없겠지?"

나는 다시 한 번 이의가 없다고 더듬거렸다.

"자, 그러면 세부 사항을 이야기하지. 자네는 유산만 상속받는 게 아니라네. 벌써 자네 교육과 런던 생활을 위한 돈이 내 손에 있네. 신사가 되기 위해 자네가 지금까지 무슨 생각을 해왔는지는 중요하지 않네. 자네는 당장 개인 교사 밑으로 들어가야 하네. 그럴 마음의 준비가 되어 있다는 게 바로 내가 기다리는 답인데, 어째 그렇게 답했다고 생각해도 되겠나?"

내가 "네, 그렇습니다"라고 더듬거리며 말하자 그가 다시 말했다.

"자네 혹시 자네 마음에 들 만한 선생에 대해서 뭐 들은 게 있나?"

있을 리 없었다. 내가 아는 선생은 비디와 웝슬 씨, 고모할머니가 전부였다. 내가 없다고 대답하자 그가 말했다.

"그렇다면 내가 자네에게 정보를 주지. 절대로 추천하는 게 아냐. 난 누구를 추천하는 사람이 아니야. 자네 목적에 걸맞을 만한 사람이 하나 있네. 그 신사의 이름은 매슈 포킷이라네."

'매슈 포킷? 어디서 들어본 사람인데?'

나는 속으로 고개를 갸우뚱했다. 그러다가 속으로 무릎을 탁 쳤다.

'그래, 미스 해비셤의 친척이야.'

내게는 미스 해비셤이 언젠가 내게 해주었던 이야기가 생각났다. 자기가 신부 드레스를 입은 채 결혼 피로연 식탁에 누워 있게 되면 매슈 포킷이 과연 그 머리맡에 있을까, 라고 중얼거렸던 그 남자였다. 아무런 맥락도 없이 나온 하도 뜬금없는 말이어서 오히려 그 이름이 생생하게 내 뇌리에 남아 있었다.

내가 좋은 분을 추천해주셔서 감사하다고 말하자 재거스 씨는 혀를 끌끌 차며, 절대로 추천해주는 게 아니라고 거듭 강조했다. 나는 그분을 알게 해주셔서 감사하다고 내 말을 고쳐야만 했다.

"자네가 그렇게 결정했다면 됐네. 그분 댁에서 직접 배우게 될 걸세. 우선 자네는 런던에서 그분의 아들을 만나게 될 걸세. 런던에 언제 오겠는가?"

나는 조를 흘끗 바라보며 곧바로 갈 수 있을 것 같다고 대답했다.

"좋아. 하지만 그런 차림으로는 곤란하지. 새 옷을 입고 와야 하네. 그럼 1주일 후 이날 떠나는 걸로 하세. 자, 20기니면 되겠지?"

그는 길쭉한 돈 주머니를 꺼내더니 돈을 하나 둘 세어 탁자 위에 놓았다. 그러더니 조를 보고 말했다.

"왜, 뭐 이상한 거라도 있소? 기가 막힌다는 표정인데."

"정말, 기가 막힙니다."

"왜? 당신에게는 아무런 보상도 안 하기로 양해가 되었을 텐데?"

"당연하지요. 앞으로도 영원히 그럴 겁니다."

그러자 재거스 씨가 돈주머니를 흔들면서 말했다.

"하지만 당신에게 보상을 해주라는 내용이 내가 받은 지시 사항에 들어 있다면 어떻게 하겠소?"

"무슨 보상이란 말이요?"

"저 애가 도제 생활을 끝내지 못한 데 대한 보상 말이요."

그러자 조가 조심스럽게 내 어깨 위에 손을 올려놓았다. 여성의 손처럼 부드러운 손길이었다. 그는 힘과 부드러움을 함께 갖고 있는 사람이라는 것을 그때 비로소 알았다. 그는 어떤 사람이든 박살 내버릴 수 있으면서 동시에 달걀껍질도 살살 두드릴 수 있는 증기 해머 같았다.

그러면서 그는 "나와 가장 절친한 친구인 이 아이를 그런 식으로 생각한다면……"이라고 잦아드는 목소리로 말했을 뿐이었다. 아마 나를 두고 무슨 거래를 한다는 생각이 그에게는 상상조차 할 수 없는 끔찍한 일이었을 것이다.

아아, 내가 그렇게 배은망덕하게 그 곁을 떠나려 하고 있건만 선량한 조는 근육질의 팔을 내밀고 가슴을 들썩이며 나를 그렇게 부드럽게 애무하고 있었다. 오늘날까지도 경건하게 내 가슴에 와 닿는 그렇게 섬세하게 떨리던 천사 같은 그 손길!

하지만 그때 나는 그저 조를 달래기만 했다. 나는 내 눈앞의 행운이라는 미로에 갇혀 그와 함께 걸어왔던 정겨운 오솔 길들을 모두 잊고 있었다. 아니 잊으려 애를 쓰고 있었다. 나는 조에게 우리는 지금까지 가장 친한 친구였고 앞으로도 그럴 것이라고 말하며 그를 달랬다.

그 광경을 바라보면서 재거스 씨는 '무슨 저런 머저리, 바보가 있나'라고 생각했을지도 모른다. 재거스 씨는 돈주머니를 손에 올려놓고 무게를 재듯 위아래로 흔들면서 말했다.

"자, 마지막이오, 가저리 씨. 당신에게 주려고 내가 맡아놓고 있는 선물을 받겠으면 지금 큰 소리로 말해요."

그러자 조가 느닷없이 권투 선수 같은 폼으로 그의 주변을 맴돌며 말했다.

"무슨 말이냐 하면, 당신이 나를 화나게 하기 위해서 이 집에 온 거라면, 그러니까 무슨 말이냐 하면, 당신이 진정한 사내라면 어디 덤벼보라 이 말입니다. 그러니까 무슨 말이냐 하면 지금 내가 하는 소리는 진심이라 이겁니다!"

재거스 씨는 문가로 뒷걸음질 쳤고 나는 조를 달랬다.

재거스 씨가 재빨리 말했다.

"핍 군, 자네가 이곳을 빨리 떠나면 떠날수록 좋을 것 같군. 다음 주 이날을 넘기지 않는 게 좋겠어. 내가 미리 주소를 줄 테니 런던에서 역마차를 타고 바로 오게나. 오늘 나는 내 개인적 견해를 표명한 게 하나도 없다는 걸 명심하고. 나는 그저 보수를 받고 일하는 것뿐이라네."

그런 후 그는 떠났다.

그날 나는 비디와 누나에게 내가 런던으로 떠난다는 사실을 알리고 내 작은 방으로 올라갔다. 비디에게는 조가 말해주었고 누나에게는 비디가 말해주었다. 조와 비디는 나를 진심으로 축하해주었지만 그 축하 속에는 뭔지 알 수 없는 슬픔이 서려 있어 나는 약간 화가 났다. 누나는 아무 말도 알아듣지 못한 채 그냥 웃으면서 고개만 끄덕일 뿐이었다.

나는 내 방에서 여전히 혼란에 빠져 있었다. 바로 그 순간 나는 지금 눈앞의 내 방과 내가 앞으로 지내게 될 멋진 방들 사이에서 혼란에 빠졌다. 마치 조의 대장간과 미스 해비셤의 저택 사이에서, 비디와 에스텔라 사이에서 흔들렸던 것처럼……

그날은 온종일 햇볕이 밝게 내리 쬔 날이어서 방이 따뜻했다. 창문을 열고 밖을 내다보니 조가 문 밖으로 나와 천천히 바람을 쐬는 모습이 보였다. 잠시 후 비디가 그에게 파이프를 건네주고 거기 불을 붙여주었다. 그는 결코 그렇게 늦은 시각에 파이프를 피워본 적이 없었다. '담배는 마음에 위안을 얻으려 할 때 피우게 된다지?'라고 나는 속으로 생각했다.

조의 파이프 담배 연기가 피어올라 동그랗게 화환 모양으로 둥실 떠오르는 게 보였다. 나는 그게 조가 내게 보낸 축복의 선물 같다고 생각했다. 내게 불쑥 내미는 그런 선물이 아니라 우리가 숨 쉬고 있는 공기 속에 섞여 있어 알게 모르게 언제나 우리와 함께하는 그런 선물 말이다. 나는 불을 끄고 침대로 기어들어갔다. 이제는 이전처럼 달콤한 잠에 빠질 수 없는 불편한 침대였다.

아침이 되니 내 삶 전체가 바뀌어 있었다. 어두운 것은 다 물러가고 화사한 빛에 감싸여 도저히 같은 것이라고는 여길 수 없었다. 내 출발이 아직 엿새나 남았다는 것만이 무거운 짐이었다. 그사이 런던이 엄청나게 파괴되거나 없어지면 어쩌나 하는 걱정을 떨쳐버릴 수 없었다.

나는 우선 습지대로 가서 단조롭기 짝이 없던 내 어린 시절의 일상과 작별을 고했다. 풀을 뜯고 있던 소 떼들이 막대한 유산을 상속받게 된 분을 자세히 보려고 가능한 한 내 가까이 오려고 애쓰는 것만 같았다. 그래, 이 시골 소들아! 나는 런던으로 가서 훌륭한 사람이 될 거다! 나는 우쭐한 기분에 젖어 옛 포대 자리로 갔다. 나는 거기 누워서 미스 해비셤이 나를 에스텔라와 맺어주려고 마음먹은 건 아닌가, 제멋대로 상상하다 잠이 들었다.

잠에서 깨어났을 때 나는 조가 내 옆에서 파이프 담배를 피우고 있는 걸 보고 깜짝 놀랐다. 내가 눈을 뜨자 그가 밝은 미소를 띠며 말했다.

"이게 마지막일지도 몰라서 너를 따라왔어, 핍."

"그래, 정말 고마워. 하지만 내가 조를 결코 잊지 않으리라는 걸 믿어도 돼."

"물론이지. 잊지 않을 거야. 어떻게 그런 일이! 그런데 좀 너무 털컥 하고 변화가 찾아온 것 같아. 그렇지 않니?"

"그럴지도 몰라. 하지만 나는 늘 신사가 되길 원했고, 신사가 되면 무슨 일을 해야 할지도 생각했어."

"정말? 정말로 놀라운 일이네."

"그래서 이런 일이 벌어진 걸 거야. 그런데 딱한 게 한 가지 있어. 우리 둘이 이곳에서 함께 공부했는데 조는 실력이 조금도 늘지 않았잖아."

나는 내가 재산을 물려받아서 조를 위해 무언가 해줄 수 있게 되었을 때를 염두에 두고 그 말을 했다. 신분 상승에 걸맞은 자질을 갖추길 원한 것이다. 그러나 조는 이렇게 대답했을 뿐이었다.

"글쎄, 난 잘 모르겠어. 난 정말 지독하게 멍청해. 내 직업에서만 장인일 뿐이야. 그건 참 딱한 거지. 그런데 열두 달 전 오늘도 딱했으니 지금이라고 해서 더 딱할 건 없잖아?"

나는 그가 도무지 내 말을 못 알아듣는다고 생각하고 비디에게 도움을 청하기로 작정했다.

우리가 집으로 돌아가 차를 마시고 난 뒤에 나는 부탁할 게 한 가지 있다며 비디를 집 뒤의 작은 정원으로 데리고 갔다.

"부탁이 뭐냐 하면, 조를 조금이라도 향상시킬 수 있도록 애 좀 써달라는 거야."

비디가 거의 나를 쏘아보며 대답했다.

"아저씨의 어디를 향상시키라는 건데?"

"글쎄, 조는 착한 사람이야. 세상에서 제일 착할지도 몰라. 하지만 어떤 면에서는 조금 모자라기도 해. 공부라든가, 예절 같은 데서 말이야, 비디."

내가 말을 마쳤을 때 그녀는 눈을 휘둥그레 뜨고 있었지만 날 외면하고 있었다. 그녀가 나무 잎을 하나 떼어내며 말했다.

"아저씨 예절이 모자라다고? 그걸 향상시키도록 도와주라고? 너, 정말 아저씨가 예절이 바르지 못한 사람이라고 생각하는 거니?"

"여기서는 충분할지 몰라. 하지만 만일 내가 재산을 좀 물려받게 돼서 좀 더 고상한 삶을 살게 된다면, 지금 식으로는 조가 정당한 대접을 못 받을 거라는 얘기야."

그러자 비디가 발끈하며 말했다.

"넌, 조 아저씨가 자존심도 없는 분인 거 같니? 아저씨는 자존심과 자긍심이 아주 강하셔. 지금 자기가 누리고 있는 자리를 아주 자랑스러워하신다고. 누군가 그 자리에서 그분을 빼내려고 하면 절대 허락하지 않으실걸. 너는 왜 조 아저씨를 다른 사람으로 만들려고 하는 거니?"

나도 발끈했다.

"비디, 넌 질투하고 있는 거야. 그건 아주 나쁜 거야. 내가 떠난 이후 조금이라도 조를 나은 사람으로 만들 기회가 오면 그걸 놓치지 않도록 함께 노력해 달라고 부탁한 건데, 그게 뭐가 나빠? 앞으로 너에게 부탁은 안 할게."

"네가 어떻게 말하건 상관없어. 나는 여전히 이 자리에서 내 능력이 닿는 한 최선을 다하고 살 거야. 그리고 네가 내게서 나쁜 걸 보았건 아니건 너에 대한 내 생각은 하나도 변하지 않을 거야. 하지만 정말 신사가 된다면 옳게 처신해야만 한다는 건 말해주고 싶어."

나는 비디와 헤어져 산책을 갔고 비디는 집안으로 들어갔다. 내 운명이 바뀐 둘째 날 밤도 첫날처럼 무언가 외롭고 혼란스러운 게, 참 이상하다고 생각하며 나는 잠자리에 들었다.


나는 다음날 양복점으로 갔다. 양복점 주인 트랩 씨는 심드렁하게 나를 맞았다. 그러나 내가 엄청난 재산을 물려받을지도 모른다며 금화를 몇 닢 보여주자 그의 태도가 돌변했다. 더욱이 내가 최고급 양복을 한 벌 맞추러 왔다고 하자 그는 허리를 굽실굽실하며 '도련님, 도련님'을 연발했다. 돈이 지닌 무시무시한 힘을 처음으로 직접 경험한 것이다.

하지만 그 위력을 내게 가장 실감나게 보여준 것은 뭐니 뭐니 해도 펌블추크 씨였다.

나는 모자 가게, 신발 가게, 양말 가게 등에 들러 필요한 것들을 산 후 펌블추크 씨 가게로 갔다. 그는 몹시 초조해하며 나를 기다리고 있었다. 아침 일찍 외출했다가 대장간에 들렀을 때 소식을 들은 것이었다.

그는 응접실에 나를 위해 간단한 식사를 준비해두었으며 내 고귀한 몸이 지나갈 때 통로에서 비켜 서 있으라고 점원에게 지시까지 했다.

그는 나를 "친애하는 어린 친구"라고 부르며 그렇게 불러도 되겠느냐고 물었다. 그러더니 내게 요리들을 권했다. 모두 보어 호텔에서 주문해온 고급 음식들이었다. 그는 내게 닭 요리, 소 혀 요리와 와인을 권하며 수도 없이 악수를 청했다. 그것도 한 번 내 손을 잡을 때마다 황송하다는 몸짓을 하며 "해도 되겠나?"를 연발하면서였다. 내가 그의 가게로 양복을 배달시켜도 되겠느냐고 말했더니 그는 세상에 그런 큰 영광은 처음 받아보는 것이라며 기뻐했다.

그는 자기가 이런 결과를 만들어내는 데 미력이나마 도움이 된 것이 너무 자랑스럽다고 떠벌렸으며 조와 누나에 대해서는 조금도 걱정하지 말라고, 자기가 다 알아서 잘해줄 거라고 수도 없이 말했다. 그리고 마치 내가 곧 동업자가 될 것처럼 자기 사업에 대해 시시콜콜히 이야기를 늘어놓더니, 자본만 더 있으면 근사한 사업을 벌일 수 있다, 내가 투자를 하게 된다면 큰 이익을 남겨줄 자신이 있다고 힘주어 말했다.

그가 준비한 와인을 마시는 동안 그는 조를 표준에 도달하게 만들겠다, 내게 언제나 변함없이 봉사를 하겠다고 수도 없이 떠들어댔다. 어떤 표준이고 무슨 봉사를 말하는 것인지 나는 감도 잡지 못했다. 또한 그는 자기의 천리안 같은 눈을 자랑했다. 나에 대해, 저애는 평범한 애가 아니라고 늘 남들에게 말해왔다고 강조한 것이다.

내가 약간은 비틀거리며 밖으로 나오자 그가 얼른 따라 나와 마차를 잡았으며 적어도 백 번은 더 내 손을 잡았다. 내가 마차에 오르자 그는 내 축복을 기원했고 마차가 길모퉁이로 사라질 때가지 그곳에 서 있었다.

화요일부터 목요일까지 짐들을 꾸리면서 보낸 나는 금요일에 펌블추크 씨 가게로 갔다. 그날 새 양복이 나오는 날이었기 때문이다. 나는 펌블추크 씨 가게로 가서 양복을 입은 후 미스 해비셤의 저택으로 갔다.

정문에서 나를 맞은 이는 새러 포킷이었다. 미스 해비셤은 연회 식탁이 있는 방에서 목발처럼 생긴 지팡이에 의지해 걷기 운동을 하고 있었다. 그녀가 내게 무슨 일이냐고 묻기에 나는 런던으로 떠난다고 대답했다.

"지난번 뵌 이후로 제가 막대한 유산을 물려받게 된 것 같습니다, 미스 해비셤. 그리고 저는 그 사실에 대해 진정으로 감사하고 있습니다, 미스 해비셤."

"내가 재거스 씨를 만나 이야기를 다 들었어, 핍. 그래 내일 떠난다지?"

"네, 미스 해비셤."

"어느 부자의 양자가 되었다지?"

"네, 그렇습니다."

"이름은 모른다며? 재거스 씨가 네 후견인이고."

"네, 그렇습니다."

"잘되었구나. 앞으로 네 앞길이 창창하게 열리게 되었어. 처신 잘하고 재거스 씨의 가르침을 잘 따르도록 해라."

그녀가 잘 가라고 인사하며 손을 내밀었고 나는 무릎을 꿇고 그 손에 입을 맞추었다. 나는 그렇게 나의 요정 대모를 떠났다.

이제 드디어 내일이면 출발이었다. 마지막 날 밤 식탁에 둘러앉은 조와 비디, 그리고 나는 억지로 명랑한 척했지만 침울한 기분이 나아지지 않았다. 나는 다음 날 새벽 5시에 마차를 타고 출발할 예정이었다. 나는 마차 타는 곳까지 혼자 가겠다고 조에게 말했다. 그럴듯한 핑계를 댔지만 실은 함께 걷는 두 모습이 얼마나 어울리지 않을까 하는 걱정에서였다. 내 본마음을 스스로에게 들키자 나는 가슴이 아팠다. 밤에 잠자리에 누웠을 때 지금이라도 내려가서 내일 새벽에 함께 가자고 말하고 싶었지만 나는 그러지 못했다.

비디가 새벽부터 부산을 떨며 준비한 아침 식사를 아무도 제대로 들지 못했다. 나는 "아이고, 빨리 떠나야겠네"라고 말하며 식탁에서 벌떡 일어났다. 나는 늘 앉던 자리에 앉아 웃고 있는 누나에게 입맞춤을 했고 비디에게도 입맞춤을 했으며 조의 목을 두 팔로 감싸 안았다. 그런 다음 나는 작은 여행가방을 들고 집을 나섰다. 사랑하는 내 오랜 친구 조는 오른팔을 머리 위로 흔들며 목이 멘 채 '잘 가!'라고 소리치고 있었고 비디는 앞치마를 얼굴에 갖다 대고 있었다.

나는 이별이 참 쉽다고 생각했다. 빠른 걸음으로 집에서 멀어져 가며 나는 휘파람까지 불었다. 그곳 마을에서 나는 정말 천진난만한 어린 시절을 보냈지만 이제는 너무나 큰 미지의 세상이 나를 기다리고 있었다.

순간 갑자기 가슴이 들썩거리더니 왈칵 눈물이 쏟아졌다. 나는 이정표를 잡고 '오, 내 사랑하는 친구야, 잘 있어'라고 말하며 실컷 울었다. 한바탕 울고 나니 나는 조금 더 나은 사람이 되었다. 말하자면 조와 비디에게 더 미안해했으며 내가 얼마나 배은망덕한지 더 잘 알게 되었다. 말 그대로 더 신사다워졌다는 뜻이다. 내가 어제 저녁에라도 울었더라면 내 옆에는 분명 조가 함께 걸어가고 있었을 것이다.

나는 마차를 갈아탈 때마다, 이제라도 늦지 않았으니 돌아가서 좀 더 사람다운 이별을 하고 오는 게 나으리라 생각했다.
그러나 생각뿐 행동으로 옮기지는 못했다. 마침내 이미 되돌
아가기에는 너무 멀리 와버려서야 나는 그 생각을 떨칠 수 있
었다. 이제는 장엄하게 피어오르던 안개가 걷혀가고 있었고,
세상이 내 앞에 그 모습을 활짝 드러내고 있었다.

제2부

# 1

켄트 지역 우리 읍내로부터 수도 런던까지는 대략 다섯 시간 정도 걸리는 거리였다. 재거스 씨는 약속대로 내게 주소지를 보내왔다. 그곳은 리틀 브리튼 구역이었다. 역마차를 타고 스미스필드 시장을 막 지나니 역마차 사무소가 있었고 그의 사무실은 바로 그 옆이었다.

사무실로 들어가니 재거스 씨는 없었다. 나를 맞이한 직원은 재거스 씨가 소송 사건 때문에 자리를 비웠다며 재거스 씨가 자기 방에서 기다리라는 말을 남겼다고 했다. 나는 사무실에서 그를 기다리느니 주변을 한번 돌아보고 싶었다. 그래서 밖으로 나가 리틀 브리튼 구역을 이곳저곳 산책했다. 거리에는 많은 사람들이 있었다.

그런데 나는 놀라고 말았다. 그 일대의 사람들이 나처럼 재거스 씨를 기다리고 있는 중이라는 사실을 부지불식간에 알게 되었던 것이다. 그들의 대화 속에는 재거스 씨가 꼭 끼어 있었다. '재거스 씨는 꼭 이길 거야' '재거스 씨가 우리 편이야, 더 바랄 게 없어' '재거스 씨가 이 사건을 안 맡아주면 어쩌지?' 하는 대화들이 나도 모르게 내 귀에 들어온 것이다.

아니나 다를까 재거스 씨가 길을 건너 나를 향해 걸어오자 모두들 우르르 재거스 씨를 향해 달려갔다. 재거스 씨는 그들을 아주 간단하게 하나씩 처리했다. 그리고 그의 말은 언제나 '자, 이제 더 할 말 없소'라거나 '자, 이제 당신들 건은 그만!' 하는 식으로 끝을 맺었다. 그들은 한마디라도 더 했다가는 재거스 씨 마음을 상하게 할까봐 조마조마해하면서 순순히 뒤로 물러섰다.

그는 나를 자기 사무실로 데리고 갔다. 그는 정말로 대단히 효율적인 사람이었다. 그는 샌드위치와 휴대용 셰리주로 점심을 때우면서 내게 아주 정확하고 간단하게 용건만 말해주었다. 그가 사무적으로 처리한 일이니 나도 사무적으로 기록해야겠다.

나는 우선 바너드 기숙사로 포킷이라는 청년의 방을 찾아 갈 것이다. 그곳에 이미 내 잠자리가 마련되어 있다. 나는 월요일까지 포킷 군과 함께 그곳에서 지낸 후 그의 아버지를 면담하게 될 것이다.

그는 내 용돈이 얼마가 될 것인지도 말해주었다. 아주 넉넉한 금액이었다. 그는 앞으로 내가 거래하게 될 옷 가게 등 여러 가게들의 명함을 내게 건네주면서 말했다.

"자네 신용이 아주 좋다는 걸 알게 될 걸세. 나는 자네 계산서들을 점검할 걸세. 자네가 돈을 너무 많이 써서 빚을 지게 되면 내가 저지할 걸세. 어쨌든 자네는 잘못된 길로 들어서게 될 걸세. 하지만 그건 내 잘못이 아니네."

꼭 내가 잘못된 길에 빠지리라는 걸 확신하는 말투였다. 그는 집이 가까우니 마차를 탈 필요 없고 웨믹이 안내해줄 거라고 말했다. 웨믹은 아까 나를 맞아준 직원이었다. 나는 내 후견인과 악수를 한 후 웨믹과 함께 거리로 나섰다. 밖에는 여전히 재거스 씨를 만나기 위해 찾아온 사람들로 북적이고 있었다.

아직 밝은 대낮이었다. 웨믹은 다소 작은 키에 무뚝뚝한 사람이었다. 나무토막처럼 무표정했으며 얼굴 전체가 꼭 무딘 끌로 깎아낸 것처럼 마무리가 안 된 모습이었다. 특히 그의 코는 조각가가 멋진 작품을 만들려고 노력하다가 끌이 제대로 말을 안 듣자 도중에 포기해버린 것 같았다.

그는 과묵했다. 그는 내게 런던이 처음이냐고 묻고는 몇 마디 나와 더 말을 나누다가 앞만 보고 걸었다. 그의 입은 꼭 우체통 우편물 투입구 같아서 가만히 있어도 미소를 짓는 것 같았다.

우리는 얼마 안 되어 바너드 기숙사에 도착했다. 아무리 기숙사라는 이름을 하고 있어도 우리 동네 보어 호텔보다 훨씬 멋진 호텔이려니 생각하고 있었는데 막상 와 보니 영 그게 아니었다. 꼭 고양이 소굴처럼 악취 풍기는 구석에 쑤셔 박힌 더럽기 짝이 없는 누추한 건물이었다.

안으로 들어서니 건물은 완전히 낡아 있었다. 빈 방들에는 '세놓음'이라는 글자들이 마치 나를 노려보듯 씌어 있었다. 막대한 유산에 대한 기대감으로 부풀어 있었는데 그 첫 실현의 모습이 이런 거라니! 나는 아주 실망스러웠다.

웨믹은 나를 건물 꼭대기 층으로 안내했다. 문 위에 '미스

터 포킷 2세'라는 이름이 페인트로 적혀 있었고 편지함 위에
는 '곧 돌아옵니다'라고 적힌 쪽지가 꽂혀 있었다. 웨믹은 "현
금은 내가 보관하고 있으니 앞으로 자주 보게 될 겁니다"라는
말을 남기고 돌아갔다.

쪽지에 적혀 있는 '곧'이란 말의 뜻이 내가 살던 곳과 이곳
은 다르구나, 하는 생각을 하며 나는 계단에서 30분을 기다렸
다. 슬슬 짜증이 나려는데 계단 아래쪽에서 발소리가 들렸다.
이윽고 대략 나와 신분과 나이가 비슷한 사람이 모습을 드러
냈다. 양쪽 옆구리에는 종이봉투를 끼고 한 손엔 딸기 바구니
를 든 채 헐떡거리며 계단을 올라오고 있었다.

"미스터 핍?" 그가 말했다.

"미스터 포킷?"

"아이고, 정말 죄송합니다. 켄트에서 정오에 출발하는 마차
를 타고 오시는 줄 알았는데⋯⋯. 사실은 당신을 위해 청과물
시장에 좀 다녀오는 길이었습니다."

그는 문을 열었고 우리는 안으로 들어갔다.

"좀 누추하지만 월요일까지만 견디시면 됩니다. 잠자리도
좀 불편할 겁니다. 아버지가 단 한 푼도 보조해주지 않고 나

혼자 생계를 책임지려니 이 꼴입니다. 식사는 커피하우스에서 시켜서 먹을 겁니다. 물론 핍 씨 돈으로 시키는 겁니다. 재거스 씨가 그렇게 지시했으니까요."

방으로 들어서자 비로소 나는 그를 바로 바라보았다. 그와 눈이 마주치는 순간 나는 깜짝 놀랐다. 그도 마찬가지였다. 그가 놀라서 뒤로 자빠질 것처럼 뒷걸음질 치며 외쳤다.

"세상에! 너 그때 거기서 어슬렁거리던 꼬마잖아!"

"넌 그때 그 창백한 꼬마 신사!"


우리는 서로 얼굴을 빤히 쳐다보다가 웃음을 터뜨렸다. 창백한 꼬마 신사가 내게 손을 내밀며 말했다.

"너일 줄은 꿈에도 생각 못 했다. 그때 너를 그렇게 때려눕힌 일을 용서해줄 만한 아량은 있겠지?"

허버트 포킷(허버트가 그 창백한 꼬마 신사의 이름이었다)의 말을 듣고 나는 그가 자신이 하는 말과 현실을 여전히 혼동하며 살고 있다고 생각했다. 어쨌든 나는 진심 어린 마음으로 그와 악수를 나누면서 "물론!"이라고 답해주었다.

그가 내게 말했다.

"너, 그때는 막대한 재산을 물려받기 전이었지? 사실 그때 나는 내게도 그런 막대한 유산이 굴러 들어오지 않을까 기대하고 있던 때였어."

"정말?"

"응, 그래서 내가 거기 있었던 거야. 미스 해비셤이 사람을 시켜 나를 거기로 부른 거지. 하지만 결국 나는 그녀 마음에 들지 못했어. 내가 만약 그 시험을 통과했다면 재산을 물려받았을 거야. 그리고 에스텔라와 이른바 '그렇고 그런 사이'가 되었겠지."

"그게 무슨 뜻이야?"

"피앙세. 약혼자, 뭐 그런 거를 말하는 거야."

"실망했겠네."

"별로. 에스텔라는 정말 표독했거든. 냉혹하고 변덕스러워. 그도 그럴 것이 미스 해비셤이 남자들 모두에게 복수하라고 키운 애거든."

"미스 해비셤과 무슨 관계인데?"

"아무 관계도 아냐. 그냥 양녀일 뿐이야."

"무슨 복수를 하려는 거야? 왜 남자 전부에게 복수를 해야 하는 건데?"

"너 정말 아무것도 몰라?"

"몰라."

"좋아, 저녁 시간까지 아껴두자고. 꽤나 재미있는 이야깃거리니까 즐거운 식사가 될 거야. 그나저나 너는 그날 왜 거기 갔던 거니?"

나는 사정을 다 이야기해주었고 그는 주의 깊게 듣더니 웃음을 터뜨렸다. 그러더니 말했다.

"암튼 재거스 씨가 네 후견인이지? 그런데 그가 해비셤의 모든 것을 관리해주고 개인 변호사 일도 맡고 있는 건 알고 있어? 그녀는 그를 정말 신뢰하고 있어. 재거스 씨는 미스 해비셤을 통해서 우리 아버지를 알게 되었고 네 개인교사로 추천하게 된 거야. 우리 아버지는 미스 해비셤의 친척이야. 하지만 아버지는 아첨과는 담을 쌓은 분이라 그녀의 비위를 맞추는 일과는 거리가 멀어. 그래서 둘은 가깝지 않아."

허버트 포킷은 솔직한데다 사람을 끌어당기는 매력 있는 친구였다. 아예 날 때부터 뭔가 비밀스럽고 비열한 짓은 하지 못하게 되어 있는 사람 같았다. 게다가 굉장히 낙천적이었다. 하지만 그와 동시에 그가 앞으로 절대로 큰 성공을 거두거나 부자가 되지는 못할 것이라는 생각을 하게 만들기도 했다. 어쨌든 옛날이나 지금이나 체격은 볼품없었으며 체력도 약해 보였다.

그는 내게 당장 격식 따위는 집어치우고 편한 사이가 되자고 했다. 그는 자기를 허버트라고 부르라고 한 뒤, 내 세례명 필립이 마음에 안 든다고 했다. 그러더니 나를 헨델이라고 부르는 게 좋겠다고 했다.

"허물없이 부르기 좋을 거야. 헨델이 지은 노래 중에 「화목한 대장장이」라는 곡이 있거든. 아주 매력적인 곡이야."

나는 그 이름이 마음에 든다고 말했다. 이후 그에게 나는 헨델이 되었다.

커피하우스에서 배달된 만찬은 장소가 너무 비좁다는 것만 빼놓으면 아주 훌륭했다. 시중 들던 웨이터가 떠나고 둘이 남게 되자 허버트는 내가 기대하고 있던 이야기를 해주었다.

"자, 미스 해비셤 이야기부터 하자. 그녀가 태어나자마자 어머니가 돌아가셨어. 그래서 아버지 밑에서 응석받이로 자랐지. 그녀 아버지는 네 고향 마을의 신사였고 양조업자였어. 아주 부자였고 오만했어. 딸도 마찬가지였지."

내 머리에 미스 해비셤 저택 안에 있던 황폐해진 양조장이 떠올랐다. 허버트가 이야기를 계속했다.

"그녀에게는 배다른 남동생이 있었어. 그녀 아버지가 남몰래 요리사와 바람을 피워서 낳은 아들이야. 바람을 피웠다기보다는 남몰래 재혼한 거지. 부인이 없었으니까. 그런데 그 여자마저 금방 죽었어. 그러자 그 남동생이 그 저택에 와서 함께 살게 된 거지.

그런데 그 동생이라는 자가 난봉꾼에다 망나니로 자란 거야. 불효도 그런 불효가 없었지. 결국 그 아버지는 아들과 의절하고 상속권을 박탈해버렸지. 하지만 아버지라는 존재가 어디 그렇게 자식과 칼로 무 베듯 할 수 있나? 더욱이 죽을 때가 가까워지자 마음이 좀 누그러진 거야. 그래서 아들도 어느 정도 유복하게 살 수 있게 해준 거지.

아버지가 죽자 미스 해비셤은 많은 재산을 물려받았어. 누구나 탐을 내는 신부감이 된 거지. 그런데 제법 넉넉한 재산을 물려받은 그녀의 남동생은 금방 재산을 탕진한 거야. 누나와 남동생 사이가 나빠진 건 당연한 거지. 남동생은 아버지가 자기를 미워하게 된 건 누나 탓이라고 생각하며 원한을 품게 된 게 아닌가 싶어. 누나에게 너무 잔혹한 짓을 했거든. 자, 이제 부터 듣기에 좀 거북한 이야기가 나올 거야."

이쯤에서 그는 약간 뜸을 들이더니 말을 계속했다.

"여기서 이야기의 무대에 한 남자가 등장하지. 미스 해비셤 에게 구애를 했던 남자이니 꽤 중요한 인물이라고 할 수 있어. 하지만 나는 그 남자를 본 적이 없어. 우리가 태어나기도 전인 25년 전에 벌어진 일이니까. 하지만 나의 아버지가 그 남자에 대해 하는 말을 들은 적은 있어. 허풍쟁이에다 악당이라고 하 셨지. 그런 자를 신사로 잘못 알면 안 된다고도 하신 것 같아. 어쨌든 그 남자는 미스 해비셤에게 딱 붙어 다녔고 그녀를 열 렬히 사모한다고 여기저기 떠들고 다녔어. 그러자 이전까지 남자에게 별로 다정한 면을 보이지 않던 미스 해비셤이 그를 열정적으로 사랑하기 시작한 거야. 어찌 보면 그를 맹목적으 로 숭배했다고 볼 수도 있어. 그가 그녀에게서 애정을 미끼로 거액을 뜯어낸 걸 보면 알 수 있잖아.

당시 그녀의 남동생도 양조장 지분을 어느 정도 갖고 있었 는데 그 사내는 미스 해비셤을 부추겨서 그 지분을 몽땅 사들이게 했어. 말도 안 되는 비싼 가격이었지. 자기가 직접 양조장을 경영하면 훨씬 번창할 것이라고 꼬드긴 거지.

처음에는 주변에서 말렸어. 하지만 그녀는 너무 오만한 데다 사랑에 푹 빠져 있어서 그 누구의 말도 듣지 않았어. 그때 유일하게 그러면 안 된다고 그녀에게 끝까지 충고해준 사람이 바로 나의 아버지야. 그녀는 그 남자가 있는 자리에서 아버지에게 불같이 화를 내며 아버지에게 집에서 나가라고 명령했어. 그날 이후 아버지는 그녀를 단 한 번도 보지 않았어."

나는 그녀가 '내가 죽어 저 식탁 위에 눕게 되면 그때나 매슈가 나를 와서 보려나'라고 했던 미스 해비셤의 말이 생각났다.

"자, 이제 끝맺음을 하자. 결혼식 날짜가 정해지고 모든 준비가 끝났어. 하객들도 다 오고. 그런데 정작 신랑 될 남자가 안 나타난 거야. 대신 편지만 한 통 보낸 거지."

내가 끼어들었다.

"그녀가 결혼식 하려고 드레스를 입다가 그걸 받은 거지? 그 시각이 9시 20분 전이고."

"맞아, 그녀는 그 이후로 모든 시각을 그때로 정지시켜버렸어. 그 편지 내용은 나도 몰라. 내가 본 적이 없으니까. 암튼 결혼 파기 내용이었겠지. 그녀는 그 후 지독하게 앓아 누웠어. 그리고 자리에서 일어난 이후로는 너도 보았듯이 온 집안을 황폐하게 방치해둔 거야. 그녀는 그 이후 햇빛을 보지도 않았고."

"그게 전부야? 그 사람이 미스 해비셤과 결혼했으면 온 재산을 독차지할 수 있었는데 왜 그러지 않은 걸까?"

"잘은 몰라. 그가 이미 결혼한 사람이었을 수도 있지. 하지만 내 생각엔 그녀에게 굴욕을 안겨주려던 남동생의 음모 같아. 어쨌든 이후 그 두 남자가 더 타락 속에 빠져들었고 결국 파멸했다는 것만 알아. 둘 다 살아 있는지 죽었는지도 몰라."

그는 내게 이야기를 다 해준 후 아주 홀가분한 표정을 지었다. 우리가 알고 있는 걸 공유함으로써 더 가까운 사이가 되려고 그 모든 이야기를 해준 것이 분명했다. 이로써 우리는 둘도 없는 친구가 되었다.

이후 우리는 아주 즐겁고 화기애애한 시간을 보냈다. 이야기 도중 내가 그에게 무슨 일을 지금 하고 있느냐고 묻자 그가 대답했다.

"사업에 필요한 자본을 모으고 있는 중이야. 선박보험업자이기도 하고. 시내 중심가에 사무실이 있어. 앞으로 굵직굵직한 일에 투자를 많이 할 거야. 동인도 제도와 교역도 할 거고. 나중에 사업이 잘 되면 서인도 제도와도 교역을 할 거야. 하지만 아직은 수입이 별로 없어."

그렇다. 그는 분명 지금 수익을 내고 있는 사람의 모습이 아니었다. 나는 그가 탐색 중이라고 생각했고, 그 일이 성공하길 빌었다. 하지만 내가 옛날 해비셤 저택 정원에서 만났을 때처럼, 아무런 대책 없이 우선 일이나 벌이고 보자는 모습과 너무 비슷하다는 느낌을 지울 수 없었다. 어쨌든 머릿속으로는 이미 막대한 재산을 벌어놓은 그가 우쭐대지 않고 여전히 겸손한 태도를 보이는 게 고맙게 여겨졌다.

우리는 연극도 구경하고 교회에도 가면서 주말을 보냈다. 일요일 날, 고향을 떠나온 지 겨우 이틀이 지났건만 벌써 여러 달 전에 조와 비디와 작별 인사를 나눈 것만 같았다. 고향 습지대는 그렇게 너무 머나먼 곳에 있었다.

제2부

**135**

# 2

　　월요일 오후 2~3시쯤 나는 짐을 챙긴 후 허버트와 함께 매슈 포킷 씨의 집이 있는 해머스미스로 갔다.

　집안으로 들어서니 포킷 부인이 정원 한구석 의자에 앉아 책을 읽고 있었고 많은 아이들이 정원에서 놀고 있었다. (나중에 정신 차리고 세어보니 모두 여섯 명이었다.) 포킷 부인이 어머니로서의 정당한 양육권을 지니고 있는 그녀의 자식들이었다. 그러니까 바로 허버트의 동생들이었다. 그러나 양심상 정확히 표현하기로 하자. 나는 부인이 양육하는 아이들의 모습을 본 것이라기보다는 그저 나뒹구는 아이들을 보았다고 하는 편이 옳을 것이다. 아이들은 두 명의 보모가 끊임없이 눈길을 주며 돌보고 있었다.

얼마 후 포킷 씨가 밖으로 나왔다. 그는 거의 반백인 머리칼을 마구 헝클어뜨린 채 우리를 맞았다.

포킷 씨는 나를 집 안으로 데리고 들어가 내 방을 구경시켜주었다. 방은 쾌적했고 가구도 잘 갖추어져 있었다. 그는 내 방과 비슷한 방문들을 두드려 그의 개인 교습을 받고 있는 두 명의 친구를 내게 소개해주었다. 드럼믈과 스타톱이란 친구들이었다.

육중한 체구의 드럼믈이 더 나이가 들어 보였다. 그는 휘파람을 불고 있었으며 스타톱은 책을 읽고 있었다. 그는 머리에 너무 많은 지식을 채워 넣었기에 혹시 머리가 터지지나 않을까 걱정되는 듯, 자기 머리를 움켜쥐고 있었다.

나는 허버트를 통해서 포킷 씨가 케임브리지 대학의 우등생이었다는 사실을 알게 되었다. 하지만 자신의 능력을 발휘하기 전에 포킷 부인과의 결혼이라는 행복을 택한 결과 수험대비 과외 교사라는 직업을 갖게 되었다는 사실을 알게 되었다. 사랑을 위해 야망을 포기한 사람이라고 해도 좋을 것이다. 하지만 그는 곧 그 직업에 싫증을 느끼고 런던으로 왔다. 그러나 그는 런던에 와서도 좌절을 겪었다. 그가 정직한 사람이었기 때문이었다. 결국 그는 개인적으로 학생들을 가르치는 일을 하게 되었다. 그는 그 일과 문학 작품 편집과 교정 일로 돈을 벌었으며 그 외에 몇 가지 다른 수입으로 이 집을 유지하고 있었다. 그는 정직한 사람이었지만 현실적인 사람은 아니었다. 그렇다. 자신의 출세, 이익을 위해 무슨 일이건 마다 않는 사람을 현실적인 사람이라고 말할 수 있다면 그는 분명 비현실적인 사람이었다.

나는 그렇게 포킷 씨의 개인 교습 학생이 되었다.


2~3일 후, 나는 포킷 씨와 긴 대화를 나누었다. 그는 이미 재거스 씨에게 모든 이야기를 들은 후라서 내 장래에 대해 나보다 더 잘 알고 있었다. 그는 내가 특별한 직업을 가질 계획은 없는 사람이며, 내가 유복한 환경에서 자랐다면 받았을 만한 교육을 시키면 된다는 것을 알고 있었고 그 사실을 내게 말해주었다.

그는 자신이 가르치는 바만 잘 따르면 제대로 학식과 교양을 갖추게 될 것이며 다른 누구의 도움 없이도 신사로 지낼 수 있는 능력을 갖게 될 것이라고 말했다. 지금도 자신 있게 말하지만 그는 열성적이었고 정직했다. 그렇기에 나도 진지하고 선량한 학생이 되었다. 나와 포킷 씨는 그렇게 선생과 제자로서의 신뢰를 쌓았다.

내가 진지하게 공부를 시작할 무렵 바너드 기숙사에도 내 방이 하나 더 있으면 좋겠다는 생각이 들었다. 그러면 더 자유로워질 것이며 허버트와도 쉽게 어울릴 것 같았기 때문이다. 나는 내 생각을 포킷 씨에게 말했고 포킷 씨는 재거스 씨와 상의하라고 했다. 재거스 씨는 선선히 응낙했다. 그래서 내 거처는 둘이 되었다.

여기서 잠깐, 내가 포킷 씨 집에서 함께 지냈던 친구들을 독자 여러분에게 소개해야겠다.

벤틀리 드럼플은 워낙 표정이 심술궂었다. 그가 책을 집어 들 때도 혹시 그 책의 저자 때문에 무슨 손해를 입은 게 아닌가 하는 생각이 들 정도로 화난 얼굴이었다. 이해력도 떨어지는 친구였지만 게으르고 거만했으며 인색했다. 게다가 의심도 많았다. 그는 서머싯주의 부유한 집안 출신이었는데 그의 부모는 그의 못된 성격만 열심히 키워주다가 그가 성년이 되어서야 비로소 자기 아들이 멍청이라는 것을 알아차렸다. 그 결과 그는 포킷 씨 집으로 오게 된 것이었다.

한편 스타톱은 마음이 여린 어머니 아래서 응석받이로 자랐다. 마땅히 학교에 갈 나이에도 집에서 홀로 지낸 탓에 포킷 씨 집으로 오게 된 것이었다. 그는 여자처럼 고운 용모를 지니고 있었으며 만일 그가 그의 어머니를 닮은 게 사실이라면 그의 어머니는 천사처럼 착할 것이라고 확신하게 만드는 친구였다. 나는 드럼믈보다 스타톱과 가까이 지냈으며 드럼믈은 그걸 은근히 시기하는 것 같았다.

허버트는 종종 해미스미스로 와서 나와 어울렸고 나도 종종 런던으로 갔다. 우리는 때를 가리지 않고 두 곳 사이를 걸어 다니면서 우리의 우정을 키웠다. 아직 세상 경험에 물들기 전, 다감한 감수성에서 피어난 순수한 우정이었다.

내가 그 집에서 포킷 씨의 친척들을 만났다는 것도 지나는 길에 말해야겠다. 포킷 씨의 누이인 커밀라, 그의 사촌 누이인 조지애너 들이 그들로서 모두 내가 미스 해비셤의 저택에서 한두 번 마주친 적이 있는 사람들이었다. 그녀들은 나를 시기하고 미워하면서도 내게 알랑거렸다. 사실상 그녀들이 알랑거린 것은 내가 아니라 내 부유함이었다. 이렇게 나는 내가 꿈꾸던 런던 신사 생활을 정식으로 시작했다.

나는 이내 돈을 물 쓰듯 하는 사치생활에 접어들었다. 불과 몇 달 전만 하더라도 입이 딱 벌어졌을 액수의 돈을 펑펑 쓰기 시작한 것이다. 하지만 책 읽고 공부하는 일만은 절대로 게을리 하지 않았다. 나는 포킷 씨와 허버트의 도움으로 빠른 진척을 보였다.

런던 생활에서 한 가지 빼놓을 수 없는 것이 있다. 바로 재거스 씨 법률 사무소 직원인 웨믹의 집을 방문해서 하루를 잔 일이었다.

어느날 그가 나를 그의 집으로 초대했다. 나는 기꺼이 응했다. 그의 집은 월워스에 있었다. 걸어갈 만한 거리였다. 우리는 함께 그의 집을 향해 걸어갔다.

그가 살고 있는 곳은 좁은 길과 개울들, 작은 정원들이 모여 있는 다소 외진 곳이었다. 웨믹의 집은 조그만 정원들 사이에 위치한 작은 나무집이었다. 특이한 것은 집 꼭대기가 꼭 대포가 탑재된 포대처럼 생긴 점이었다. 그곳에는 페인트칠이 되어 있었다.

"내가 직접 지은 집입니다. 멋지지 않습니까? 저 위에는 '명사수'라는 대포가 있지요."

나는 집을 크게 칭찬했다. 아주 작은 집이었지만 고딕풍 창문들과 역시 고딕풍의 문들이 나 있었다. 자세히 보니 창문들은 대개 그림으로 된 가짜 창문들이었고 문은 너무 작아서 드나드는 게 불가능해 보였다.

그는 그 작은 집을 성이나 요새처럼 가꾸고 있었다. 집 앞에 폭이 1미터 쯤 되는 아주 짧은 다리가 50센티미터 정도 깊이의 개울을 가로지르고 있었다. 우리가 다리를 건너자 그는 다리를 들어 올렸다.

그는 아주 흐뭇한 웃음을 띠며 말했다.

"내 요새를 외부와 차단하는 겁니다."

이어서 그가 다시 말했다.

"매일 밤 9시에는 대포도 발사합니다. 저기 그 녀석이 있습니다."

그가 손가락으로 가리키는 곳을 보니 정말 대포 한 대가 요새 위에 놓여 있었다. 우산 모양의 방수천이 그 대포를 비바람으로부터 보호하고 있었다.

그가 안내하는 대로 집 뒤편으로 가니 푸성귀를 재배하는 텃밭이 있었고 돼지 한 마리와 닭 몇 마리를 키우는 축사도 있었다. 그뿐 아니었다. 거기서 10여 미터를 더 걸어가니 멀리선 보이지 않던 정자가 하나 나타났다. 완벽한 은신처였다. 그곳에서 웨믹은 미리 준비해둔 펀치 술을 내게 내놓았다. 술은 연못 모양의 작은 물웅덩이에 담겨져 있어서 시원했다. 내가 감탄하자 그는 신이 나서 말했다.

"나는 내 집의 기술자이자, 목수이자, 배관공이자 정원사입니다. 만물박사인 셈이지요."

그는 그 집에 그의 아버지와 단둘이 살고 있었다. 나는 안으로 들어가 그의 아버지와도 인사를 나누었다. 연로한 그의 아버지는 귀가 잘 들리지 않았다. 그의 아버지와 인사를 나눈 후 우리는 다시 정자에 앉았다.

"재거스 씨도 감탄했겠네요."

"그는 한 번도 온 적이 없습니다. 여기는 직장과 연관 없는 저만의 요새입니다. 사무실 일과 내 사생활은 완전히 별개이

제2부

지요. 저는 이 성채로 올 때면 사무실 일은 싹 잊고 옵니다. 핍 씨도 그렇게 해주시면 고맙겠습니다."

이윽고 9시가 다 되었다. 우리가 성채로 들어가니 노인이 이미 부지깽이를 시뻘겋게 달구어놓고 있었다. 웨믹은 노인에게서 부지깽이를 건네받은 뒤 시계를 본 후 포대로 갔다. 곧바로 '명사수'가 '탕' 소리를 냈다. 그 소리에 나무 상자 같은 집 전체가 흔들리는 것 같았다.

나는 그 성채에서 정성스레 차린 저녁 식사를 한 후 정말로 편안하게 잠을 잤다. 아침 식사도 훌륭했다. 우리는 정확히 8시 반에 리틀 브리튼을 향해 출발했고 웨믹의 입은 곧바로 우체통 입으로 변했다. 이윽고 그가 직장에 도착해 열쇠를 꺼내들었을 때, 월워스의 그의 집은 이 세상에서 사라진 것 같았다. 마치 지난 밤 '명사수'가 발사되면서 성채와 다리와 정자와 연못, 그리고 그의 부친 등 모든 것이 허공으로 날아가버린 것 같았다.

나의 런던 생활에서 재거스 씨 집을 방문했던 이야기도 빼놓을 수 없다. 뭐니 뭐니 해도 그는 나의 런던 생활을 가능하게 한 내 후견인 아닌가.

웨믹의 집을 방문한 지 며칠 지났을 때였다. 나는 재거스 씨 사무실을 찾아갔다. 그는 향수 비누로 손을 씻고 있었다. 나를 본 재거스 씨는 나와 내 친구들을 자기 집으로 초대한다고 말했다. 사전에 아무 예고도 없이 불쑥 그런 제안을 하는 것이 역시 그다웠다. 게다가 당장 내일 자기 집으로 오라는 것 아닌가? 벼락같은 초대였지만 그를 아는 사람치고 그의 결정에 이의를 달 수 있는 사람은 없었고 나도 마찬가지였다.

다음 날 6시에 나와 내 친구들, 드럼플과 스타톱, 그리고 허버트는 그의 사무실로 갔다. 내가 그의 집을 몰랐기에 그와 함께 가야만 했기 때문이다. 그는 우리를 소호 지역의 제라드 가 남쪽에 있는 그의 집으로 데려갔다. 위풍당당한 집이었지만 깨끗하지는 않았다. 여기저기 칠이 벗겨져 있었고 창문에도 먼지가 끼어 있었다.

만찬은 2층의 세 방들 중 가장 좋은 방에 차려져 있었다. 나머지 두 방은 그의 옷을 두는 방과 침실로 쓰이고 있었다. 재거스 씨는 이 넓은 집에서 2층만 사용하고 있었고 그렇기에 창문이 더러웠던 것이다.

제2부

**145**

그런데 재거스 씨는 나의 세 친구들 중 유독 드럼믈에 관심을 가졌다. 우리가 아직 식탁에 자리를 잡고 앉기 전에 재거스 씨가 손을 내 어깨에 올리고 나를 창문으로 데려가며 물었다.

"저 거미같이 생긴 친구가 누군가?"

"거미요?"

"저 허우적거리는 것처럼 기어 다니는 뚱보 녀석 말일세."

"아, 저 친구요? 벤틀리 드럼믈입니다. 얼굴이 곱상하게 생긴 친구는 스타톱이고요."

'얼굴이 곱상하게 생긴 친구'는 전혀 염두에 두지 않은 채 그가 내게 말했다.

"벤틀리 드럼믈이라, 저 녀석 표정이 마음에 드는걸."

가정부가 첫 번째 요리를 가져오자 우리는 둥그런 식탁에 앉았다. 내 후견인은 드럼믈과 스타톱을 자신의 양옆에 앉혔다. 생선 요리에 이어 양 넓적다리 요리, 닭고기 요리 등이 계속 나왔다. 모두 훌륭했다. 그런데 이 모든 시중을 40대가량의 가정부 혼자 다 맡아서 하고 있었다.

왠지 모르겠지만 그 가정부가 내 눈길을 끌었다. 그녀는 다소 키가 큰 편이었으며 안색이 창백했다. 그녀는 엄청나게 술이 많은 머리카락을 길게 늘어뜨리고 있었다. 나는 그녀의 눈에 띄는 외모 때문에 그녀가 방에 들어올 때마다 주목했다. 나는 그녀가 요리를 가져올 때마다 내 후견인 눈치를 보며 두려워하는 표정을 짓는 것을 알아차렸다.

식사는 즐겁게 진행되었다. 이런저런 대화 끝에 여러 가지 면에서 우리들에게 열등감을 느끼고 있던 드럼믈이 자기 힘 자랑을 했다. 그는 우리들을 모두 단번에 힘으로 날려버릴 수 있다고 말했다. 재거스 씨는 특유의 논변으로 이 사소한 화젯거리에 드럼믈이 완전히 몰입하게 만들었다. 신이 난 드럼믈은 팔뚝을 내밀며 자신의 근육을 한껏 뽐냈다. 우리들도 재미있다는 듯 모두 팔뚝을 드러내고 근육 자랑을 했다.

그때였다. 마침 가정부가 음식 접대를 위해 식탁 위로 손을 뻗었다. 재거스 씨는 그녀의 손 위에 자신의 큰 손을 덥석 올려놓더니 말했다.

"대단한 팔뚝들이군. 하지만 내가 진짜 팔뚝을 보여주지. 몰리, 이 친구들에게 손목을 보여줘."

그녀는 자유로운 손을 뒤로 빼며 애원하듯 말했다.

"주인님, 제발……."

재거스 씨가 단호하게 말했다.

"아니야, 내가 진짜 손목을 보여주겠어. 몰리, 이 친구들에게 양쪽 손목을 다 보여줘. 어서!"

그녀는 체념한 듯 양손을 모두 내밀었다. 재거스 씨가 그녀의 팔을 걷어 그녀의 손목을 드러냈다. 그녀가 뒤로 뺐던 손목은 흉측했다. 가로 세로로 깊은 흉터 자국이 있었던 것이다. 그녀는 경계하는 눈빛으로 우리들을 쏘아보고 있었다.

재거스 씨가 차분하게 그녀의 손목 위 힘줄들을 집게손가락으로 더듬으며 말했다.

"힘이란 이런 걸 말하는 거지. 이 여자보다 손목 힘이 센 남자는 거의 없네. 두 손의 악력은 내가 이제까지 본 무수한 손들 중 최고지."

그가 느긋하게 말하는 동안 그녀는 계속 우리를 차례대로 쏘아보고 있을 뿐이었다.

"모두 감탄하는 눈빛이로군. 그럼 됐어. 몰리, 이제 물러가도 좋아."

나는 재거스 씨가 왜 느닷없이 그녀의 그 끔찍한 손목을 우리에게 보여주었는지 알 수가 없었다. 팔뚝을 내밀고 힘자랑하는 애송이들에게 진짜 세상맛을 보여주고 싶어서였을까?

우리들은 그 후로 술을 많이 마셨다. 젊었기에 너무 많은 술을 마신 것 같았고 너무 말을 많이 한 것 같았다. 드럼플은 노골적으로 우리 셋에게 적의를 드러냈고 결국 스타톱과 말다툼을 하기 시작했다. 그냥 두었다면 아마 드럼플이 스타톱에게 유리잔을 던졌을지도 모를 상황이었다. 그때 재거스 씨가 시계를 보며 말했다.

"9시 반이로군. 이제 끝내야 할 시간이야. 여러분 모두를 만나게 되어 반가웠네. 드럼플 군, 자네를 위해 건배하지."

재거스 씨가 다시 한 번 드럼플에게 주목하는 것으로 우리의 저녁 모임은 끝이 났다. 밖으로 나서자 스타톱은 언제 드럼플과 다툰 적이 있느냐는 듯 그를 향해 명랑하게 미소 지었다. 그러나 드럼플은 그를 외면한 채 그와 멀찌감치 떨어져서 걸었다. 허버트와 나는 그렇게 서로 떨어진 채 해머스미스를 향해 걷는 그들의 모습을 지켜보았다.

나는 허버트를 잠시 기다리라고 한 후 다시 위층으로 뛰어 올라갔다. 재거스 씨에게 우리들이 보여준 작태를 사과하기 위해서였다.

그는 이미 옷방으로 들어가 손을 씻고 있었다. 마치 방금 전에 함께 있었던 우리들의 존재를 씻어내려는 것 같았다.

나는 우리가 그를 불쾌하게 하지나 않았는지 죄송하다며, 나를 크게 책망하지 말아달라는 부탁을 하러 다시 왔다고 말했다.

그는 얼굴에 물을 튀기면서 말했다.

"괜찮아, 별일도 아닌데 뭐. 어쨌든 그 거미 녀석은 참 맘에 들어."

그가 내 쪽으로 고개를 돌리고 수건으로 머리를 털었다. 그에게 내가 말했다.

"그가 마음에 드신다니 다행입니다. 하지만 저는 그를 별로 좋아하지 않습니다."

"그럴 거야. 틀림없이 그럴 거야. 그래, 그 친구와 너무 깊은 관계를 맺지 않는 게 좋아. 가능한 한 어울리지도 말고. 하지만 나는 그 친구가 마음에 들어, 핍. 진짜배기 같단 말이야. 내가 만일 점쟁이라면……. 그만두세. 나는 점쟁이가 아니니. 자네도 내 직업을 알잖아. 자, 그만 잘 가게, 핍."

나는 고개를 갸우뚱하며 그에게 인사를 하고 밖으로 나왔다.

그 일이 있은 지 한 달 후에 포킷 씨 집안사람들이 모두 한 시름 놓는 일이 벌어졌다. 거미 녀석이 포킷 씨와의 인연을 영원히 끊고 자기의 거미 소굴로 돌아간 것이다.

# 3

　　　　　월요일 아침에 비디에게서 편지 한 통
이 날아왔다.

보고 싶은 미스터 핍에게,
이 편지는 가지리 아저씨 부탁으로 쓰는 거야. 아저씨가
웝슬 씨와 런던에 가게 될 텐데, 너를 만날 수 있다면 대
단히 기쁠 거라고 전해달라 하셨어. 화요일 아침 9시에
바너드 기숙사로 찾아갈 예정인데 혹 시간이 맞지 않으
면 말을 남겨달라고 하셨어.
네 가없은 누나는 그냥 똑같은 상태야. 우리는 모두 매

일 밤 부엌에서 네가 어떻게 지내는지 궁금해하면서 네
이야기를 해. 모두 너를 사랑하기 때문이야.

이만 줄일게.

너에게 늘 고마움을 느끼고,

너를 영원히 사랑하는 너의 충복, 비디.


조가 오기로 한 날이 화요일이니 바로 다음 날인 셈이었다.
조가 찾아오겠다는 소식을 들은 내 기분이 묘했다.

솔직히 고백하자. 결코 즐거운 일은 아니었다. 절대로 아니
었다. 오히려 엄청난 불안감이 밀려왔고 창피하다는 생각이
나를 사로잡았다. 그리고 그와 내가 어울리지 않는다는 쓰린
생각이 몰려왔다. 돈이라도 주어 그의 방문을 막을 수 있었다
면 틀림없이 그렇게 했을 것이다. 그나마 다행인 것은 그가 해
머스미스로 나를 찾아오는 게 아니라 바너드 기숙사로 온다
는 점이었다. 포킷 씨 가족 및 내 친구들에게 조를 소개한다
는, 정말로 불편하기 짝이 없는 수고를 하지 않아도 되었기 때
문이다.

나는 그동안 낭비벽이 엄청나게 늘어났다. 바너드 기숙사

의 내 방도 전혀 불필요할 정도로 장식하면서 엄청난 돈을 들였으며 심지어 어린 소년 하인까지 두었다. 나는 그 하인을 화요일 아침 8시까지 현관에 대기하라고 지시했다. 현관이라고 해봤자 손바닥만 한 크기였지만 어쨌든 현관은 현관이었다. 조가 좋아할 만한 음식을 주문하는 일은 허버트가 맡았다. 허버트가 어찌나 관심을 기울이며 즐겁게 도와주었는지, 조가 혹시 그를 만나러 오는 게 아닌지 의심이 들 정도였다.

드디어 월요일 아침이 되었다. 시간이 되자 조가 계단을 올라오는 소리가 들렸다. 그에게 너무 큰 외출용 구두의 어색한 걸음걸이와, 문패를 확인하려고 가끔 꾸물거리는 소리를 듣고 나는 그게 조라는 걸 알았다. 드디어 그가 힘없이 내 방문을 한 차례 두드리자 하인 녀석이 "가저리 씨가 오셨습니다"라고 알렸다. 안으로 들어선 조는 열심히 발바닥을 문질러 닦았다. 영원히 그 일을 멈추지 않을 것만 같았다. 내가 안으로 잡아 끌지 않았다면 그는 몇 시간이고 그러고 있었을 것이다. 조는 정장이 거북한 듯 중절모를 만지작거렸다.

"조! 잘 있었어, 조?"

"핍! 잘 지냈지, 핍?"

조는 매우 거북한 자세로 서서 자신의 모자를 바라보며 말했다.

"정말 많이 컸네. 아주 신사다워졌어. 국왕 폐하와 조국에 영광이 될 거야."

"조도 정말 건강해 보이네."

"하느님께 감사할 일이야. 아직 어떤 일이든 다 해낼 수 있어. 그리고 네 누나 있잖아, 전보다 더 나빠지지는 않았어. 그리고 비디는 늘 건강하고 일도 잘해. 다 발전하지는 않았지만 뒤처지지는 않았어. 근데 웝슬은 뒤처졌어."

"웝슬 씨가 뒤처지다니 무슨 말이야?"

"교회를 떠났어. 연극계에 뛰어 들겠다고. 그래서 나랑 런던에 오게 된 거야. 참, 그가 이걸 네게 전해달라고 했어."

모자를 어색하게 손에 들고 이러 저리 두리번거리던 그는 마침 할 만한 일을 찾았다는 듯 겨드랑이에서 전단지 하나를 꺼내 내게 건네주었다.

조가 주는 것을 받아 펼쳐보니 런던의 어느 조그마한 극장의 연극광고 전단지였다. 명성이 자자한 시골 아마추어 배우의 첫 출연작으로써 최고의 작품에서 감동적인 연기를 보여주고 있다는 내용을 담고 있었다.

내가 조에게 물었다.

"가봤어?"

"가봤지."

"어땠어? 감동적이었어?"

"글쎄, 난 잘 몰라. 오렌지 껍질이 막 날아다닌 건 분명해."

극장에서 오렌지 껍질을 던진다는 건, 관객이 연기에 불만을 품고 있다는 표시였다.

순간 허버트가 방으로 들어왔다. 나는 조에게 허버트를 소개했다. 허버트가 손을 내밀자 조는 뒷걸음질 치며 새 둥지 모양의 모자만 붙잡고 있었다. 조가 허버트와 인사를 나누는 대신 말했다.

"저는 천한 몸입니다, 신사분. 천한 제가 바라는 것은 핍과 신사분께서 이 비좁은 곳에서 건강하길 바란다는 겁니다. 두 신사분들께는 이 집이 아주 훌륭한 거처로 여겨지겠지요. 하지만 나라면 이 안에서 돼지 한 마리 키우지 않을 겁니다. 건강하게 살이 쪄서, 제게 연한 맛을 선사할 돼지를 키울 작정이라면 말입니다."

나는 조를 얼른 식탁에 앉으라고 권했다. 나는 식탁에서 조가 취했던 행동을 자세히 소개하고 싶지는 않다. 그는 말끝마다 허버트를 향해 '신사분'이라는 호칭을 썼으며 끊임없이 낯선 방향으로 고개를 돌렸다. 게다가 식탁에서 멀리 떨어져 앉았기에 입에 넣는 음식보다는 바닥에 떨어뜨리는 게 더 많았고 그때마다 떨어뜨리지 않은 척하느라 애를 썼다. 그의 모든 행동이 나는 창피했고 그때마다 얼굴이 화끈거렸다.

나는 허버트가 시내에 볼일이 있다며 밖으로 나가자 너무 기뻤다. 사실 지금 생각하면 조의 그런 태도는 모두 나 때문이었다. 내가 그를 좀 더 편하게 대했으면 그렇게까지 어색하게 행동하지는 않았을 것이다. 하지만 당시 내게는 그런 배려심이 눈곱만큼도 없었다. 나는 그에게 짜증이 났고 화가 치밀었다.

허버트가 밖으로 나가자 조가 내게 말했다.

"우리 둘만 남았네요, 신사분."

가뜩이나 화가 나 있는데 그가 나를 '신사분'이라고 부르자 나는 폭발해버렸다.

"조, 어떻게 나를 신사분이라고 부를 수 있어?"

조는 잠시 나를 책망하는 듯한 표정을 지었다. 옷차림은 우스꽝스러울망정 그의 표정에는 위엄이 깃들어 있었다. 그가 다시 말을 시작했다.

"이제 우리 둘만 남았어. 시간이 그리 많지는 않지만 내게 몇 분 더 머물 의향도 있고 여유도 있으니까 내게 이런 방문의 영광을 누리게 해준 게 무엇인지 말해줄게."

조가 옛날식으로 차근차근 설명조로 말했다. 조금 전처럼 위엄에 깃든 그의 모습을 다시 보고 싶지 않아서 나는 그가 옛날 말투를 써도 아무런 항의도 않고 가만히 있었다.

"네게 도움이 되겠다는 게 내 유일한 바람이 아니었다면 나는 신사분들이 사는 이런 곳에 와서 함께 식사하는 영광을 누리지는 않았을 거다. 자, 신사분, 경위를 설명해드리지요. 어느 날 저녁, 내가 '유쾌한 뱃사람'에 갔단다, 핍."

그는 나를 향해 다정한 감정을 갖게 될 때는 핍이라고 불렀고 격식을 차려 말할 때는 '신사분'이라고 불렀다.

"그날 밤, 거기 펌블추크가 나타났어. 그런데 그 펌블추크가 말이다."

그는 언제나 그렇듯이 빗나간 이야기를 했다.

"아주 자주 읍내를 돌아다니면서 어릴 적부터 자기가 친하게 지냈다는 둥, 너도 자기를 단짝으로 여기고 있다는 둥 떠벌리고 다니면서 나를 엄청나게 화나게 하고, 내 머리를 돌아버리게 만들고 있었어."

"말도 안 돼. 조가 바로 그런 내 친구인데."

"나도 전적으로 그렇게 믿고 있다, 핍." 조가 살짝 고개를 들어 올리며 말했다.

"물론 그런 건 하나도 중요하지 않아요, 신사분. 그런데 그 펌블추크가 '유쾌한 뱃사람'에 온 건 나를 만나기 위해서였어. 그리고 그가 이렇게 말했어, 핍. '조지프, 미스 해비셤께서 자네에게 하실 말씀이 있으시다네.'"

"미스 해비셤이라고, 조?"

"다음 날 말이지요, 신사분. 저는 몸을 깨끗이 씻고 가서 미스 A를 만났지요."

"미스 A라고? 미스 해비셤?"

"그렇지요. 미스 A, 다시 말해 미스 해비셤을 만났지요. 그분의 발언은 이런 거였지요. '가저리 씨, 핍군과 연락하고 있지요?' 나는 편지를 받은 적이 있으니 '그렇습니다'라고 대답했지요. 그랬더니 그녀가 말했어, 핍. '그러면, 에스텔라가 집에 와 있다고 전해줄래요? 그를 만나면 기뻐할 거예요'라고.”

나는 조를 바라보며 얼굴이 화끈 달아올랐다. 고백하자면 '조가 그런 용무를 갖고 왔다면 좀 더 다정하게 대해줄 걸'이라는 생각이 떠올랐고, 그런 생각을 하는 자신이 부끄러웠기 때문이었다.

조가 계속해서 말했다.

“비디는 망설였어. 뭘 망설였냐 하면 내가 네게 편지를 써달라고 해서였지. 비디의 말은 이런 거였어. '아저씨가 그 소식을 직접 전하면 핍이 무척 기뻐할 거예요. 마침 휴가철이니 직접 다녀오세요. 아저씨도 핍이 보고 싶잖아요. 직접 갔다 오세요' 자, 신사분, 이걸로 내 말을 맺겠습니다.” 조가 자리에서 일어나며 말했다.

내가 “설마 바로 떠날 건 아니겠지, 저녁 먹으러 다시 올 거지, 조?”라고 묻자 그는 바로 떠날 거라고 말했다. 우리의 시선이 마주쳤다. 그가 손을 내밀 때 그의 가슴속에 자리 잡고 있던 '신사분'이 다 녹아 사라졌다. 그가 정색을 하며, 그러나 더없이 다정한 눈길로 내게 말했다.

"핍, 사랑하는 내 단짝. 인생이란 너무나 많은 것들이 서로 용접되어 이루어진 구성물이라고 말하고 싶어. 그래서 어떤 사람은 대장장이이고 어떤 사람은 금 세공업자, 또 어떤 사람은 구리 세공업자인 거야. 다 자기가 만족해야 할 자리가 있어. 난 오늘 런던에서 너를 만나 많은 실수를 했다. 그건 다 내 잘못이야. 나는 너와 런던에 같이 있으면 안 되는 사람이기 때문이야.

이제부터 넌 이런 옷을 입은 나를 절대로 볼 수 없을 거다. 나는 이렇게 차려 입으면 불편해. 나는 대장간을 벗어나거나 습지대를 떠나면 실수를 저질러. 대장장이 작업복을 입고 있으면 나는 그런 실수의 절반도 안 저질러. 혹 내가 보고 싶으면 대장간에서 풀무질하고 있는 나를 찾아와. 그러면 넌 내게서 지금 저지른 실수의 절반도 찾아낼 수 없을 거야. 나는 정말 끔찍할 정도로 둔한 사람이야. 그래도 지금은 망치로 철판을 두드려 펴듯, 내 생각을 제대로 가다듬어 말하고 있는 거야. 하느님의 가호가 함께하길 빌어, 사랑하는 친구 핍."

그에게 위엄이 깃들어 있다는 내 생각은 틀린 게 아니었다. 그런 말을 할 때 그가 입고 있던 어색한 복장은 아무런 방해도 되지 않았다. 마치 천국에서 복장은 아무런 상관이 없는 것과 같았다.

그는 내 이마를 부드럽게 어루만져준 뒤 떠났다. 얼마 후 제정신이 든 내가 얼른 뒤쫓아 나갔지만 이미 그의 모습은 사라지고 없었다.

다음 날 아직 조의 말이 귓전을 맴돌며 고향에 다녀오겠다고 마음먹었을 때 나는 조의 집에 머무는 게 너무 당연하다고 생각했다. 그러나 그다음 날 역마차 특등석을 예약한 후 포킷 씨 집으로 가면서 나는 너무나 논리 정연하게 조의 집 대신 블루 보어 호텔에 묵어야 하는 이유들을 만들었다. 조에게 폐를 끼치면 안되고, 그가 거북해할 것이며, 침대도 없을 것이다. 또한 미스 해비셤을 만나러 가는 길인데 조의 집은 그 저택과 너무 멀리 떨어져 있으니 미스 해비셤도 마음에 들어하지 않을 것이다, 등등이 내가 만든 이유들이었다. 이 세상에 온갖 사기꾼들이 있지만 그런 사기꾼들은 자기 자신을 속이는 사기꾼에 비한다면 아무것도 아니다. 나는 그런 터무니없는 구실들을 만들어내며 자기 자신을 속인 사기꾼이었다. 위조화폐를 만드는 놈도 사기꾼이지만 자기가 만든 가짜 돈을 진짜 돈이라고 생각하는 놈보다 더한 사기꾼이 어디 있겠는가! 가짜 돈을 꼬깃꼬깃 접어서, 그걸 받는 사람이 진짜인 줄 알게 만드는 놈의 손재주도 대단할 수 있지만 가짜 돈을 자기 자신도 속을 정도로 진짜 돈인 것처럼 만드는 사기꾼의 손재주에 어찌 비할 수 있겠는가!

내가 예약해둔 마차는 오후 마차였다. 이제 겨울철이 다가오고 있었으므로 내가 고향 켄트에 도착했을 때는 이미 어두운 밤이었다. 블루 보어 호텔에 도착하니 호텔의 카페는 비어 있었다. 나는 식사를 주문하고 자리에 앉았다. 나를 알아본 웨이터가 펌블추크 씨를 불러올지를 내게 물었다. 나를 보자마자 그걸 묻다니? 나는 그가 내 고장에서 이미 완벽한 내 후견인이 되어 있었으며 내 행운을 만들어낸 인물이 되어 있었다는 것을 알 수 있었다. 나는 너무 늦었으니 그럴 필요 없다고 대답했다.

나는 아침에 일찌감치 일어나 거리로 나갔다. 아직 미스 해비셤의 집으로 가기에는 이른 시각이었기에 나는 천천히 그 집을 향해 어슬렁거리며 이런저런 생각에 잠겼다. 그때도 나는 미스 해비셤이 내 후원자라는 생각을 조금도 의심하지 않았다. '아마 나와 에스텔라 사이에 무슨 계획을 세워놓은 게 틀림없어'라고 나는 무지갯빛 그림을 그렸다. 에스텔라는 그녀의 양녀이고 나도 양자로 삼은 것과 마찬가지이니 우리 둘을 하나로 엮어주려고 나를 부른 것이리라고 나는 믿었다.

나는 에스텔라를 그만큼 사랑하고 있었다. 하지만 내가 그렇게 낭만적인 공상에 사로잡혀 있던 그날 아침에도 나는 그녀를 결코 이상화시키지는 않았다. 나는 그녀의 성격을 있는 그대로 인정했고 그것을 의식했다. 나는 그녀가 내 희망, 내 마음의 평화, 내 행복과 함께하기 어려우며, 심지어 내 절망과도 함께할 수 없다는 걸 의식했다. 오히려 그 모든 것의 반대편에 그녀가 있을지도 모른다는 것을 의식했다. 하지만 그것이 내 사랑을 막지는 못했다. 오히려 그걸 의식하고 있다는 것 때문에 그녀를 더 사랑했다. 이유? 사랑에 이유가 있는가? 억지로 그 이유를 대자면 그녀가 도저히 저항할 수 없는 매력을 지녔기 때문이다.

이윽고 나는 떨리는 손으로 초인종을 눌렀다. 나는 문을 열어준 사람의 얼굴을 보고 깜짝 놀랐다. 내가 가장 보고 싶지 않은 자가 미스 해비셤 저택의 문지기 노릇을 하고 있었던 것이다. 나는 소리를 지르지 않을 수 없었다.

"올릭!"

그렇다, 바로 올릭이었다. 그가 내게 말했다.

"아하, 도련님이시군. 어서, 들어오시지요. 대문을 열어놓고 있으라는 지시를 받은 게 아니니까."

그는 당당히 문지기 행세를 하고 있었다. 그에게 물었다.

"그럼 대장간은 떠난 겁니까?"

"여기가 대장간처럼 보이쇼?"

나는 그에게 대장간을 떠난 지 얼마나 되었느냐고 물었다. 그러자 그가 대답했다.

"매일 똑같은 날이어서 세어보지 않으면 모르겠소. 하지만 나는 학자가 아니라서 그런 셈은 못하지."

본채 건물에 이르자 그는 건물 옆문 바로 안에 있는 작은 방으로 들어갔다. 그가 사용하는 방이었다. 침대 하나가 전부인 그 방으로 그가 들어가자 나는 그가 흡사 겨울잠을 자는 인간 박쥐같다고 생각했다.

나는 집 안으로 발을 들여놓고 내게 익숙한 긴 복도를 걸어
갔다. 그리고 계단을 올라가 미스 해비셤의 방문 앞에서 문을
두드렸다. 그녀가 즉시 대답했다.

"들어와라, 핍."

그녀는 옛날 모습 그대로 식탁 근처 의자에 앉아 있었다.
그런데 웬 낯선 숙녀가 우아한 모습으로 그녀 옆에 서 있었다.

미스 해비셤이 내게 말했다.

"잘 있었느냐, 핍. 그래, 무슨 일로 온 거냐?"

그녀가 장난기 어린 태도로 내게 물었다. 그녀에게서는 좀
처럼 보기 힘든 장난기였다.

내가 다소 당황하며 대답했다.

"제가 여기로 찾아오기를 바라신다는 전갈을 들어서……."

"그래? 그렇게 되었나?"

그때였다. 옆에 있던 알지 못할 숙녀가 눈을 들어 나를 보
았다. 나는 그 깔보는 듯한 눈길에서 대뜸 그녀가 누구인지 알
수 있었다. 바로 에스텔라의 눈길이었다. 그녀는 너무 변해 있
었다. 너무 아름다워졌으며 너무 여성다워졌고 모든 면에서

눈부시게 변화한 모습을 보여주고 있었다. 그에 비해 나는 전보다 나아진 구석이라고는 전혀 없는 촌뜨기 같았다. 그녀를 바라보고 있자니 옛날의 그 상스럽고 천한 신분으로 슬그머니 다시 돌아간 것 같았다. 도저히 메울 길 없는 그녀와 나 사이의 간극이 뼈저리게 느껴졌다. 아아, 나는 도저히 그녀에게 범접할 수 없는 존재란 말인가!

그녀는 내게 손을 내밀었다. 나는 더듬거리며 다시 만나서 반갑다고 말했다. 그녀는 아직도 나를 어린 소년으로 취급하고 있었다. 하지만 그녀의 웃음에서 나를 유혹하는 태도를 읽은 것 같기도 했다.

미스 해비셤은 늦게까지 그 저택에 머물다 가라고 내게 말했다. 그리고 우리 둘이 산책을 하며 이야기를 나누라고 명령조로 말했다. 에스텔라와 나는 함께 마당으로 나왔다. 우리는 내가 이전에 길을 잃고 헤매다 창백한 꼬마 신사, 즉 허버트와 만나 싸움을 벌였던 대문 옆 정원으로 나갔다. 그곳에 이르자 에스텔라가 말했다.

"사내애들이 싸우는 걸 숨어서 구경했던 걸로 봐서 나는 참 별난 계집이었던 게 틀림없어. 아주 재미있었거든."

제2부

**167**

"난 그 보상을 톡톡히 받았지." 그녀가 내게 입맞춤을 허락했던 걸 기억하며 내가 말했다.

"난 그 애가 싫었어. 나하고 놀라고 데려온 애였거든. 귀찮아서 그 애한테 화가 나 있었어."

"걔하고 나하고 지금은 둘도 없는 단짝이야."

"그래? 네가 그 애 아버지 밑에서 공부하고 있다는 이야기를 들은 것 같기는 해."

우리는 정원을 돈 다음 양조장 앞마당으로 나왔다. 나는 그녀를 처음 만났을 때 그녀가 빈 술통 위를 걷는 것을 내가 보았던 일, 그녀가 내게 고기와 맥주를 주었던 일들이 기억나느냐고 물었다. 그녀는 하나도 기억이 나지 않는다며 말했다.

"내겐 심장이 없어. 따뜻한 심장이 없단 말이야. 내겐 동정심도 없고 감정도 없어. 그리고 어리석은 생각 같은 건 안 해. 난 누구에게도 따뜻한 애정을 준 적이 없어. 안 믿는다는 표정이구나. 어쨌든 좋아. 미스 해비셤이 우릴 기다릴 거야. 정원이나 한 바퀴 더 돌고 들어가자. 오늘은 내가 너를 울리지 않을 테니, 내 시동이 되어줘."

그녀는 하나도 기억이 안 난다더니 내가 울었던 것만은 기억하고 있었다. 그리고 순간 나는 그녀에게서 뭐라고 말하기 어려운 묘한 인상을 받았다. 그것이 무엇이었을까? 하지만 나는 알 수 없었다.

우리는 집 안으로 들어갔다. 거기서 나는 또 다른 놀라운 소식을 들었다. 내 후견인인 재거스 씨가 왔다 갔으며 만찬 시간에 다시 올 것이라는 소식이었다. 나는 천천히 미스 해비셤의 의자를 밀며 먼지가 잔뜩 쌓인 피로연 식탁 주변을 돌았다. 그 장례식장 같은 방에서 에스텔라는 전보다 훨씬 아름다웠고 나는 전보다 훨씬 더 강하게 사랑의 마법에 걸려 있었다.

만찬 시간이 가까워오자 에스텔라는 저녁 준비를 하겠다며 밖으로 나갔다. 둘만 남게 되자 미스 해비셤이 내게 말했다.

"어때? 정말 우아하고 예쁘지 않으냐? 너, 저 애 사모하고 있지?"

"누구든 그녀를 보면 그렇게 될 겁니다, 미스 해비셤."

그녀는 의자에 앉은 채 내 목에 팔을 감더니 내 머리를 자기 쪽으로 끌어당겼다.

"저 애를 사랑해라! 저 애를 사랑하라고! 저 애를 사랑해! 네게 잘 해줘도 사랑하고, 네 가슴을 찢어놓아도 사랑해라."

나는 그녀의 그런 격정적인 모습을 본 적이 없었다. 그녀는 거의 고함을 지르다시피 했다. 그녀는 갑자기 의자에서 벌떡 일어나더니 벽을 향해 달려들었다. 꼭 벽에 부딪쳐 죽으려는 것 같았다. 그녀를 억지로 붙잡아 의자에 앉히려는 데 내게 익은 향수 냄새가 풍겼다. 뒤를 돌아다보니 재거스 씨가 이미 와 있었다.

나와 미스 해비셤이 동시에 그를 보았다. 놀랍게도 그녀마저 그를 두려워하는 것 같았다. 그녀는 "제시간에 오셨네요"라고 더듬거리며 말했다.

"언제나 그렇지요."

재거스 씨는 그곳에서 나를 보고도 별로 놀라는 것 같지 않았다. 단지 "오, 자네가 여기 있었군"이라고 말했을 뿐이었다.

그러자 미스 해비셤이 식사가 준비되었을 테니 둘이 함께 가서 식사를 하라고 말했다. 그녀는 그 누구 앞에서도 자신이 먹거나 마시는 모습을 보인 적이 없었다.

재거스 씨와 나는 어두운 계단을 함께 더듬거리며 내려갔다. 마당을 가로질러 만찬이 준비되어 있는 별채로 가는 도중 내가 재거스 씨에게 말했다.

"저, 변호사님, 한 가지만 여쭤봐도 되겠습니까?"

"그러게나."

"에스텔라의 성이 해비셤인가요?"

"아니면 뭐란 말인가?"

"정말 해비셤인가요?"

"해비셤이네."

식탁에서 에스텔라와 새러 포킷이 우리를 기다리고 있었다. 식사 내내 재거스 씨는 아무 말이 없었다. 심지어 에스텔라에게 눈길도 주지 않았다.

식사가 끝난 후 우리는 다시 미스 해비셤에게 갔다. 새러 포킷은 함께 가지 않았다. 우리 넷은 휘스트 놀이를 했다. 나는 정말 고통스러웠다. 에스텔라라는 존재를 완전히 무시하는 것 같은 재거스 씨 앞에서 그녀를 향한 내 감정을 고스란히 드러낼 수밖에 없었다는 것은, 정말 견디기 어려운 고통이었다.

우리는 9시까지 카드놀이를 했다. 그런 후 재거스 씨와 나는 그 집에서 나왔다. 내 후견인은 블루 보어 호텔의 내 방 바로 옆방에 묵었다.

잠자리에 눕자 "저 애를 사랑해라! 저 애를 사랑하라고! 저 애를 사랑해!"라는 미스 해비셤의 말이 귓전에 계속 울렸다. 나는 베개에 얼굴을 묻고 외쳤다.

"그래요, 나는 그녀를 사랑해요. 그녀를 사랑한다고요. 그녀를 사랑한다니까요."

나는 정말 감격했고 감사했다. 대장장이의 조수에 불과했던 내가 그녀의 짝이 되다니! 하지만 정작 그녀의 가슴은 얼어 있는 것이 아닌가 생각하니 한없이 불안하기도 했다. 아아, 잠자고 있는 그녀의 심장을 언제 어떻게 깨워야 한단 말인가!

나는 그녀를 향한 내 감정이 숭고하다고 믿고 있었다. 심지어 그녀가 조를 경멸하리라는 이유로 조를 피해버린 내 태도가 비열하다는 생각도 하지 않았다. 불과 하루 전만 하더라도 조는 내 눈에 눈물이 고이게 만든 존재였다. 그에게 위엄이 깃들어 있다고까지 생각했던 나였다. 하지만 그 눈물은 너무도 빨리 말라버렸다. 오, 하느님, 저를 용서해주세요!

다음 날 아침 나는 내 후견인에게 큰 용기를 내고 말했다. 올릭이 과연 미스 해비셤 댁에서 일할 만한 자격이 있는지 의심스럽다고 말한 것이다. 그러자 그가 대답했다.

"사실 그는 그 자리에 적임자가 아니지. 이 세상 어떤 일자리건 믿을 만한 적임자가 맡고 있는 경우는 드물지."

나는 올릭에 대해서 내가 알고 있는 바를 그에게 이야기해 주었다. 내가 말을 마치자마자 그가 말했다.

"잘 알았어. 내가 곧바로 그 댁에 들러 나머지 임금을 주고 그 자를 해고하라고 하겠네."

나는 깜짝 놀라 그렇게 서두를 일은 아니며, 그자가 순순히 말을 들을 자가 아니라고 말했지만 그는 "어디, 그자가 내게 어떻게 따지고 드는지 한번 보고 싶군. 내게는 그런 게 더 재미있어"라고 말하면서 곧바로 미스 해비셤의 집으로 갔다.

그와 함께 마차를 타고 런던으로 돌아오면서 나는 일이 어떻게 되었는지 묻지 않았다. 재거스 씨가 제대로 일을 처리했는지 아닌지 그에게 물어본다는 것 자체가 그의 자존심을 건드리는 일 같았기 때문이다.

결국 나는 고향으로 내려갔으면서 조도 비디도 만나지 않고 돌아왔다. 아무 일 없이 무사히 돌아왔다고 할 수도 있지만 내 양심을 버리고 온 셈이니 결코 건강하게 돌아온 것은 아니었다. 나는 조에게 미안한 마음을 담아 대구와 굴 한 통을 보냈지만 그것으로 내 마음이 편해진 것은 아니었다.

# 4

　어느 날 포킷 씨와 열심히 공부하고 있는데 나는 우편으로 짧은 편지를 한 통 받았다. 겉봉만 보고도 내 가슴은 방망이질 쳐졌다. 그 필체를 한 번도 본 적이 없었으면서도 누구의 편지인지 바로 느낄 수 있었기 때문이다. 바로 에스텔라의 편지였다.

　모레 정오 마차로 런던에 도착할 거야. 네가 나를 마중 나오기로 되어 있다던데, 맞아? 미스 해비셤께서 그럴 거라고 하셨어. 그분 말씀에 따라서 이 편지를 쓰는 거야. 미스 해비셤께서 안부 전해달라고 하셨어.

## 너의 에스텔라

그녀가 도착하기까지 나는 식욕도 잃었고 매사에 안절부절 못했다. 런던에는 왜 오는 걸까? 도대체 무슨 일일까?

역마차가 도착하기도 전에 나는 역마차 사무실을 뻔질나게 드나들기 시작했다. 드디어 에스텔라를 태운 역마차가 도착했다. 여행용 모피를 입은 그녀의 모습은 이제까지 내가 보았던 그 어떤 모습보다 우아하고 아름다웠다. 그녀는 역마차 사무소 안뜰에 내려놓은 자기 짐을 내게 보여주었다. 그 짐들을 보자 나는 그녀가 어디로 갈 것인지 아무것도 모른다는 사실을 그제야 깨달았다. 오로지 그녀 자신에 대해서만 생각했을 뿐 다른 사고는 정지해 있었던 것이다.

그녀가 내게 말했다.

"난 리치먼드로 갈 거야. 요크셔주에 있는 리치먼드가 아니라 셔리주에 있는 리치먼드. 여기서 16킬로미터야. 네가 나를 거기까지 데려다주게 되어 있어. 여기 지갑이 있어. 거기서 돈을 꺼내서 네가 거기까지의 마차 삯을 지불해야 해. 우리는 우리에게 내려진 지시사항을 따르기만 하면 되는 거야."

"사륜마차가 올 때까지 잠깐 기다려야 해."

"맞아, 난 여기서 잠깐 쉬게 되어 있어. 그리고 차도 좀 마시게 되어 있고. 그리고 그동안 네가 나를 돌봐주게 되어 있어."

그녀는 모든 말에서 나와 자신의 의지를 배제해버렸다.

우리는 함께 역마차 사무소 겸 여관 응접실로 갔다. 자리에 앉자 내가 물었다.

"리치먼드에서 어디로 갈 건데?"

"어느 부인 댁에 머무르게 되어 있어. 많은 비용을 내야 해. 여기저기 나를 데리고 다니며 많은 사람들을 내게 소개해줄 능력이 있는 부인이야. 거기서 여러 경험을 하게 되어 있는 것 같아."

그녀는 자신의 일을 꼭 남의 일인 듯 말했다. 우리는 포킷 씨 집에서의 내 생활 등 여러 가지 이야기를 나누었지만, 그녀는 나와 이렇게 만나는 게 다 미스 해비셤이 시켜서 하는 일이며, 우리는 꼭두각시 인형에 불과하다는 느낌을 주려고 애를 썼다. 나는 괴로울 수밖에 없었다.

하지만 어쨌든 그녀는 내게 매혹적으로 보이려 애를 쓰고 있었고 나를 사로잡으려 했다. 그리고 그것을 나는 못 본 척

할 수도 없었고 적절히 응수해야만 했다. 멀리서 모르는 사람이 본다면 더없이 다정한 연인처럼 보였을 것이다. 하지만 나는 조금도 기쁘지 않았다. 단순히 미스 해비섬이 시켜서 하는 일이라는 걸 알았기 때문에 그런 것이 아니다. 그녀는 다분히 의도적으로 나를 사로잡으려 하고 있을 뿐, 사랑의 감정을 자기 안에 불러일으키기 위해 그러는 것이 아니라는 것을 잘 알고 있었기 때문이다. 그녀는 그렇게 내 심장을 꽉 움켜쥔 후에 언제고 그것을 마구 찌부러뜨려서 팽개쳐버리리라는 것을 분명히 느낄 수 있었기 때문이다.

나는 그녀를 그녀가 머물 리치먼드의 집까지 데려다주고 돌아왔다. 돌아오면서 나는 가슴이 아팠다. 사랑하는 그녀가 가까이 와 있다는 기쁨보다 아픔이 더 크다는 것, 그것이 진정으로 고통스러웠다.


나는 내게 행운으로 주어진 유산에 점점 익숙해졌다. 하지만 나는 그것이 내 자신의 성격을 어떻게 바꾸어놓았는지는 의식하지 않으려고 애썼다. 좋지 않은 방향이라는 것을 스스로 잘 알고 있었던 것이다.

나는 조에 대한 생각만 하면 늘 불편했다. 마치 만성적 병을 앓고 있는 것 같았다. 비디 생각을 할 때도 늘 양심이 찔렸다. 한밤중에 잠에서 깨면, 기진맥진한 채 이런 생각에 시달렸다.

'내가 미스 해비셤을 만나지 않았다면, 그래서 조의 대장간에서 정직한 대장장이로 자랐다면 훨씬 더 행복했을 거야.'

그리고 혼자 난롯가에 앉아 있노라면 고향집 대장간 화덕불과 난롯불보다 따뜻한 곳은 없다는 생각이 들곤 했다. 하지만 잠깐이었다. 나는 다시 사치스러운 유산 상속자 생활을 이어나갔다.

원래 검소하던 허버트도 나와 지내면서 내 낭비벽에 오염되었다. 그와 나는 스타톱의 제안에 따라 '작은 숲의 멋쟁이 새들'이라는 젊은이들의 모임에 가입했다. 아무 목적 없이 2주에 한 번씩 모여 값비싼 식사를 하는 모임이었다. 식사 후 피터지게 아무 소득 없는 논쟁을 하고 술이나 마시는 모임이었다. 멋쟁이 새들은 정말 멋지게 돈을 낭비했다. 그리고 벤틀리 드럼믈도 그 모임의 멤버였다.

모든 것을 나와 함께 한 허버트는 감당할 수 없는 비용을 지출했으며 그로 인해 늘 근심 걱정과 후회에 휩싸이게 되었다. 그가 항상 지니고 있던 마음의 평화가 깨져버린 것이다. 벌이가 거의 없던 그가 내 낭비벽을 따랐으니 당연한 일이었다. 나는 그의 생활비를 내가 떠맡고 싶었다. 하지만 자존심이 강한 그에게 그런 제안을 할 수는 없었다.

내 낭비벽은 점점 커져 드디어 빚을 지기에 이르렀다. 낭비벽을 실컷 발휘한 다음 날 아침에 허버트뿐만 아니라 나도 후회에 시달리게 된 것이다.

어느 날 저녁 내가 허버트에게 말했다.

"친애하는 나의 허버트, 우리 형편이 점점 더 나빠지고 있다네."

"친애하는 헨델, 정말 우연의 일치로군. 내 입가에 맴돌던 게 바로 그 말이라네."

우리는 좀 특별한 저녁식사와 음료를 주문했다. 우리의 마음을 다잡고 더 확실히 목표를 이루기 위한 의식이었다. 경건한 마음으로 식사를 마친 후 우리는 펜 한 묶음, 넉넉한 분량의 잉크, 두툼한 필기 용지들을 준비했다. 문구들을 넉넉히 준비해두니 이미 일이 반쯤은 해결된 것 같은 기분이었다.

나는 종이 한 장을 집어 들고 맨 위에 '핍의 채무 기록표'라고 적었고 허버트도 마찬가지로 다른 종이에 '허버트의 채무 기록표'라고 적었다. 그리고 우리는 아무 곳에나 쑤셔박아두었던 「청구서」들을 옆에 꺼냈다. 좀 과장되게 말한다면 산더미 같은 「청구서」 더미였다.

우리는 그 「청구서」 금액들을 종이에 옮기기 시작했다. 사각거리는 펜 소리가 얼마나 듣기 좋았는지 그렇게 빚을 정리하는 것만으로도 이미 빚을 다 갚은 기분이었다.

어느 정도 채무 기록표가 채워지자 내가 허버트에게 말했다.

"잘 되고 있어?"

"액수가 엄청나게 쌓이고 있어, 헨델."

나도 열심히 펜을 늘리며 대꾸했다.

"마음 굳게 먹어, 허버트. 그 숫자가 부끄러워할 정도로 그놈을 똑바로 쳐다봐. 우린 지금 그놈하고 싸우고 있는 거야."

"나도 그러려고 애를 쓰고 있네. 그런데 그 숫자가 나를 하도 빤히 쳐다보는 바람에 내가 쑥스러워진다는 게 문제지."

그 채무기록표를 작성하면서 나는 허버트가 감탄할 만한 기지를 발휘했다. 나는 그것을 '여유액 남겨두기'라고 불렀다.

예컨대 채무액이 164파운드 4실링 2펜스라면 나는 200파운드로 적었다. 그리고 허버트도 그렇게 하라고 했다. 그런 식으로 해서 우리는 나머지 돈을 쓸 수 있는 심적 여유를 갖게 되었다. 채무 액수 때문에 골치 아파하는 것보다 여유액을 생각하고 느긋해지는 게 바로 생활의 지혜가 아니고 무엇이겠는가? 하지만 고백하자. 우리는 그 여유액이 주는 해방감에 그 여유액 이상을 지출하면서 빚이 늘어가기만 했다.

나와 허버트는 그 행사를 수시로 치렀다. 그렇게 빚을 점검하면 일단 마음의 평화와 안정을 찾을 수 있었다. 「청구서」 더미들을 앞에 두고 우리는 마치 은행가라도 된 것처럼 스스로를 대견해했다.


그날도 우리는 문을 걸어 잠근 채 그 엄숙한 행사를 치르고 있었다. 우리들 마음은 점차 평온해지기 시작했다. 그때 문밖 메일 박스에 편지 떨어지는 소리가 들렸다. 허버트가 "편지가 왔네"라며 밖으로 나가 편지 한 통을 들고 들어왔다. 칙칙해 보이는 검은색 봉인과 검은색 테두리를 보니 불안했다. 편지에는 펌블추크 상회 이름이 적혀 있었다.

나는 얼른 편지를 열어보았다. 가저리 부인이 지난 월요일 저녁 6시 20분에 세상을 떠났으며 다음 월요일 오후 3시에 장례식이 열릴 예정이니 참석을 요망한다는 내용이었다. 편지는 양복점 주인 트랩 씨 명의로 되어 있었다. 그가 장례식을 주관하기로 한 것이었다.

내 삶에서 죽음을 맞이한 건 이번이 처음이었다. 편지를 받은 후 내게는 난롯불 옆 의자에 앉아 있던 누나의 모습이 뇌리를 떠나지 않았다. 최근 들어 누나 생각은 한번도 해본 적이 없었는데도 누나가 나를 찾아와 문을 두드리고 있다는 생각에 빠지기도 했다.

나는 결코 누나에게 애정을 갖고 있지 않았다. 하지만 그 무언가 알 수 없는 회한이 나를 사로잡았다. 그리고 누나를 그 지경으로 만든 자를 향한 분노가 치솟았다. 그 자가 올릭이건 누구건 꼭 복수를 하고야 말리라는 생각까지 들었다.

며칠 동안 그런 생각에 젖어 있다가 나는 아침 일찍 마차를 타고 고향으로 내려갔다. 물론 블루 보어 호텔에 여장을 풀었다. 화창한 여름 날씨였다. 호텔로부터 조의 대장간까지 걸어가다 보니 힘없는 꼬마인 내게 누나가 사정없이 벌을 주던 시

제2부

**183**

절이 생생하게 되살아났다. 그러나 그 기억은 이상하리만치 따스했고 은은했다. 길가에는 클로버 등 여러 들꽃들이 피어 있었다. 그 들꽃들이, '자, 내 향기를 맡아봐. 그럼 마음이 온화해질 거야'라고 속삭이고 있었다.

마침내 나는 집에 도착했다. 집안은 사람들로 북적이고 있었다. 가엾은 조는 커다란 나비넥타이를 매고 검은색 망토를 두른 채 방구석에 따로 떨어져 앉아 있었다. 내가 그에게 인사하자 그가 말했다.

"핍, 내 친구, 자네는 누나가 전에 얼마나 멋진 몸매를 지녔었는지 알겠지?" 그는 내 두 손을 꼭 쥐면서 더 말을 잇지 못했다.

단정하게 검은 상복을 차려입은 비디는 이곳저곳 바삐 돌아다니고 있었다. 나는 집 안을 둘러보며 도대체 이 집 어느 곳에 누나라는 존재가 있었는지 의아한 기분이 들었다. 누나가 살아 있을 때는 집안 전체를 누나가 온통 차지하고 있는 것 같았는데 이렇게 희미한 기억도 남기지 않을 수 있다니, 너무도 기이했다.

나는 그 자리에 와 있던 펌블추크 씨 이야기는 정말 하고 싶지 않다. 그는 단 두 가지 일에 몰두해 있었다. 음식물을 꾸역꾸역 입에 집어넣는 일과 기회만 되면 내게 다가와 알랑방귀를 꾸는 일 말이다.

이윽고 누나는 교회 옆 묘지에 안장되었다. 장례식이 끝나고 모두 돌아가자 우리 셋, 즉, 나와 비디와 조는 다시 집으로 돌아왔다. 나는 조에게 내 작은 방에서 자고 가도 되겠느냐고 물었다. 그는 매우 기뻐했다. 물론 나도 기뻤다. 조가 기뻐해서 덩달아 기쁜 것만은 아니었다. 조에게 그 말을 하면서 뭔가 대단한 일을 했다는 우쭐한 기분이 들었기 때문이다.

어슴푸레 어둠이 밀려오자 나는 비디와 이야기를 나누기 위해 정원으로 나갔다.

함께 걸으면서 내가 그녀에게 말했다.

"이제 여기 있을 수 없겠지, 비디?"

"그래, 이제 가야겠지, 미스터 핍. 허블 부인과 이야기 해놨어. 내일 부인에게 갈 생각이야. 조가 안정될 때까지 부인과 내가 좀 돌봐줄 생각이야."

"앞으로 어떻게 살 건데? 혹시 돈이 좀 필요하면……."

그러자 비디가 얼굴을 붉히며 내 말을 되받았다.

"앞으로 어떻게 살 거냐고? 말해줄게, 미스터 핍. 이곳에 학교가 새로 생길 거야. 거기 여선생 자리를 알아볼 거야. 이웃 사람들이 나를 추천해주겠지."

"비디, 누나에 대해서 자세한 이야기를 못 들었어. 얘기 좀 해줄래?"

"별거 없어. 가여운 아줌마. 아줌마는 나흘 동안 몸이 안 좋았어. 그런데 차 마실 시간에 나랑 둘이 있는데 정확히 '조'라고 하시는 거야. 그동안 한 마디 말도 못 했거든. 나는 놀라서 조 아저씨를 불러왔어. 아줌마는 아저씨보고 가까이 오라는 몸짓을 하더니 내게 자기 팔을 아저씨 목에 두르게 해달라는 몸짓을 해 보이셨어. 내가 그렇게 해드리자 아줌마는 평온한 표정으로 조 아저씨 어깨에 기대더니 다시 한 번 '조'라고 말씀하셨어. 그러더니 아주 또렷하게 '용서해줘요'라고 한 마디, 또 '핍'이라고 한 마디 더 하셨어. 그리고 더 이상 고개를 들지 못하셨어. 그게 끝이었어."

비디는 울었다. 그리고 조가 나를 얼마나 사랑하는지 말했고 나에 대해서는 불평 한마디도 없다고 말했다. 그녀는 조가 오로지 그 튼튼한 손발과 과묵한 입, 그리고 따뜻한 가슴으로 묵묵히 의무를 다하며 자신의 삶을 살아가고 있다고 말했다.

나도 맞장구를 쳤다.

"그래, 맞아. 조 같은 사람은 없을 거야. 정말 훌륭해. 그리고 비디, 앞으로 우리 이런 이야기 자주 나누게 될 거야. 내가 여기 자주 내려올 거거든. 조를 혼자 내버려두지 않을 거야."

비디는 한 마디도 하지 않았다.

"비디, 내 말 안 들려?"

"들려, 미스터 핍."

"정말 자꾸 미스터 핍, 미스터 핍 할래? 그건 그렇다 치고 왜 아무 말도 없는 거야. 도대체 왜 그래?"

"도대체 왜 그러냐고?"

"정말 왜 그러니? 왜 그렇게 내 말만 따라 하는 거야? 옛날엔 안 그랬잖아. 내가 조를 보러 자주 오겠다고 했는데 왜 아무 말이 없는 거야?"

"너 정말 아저씨를 자주 보러 올 자신이 있는 거니?" 비디가 걸음을 멈추고 맑고 순수한 눈으로 나를 바라보며 말했다.

"오, 정말 너는……." 나는 마치 그녀를 포기할 수밖에 없다는 투로 말했다.

"비디, 너 왜 그렇게 부정적이 됐니? 그건 아주 나쁜 거야. 아주 나쁜 본성이야. 네가 그런 본성을 보일 줄 몰랐다. 됐어, 이제 더 이상 그 이야기 하지 말자."

그날 나는 저녁 식사 내내 비디에게 거리감을 두고 대했다. 나는 내 방으로 올라갈 때도 그날 장례식 현장에서나 어울릴 만한 엄숙한 태도로 그녀에게 저녁 인사를 건넸다. 나는 잠을 못 이루고 뒤척이며 비디가 내게 얼마나 못되게 굴었는지, 내게 얼마나 상처를 주었는지 곱씹었고 그러면서 그녀를 원망했다.

나는 다음날 아침 일찍 그곳을 떠났다. 조는 건강한 얼굴로 벌써 일을 하고 있었다. 밝은 태양이 오로지 그의 얼굴만 비추고 있는 것 같았다.

"사랑하는 조, 잘 있어. 곧 다시 내려올게. 그리고 자주 내려올게."

"아무리 빨리 내려와도 좋아요. 아무리 빨리 내려와도, 핍!"

비디는 우유가 담긴 머그잔과 빵을 들고 부엌문 앞에서 나를 기다리고 있었다. 나는 그녀에게 손을 내밀며 말했다.

"비디, 난 화난 게 아냐. 다만 상처를 입었을 뿐이야."

그러자 그녀가 말했다.

"안 돼. 상처 입으면 안 돼. 네게 상처를 주다니 내가 속이 좁았어. 상처는 나 혼자 받을게."

집을 떠나오는데 안개가 피어오르면서 동시에 걷히고 있었다. 혹시 그 안개가 내가 돌아오지 않을 것이라는 비디의 말이 옳다는 것을 넌지시 내게 알려주고 있었다면, 그 안개는 예지(豫知)의 힘을 지닌 안개였다.

허버트와 나의 재정 상태는 나날이 악화되어 갔다. 하지만 우리는 채무 기록에 끊임없이 여유분을 만들었고 그런 식으로 일처리를 참 잘한다고 위안하며 지냈다. 그러는 사이 나는 드디어 성년이 되었다.

허버트는 나보다 8개월 앞서 성년이 되어 있었다. 하지만 성년이 되었다는 것 외에 그가 얻은 것은 아무것도 없었다. 하지만 나는 내 생일을 고대했다. 내가 성년이 된 기념으로 내 후견인이 내게 무언가를 해주리라는 기대가 있었기 때문이다. 더욱이 재거스 씨가 생일 날 나를 보자고 한다는 편지를 웨믹이 전해주었기에 기대는 더 커졌다. 그 편지 안에 뭔가 굉장한 일이 숨겨져 있는 것만 같았다. 때는 11월이었다.

내 생일 날 나는 내 후견인의 사무실로 갔다. 그는 뒷짐을 진 채 벽난로 앞에 서 있었다. 그가 나를 보자 말했다.

"오늘부터 자네를 미스터 핍이라고 불러야겠군. 생일 축하하고 성년이 된 걸 축하하네, 미스터 핍."

나는 자리에 앉았고 그는 여전히 서 있었다. 나는 증인석에 앉은 증인 꼴이었고 그는 나를 심문하는 검찰관 같았다.

그는 단도직입적으로 내게 물었다. 그의 화법이었다.

"자네가 지금 어느 정도의 돈을 쓰고 있다고 생각하나?"

"무슨 뜻인지요, 변호사님?"

"자네가 쓰는 생활비 액수가 어느 정도인지 물은 거라네."

나는 그 질문에 전혀 대답을 할 수 없다고 고백했다. 그 대답 아닌 대답이 재거스 씨 마음에 들었는지 그는 흡족한 표정을 지었다.

"자네는 이곳에 온 이래 꽤나 자유롭게 돈을 뽑아다 썼네. 자네 이름이 웨믹의 현금출납부에 자주 등장하거든. 그렇게 돈을 뽑아 썼어도 빚이 좀 있겠지?"

"죄송하지만 그렇다고 대답을 드려야겠습니다, 변호사님."

"빚이 얼마인지는 묻지 않겠네. 자네도 알 리가 없지. 혹 안다고 해도 줄여서 말하겠지."

내가 항변하려 하자 그가 집게손가락을 좌우로 흔들어 나를 제지하더니 말했다.

"자, 이 종이를 받게. 자, 그걸 펴보게. 그게 뭔지 알겠나?"

"500파운드짜리 은행권 어음입니다."

"맞아, 500파운드짜리 어음이지. 엄청나게 큰돈이네. 자네도 그렇게 생각하지?"

"제가 어찌 달리 생각할 수 있겠습니까?"

"그게 자네 걸세. 자네가 받게 될 유산의 일부를 미리 주는 걸로 알게. 앞으로 자네는 자네에게 유산을 기증한 분을 만날 때까지 자네가 엄청나다고 말한 그 돈으로 1년간 지내야 하네. 달리 말하면 이제부터 자네의 금전 문제는 자네가 알아서 해야 한다는 거지. 자네도 이제 성인이니까."

나는 이참에 그에게 내 은인을 언제나 뵐 수 있을 것이냐고 물었다. 그러자 그는 세차게 머리를 가로저었다. 그런 질문을 받은 상황 자체를 부정하는 것 같았다. 그래도 그로서는 제법 친절한 답변을 해주었다.

"그걸 알리는 대가로 나는 보수를 받은 게 없네. 내가 그걸 아는지 모르는지도 모른다네. 다만 그분이 스스로 자네에게 자신의 정체를 밝히는 날 내 역할은 끝난다는 것만 알려주겠네."

나는 그와 작별 인사를 나눈 후 밖으로 나왔다. 나는 퇴근 준비를 하고 있는 웨믹에게 갔다. 500파운드라는 거금이 손에 들어오자 전부터 생각하고 있던 문제를 상의하기 위해서였다.

그는 퇴근 준비를 끝내고 외투를 걸치려던 중이었다. 내가 그에게 말했다.

"웨믹 씨, 상의할 일이 좀 있습니다. 제가 어떤 친구를 좀 돕고 싶어서요."

"현금으로 돕겠다는 건가요?"

"네, 내가 지금 가진 현금과 유산의 선지급금으로 도울까 해서요."

"핍 씨, 런던에 다리가 몇 개 있죠? 그 다리 중 하나만 택해 보세요. 그리고 저랑 그 다리 위로 함께 가볼까요? 그리고 그 돈을 템스강 위로 날려 보내세요. 그러면 그 돈이 어떻게 될 건지 알 수 있을 겁니다. 그뿐이 아니지요. 친구 관계도 끝장을 보게 될 겁니다."

나는 조금 맥이 빠졌다.

"정말 신중히 생각해서 해주시는 충고인가요?"

"이 사무실에서 내가 진지하게 내린 결론입니다."

나는 그의 말에서 무언가 번쩍이는 것을 보았다.

그러자 그가 정색을 하고 말했다.

"핍 씨, 월워스는 월워스고 사무실은 사무실입니다. 우리 노친은 노친이고 재거스 씨는 재거스 씨인 것과 마찬가지입니다. 월워스에서의 내 의견은 거기에 가서 물어봐야 합니다."

나는 일요일 오후에 월워스로 웨믹을 찾아갔다.

나는 웨믹에게 허버트와 나의 관계를 설명했다. 그리고 그가 나를 만나지 않았다면 이런 경제적 어려움에 빠지지 않았을 것이라고 말했다. 나는 그를 진정으로 친구로 생각하고 있으며 어떻게 하면 허버트를 경제적으로 도와줄 수 있는지 조언을 구했다. 그리고 내가 그에게 도움을 준다는 사실을 절대로 비밀로 해야 한다는 조건을 붙였다.

내 말을 듣고 웨믹이 말했다.

"핍 씨는 정말 너무 착하시군요. 하지만 그런 일은 제 주 업

무가 아닙니다.”

“여기는 웨믹 씨 사무실도 아니고요.”

“맞아요. 제가 궁리해보지요. 제 애인 미스 스키핀스의 오빠가 회계사입니다. 그를 찾아가서 당신이 부탁한 일을 진행해보지요.”

나는 그곳에서 정확한 시각에 대포가 발사될 때까지 머물다가 집으로 돌아왔다. 그리고 그로부터 정확히 1주일 뒤 월워스의 소인이 찍힌 웨믹의 편지를 받았다. 나를 만나자는 전갈이었다. 나는 일처리를 위해 그를 몇 차례 만났다. 웨믹은 내게 믿을 만한 젊은 해운무역업자를 소개해주었다. 그는 성실한 사업가였다. 하지만 자금이 모자라서 자본을 구하고 있는 중이었다. 그 사업가와 나 사이에 곧바로 비밀 계약이 맺어졌다.

나는 그에게 내가 가진 현금 500파운드의 절반을 지불했다. 나는 앞으로도 계속 필요한 돈을 지불하겠다고 약속했다. 모든 일이 너무 순조롭게 진행되었다. 나는 그에게 절대로 허버트에게 이 사실을 알리면 안된다고 다짐했다.

어느 날 오후 허버트가 싱글벙글한 얼굴로 집에 들어오더니 엄청난 소식을 알려주겠다고 했다. 그는 우연히 클래리커(그 젊은 사업가의 이름이었다)라는 사람을 만나게 되었는데 그 사람과 함께 일을 하게 되었다는 것이었다.

그는 자신에게 마침내 좋은 기회가 찾아온 것이라며 행복한 미소를 지었다. 마침내 모든 일이 마무리되고 그가 클래리커 상사에 들어간 날 저녁, 그는 잔뜩 상기되어 앞날의 성공에 대해 내게 이야기했다. 나는 그날 밤 잠자리에 누워, 내게 찾아온 행운의 유산을 좋은 일에 사용했다는 기쁨에 잠을 이루지 못했다.

이제 내 인생에 큰 전환점이 될 중요한 사건이 그 모습을 드러내려 하고 있었다. 하지만 그 이야기를 하기에 앞서 에스텔라 이야기를 잠시 해야만 하겠다.

내가 죽고 난 후 만일 리치먼드 지역에 유령이 출몰한다면 그건 바로 나의 유령이라고 보아도 된다. 에스텔라가 그곳에 머물던 동안, 내 영혼은 밤낮으로 그곳을 얼마나 뻔질나게 드나들었던가!

그녀가 머무는 집 주인은 브랜들리 부인으로서 미스 해비섬이 은둔생활에 들어가기 이전부터 그녀의 친구였다. 그녀는 사교계에 발이 넓었으며 그로 인해 에스텔라에게는 끝도 없이 구애자들이 몰려들었다.

나는 그녀와 리치몬드에서 자주 만났다. 하지만 그사이에도 그녀에게 수많은 구애자들이 몰려들고 있다는 소식을 쓰린 심정으로 들어야만 했다.

그녀는 그 구애자들을 골려먹는 데 나를 이용했다. 때로는 그들 앞에서 그녀와 내가 서로 이름을 부를 정도로 가깝다는 걸 과시하기도 했다. 하지만 그건 내게 즐거운 일이 아니라 오히려 고통이었다. 그런 일이 있고 나면 그녀는 어김없이 우리의 관계가 억지로 강요된 관계라는 것을 잊지 말라고 강조했던 것이다. 그리고 자기에게 매혹당하지 말라는 경고를 절대로 잊지 말 것을 요구했다. 아아, 그녀와 나의 관계는 도대체 무엇이란 말인가!

더욱이 내게 괴로운 것은 이 대목에서 벤틀리 드럼플의 이름을 거론해야 한다는 사실이다. 어느 날 '멋쟁이 새' 회원들이 모여 있을 때였다. 그날은 드럼플이 건배를 할 차례였다. 드럼플이 자리에서 일어나더니 "에스텔라 양을 위하여!"라고 건배 제의를 하는 것이 아닌가!

나는 피가 거꾸로 솟는 느낌이었다. 저 거미 같은 놈이 공개적으로 건배 제의를 할 만큼 에스텔라가 저놈에게 호의를 보였단 말인가! 저렇게 평균에도 못 미치는 뚱뚱보에게 그녀가 조금이라도 마음을 열어주었단 말인가!

나는 그 뒤로 에스텔라의 뒤를 드럼플이 졸졸 쫓아다닌다는 사실을 알게 되었고 내 눈에도 자주 띄었다. 그리고 급기야는 그와 거의 매일 마주치게 되었다. 녀석은 이제 거의 매일 그녀를 만나게 되었던 것이다. 그는 지겨울 정도로 집요하게 에스텔라에게 매달렸는데 실은 그녀가 부추긴 것이었다. 그녀는 어떤 때는 그를 치켜세웠고 어떤 때는 멸시했으며, 어떤 때는 그를 아주 잘 아는 척하다가도 또 어떤 때는 생면부지인 것처럼 대하기도 했다.

그러나 드럼플은 재거스 씨의 혜안이 꿰뚫어본 것처럼 거미처럼 몰래 숨어 기다리는 데 이골이 난 놈이었으며 끈기로 먹고 사는 놈이었다. 게다가 그는 돈도 있었고 자기 집안에 대한 자부심도 있었다. 나는 그녀에게 드럼플이 얼마나 형편없는 놈인지 열을 내서 말했으며 그 많은 놈들 중에 하필이면 드럼틀이냐고 따지듯 말했다. 그녀는 내게 자신이 함정을 파고 기다리는 것이라고 말하곤 했지만 뒤집어진 내 속이 진정될 리 없었다.

제3부

# 1

　　나는 이제 스물세 살이 되었다. 내가 누구에게, 어떻게 유산을 받게 되었는지 아무것도 알지 못한 채 스물세 번째 생일을 보낸 것이다. 나와 허버트는 이미 1년 전부터 바너드 기숙사를 떠나 템플지구로 옮겨 살고 있었고 우리의 셋집은 템스강가 아래 가든 코트에 있었다. 나와 허버트는 아파트의 제일 꼭대기 층에 세 들어 살고 있었다.

　　포킷 씨는 이제 나의 가정교사가 아니었지만 우리는 돈독한 관계를 그대로 유지하고 있었다. 나는 여전히 안정적이지 못한 생활을 하고 있었지만 독서에 취미가 있었기에 하루의 대부분을 책을 읽으며 보냈다.

그러던 어느 날이었다. 허버트는 일이 있어 프랑스 마르세 유로 출장을 가고 없었다. 막대한 유산이라는 행운에 취해 몇 년을 보내다 보니 이제 나는 매일매일이 불안했다. 늘어나는 빚 때문이 아니었다. 그런 정도 빚이야 유산이 해결해주리라 믿고 있었기에 크게 걱정하지 않았다. 문제는 도대체 언제 그 유산이 내게 들어올 것인지 내가 전혀 짐작도 할 수 없다는 데 있었다. 내 앞길이 탁 트일 날을 이제나저제나 하며 기다린 다는 것은 희망보다는 불안감을 내게 심어주었다.

그날도 나는 불안한 가운데 하루를 보냈다. 허버트도 곁에 없는데다 날씨마저 우중충했다. 그러더니 폭풍이 불어오다가 비가 내리고 그러다가 다시 폭풍이 불었다. 거리는 온통 진창, 그리고 또 진창투성이였다.

11시쯤 되었을까, 나는 시계를 탁자 위에 올려놓고 책을 읽고 있었다. 곧 책을 덮고 잠자리에 들 생각이었다. 그때였다. 바람소리 속에 희미하게 누군가 계단을 올라오는 발소리가 들렸다. 나는 고개를 갸우뚱하며 등불을 들고 어두운 계단 꼭 대기에 섰다. 아래 있던 사람이 내 등불을 보고 멈추어 섰다. 모든 게 정적에 휩싸여 있었다.

"거기 누군가 있는 거예요?" 아래를 내려다보며 내가 큰 소리로 외쳤다.

"그렇소." 어둠 속에서 목소리가 들렸다.

"몇 층에 찾아오신 건가요?"

"꼭대기 층이요. 미스터 핍을 찾아왔소."

"그건 내 이름인데요."

남자가 위로 올라왔다. 나는 그가 움직이는 대로 등불을 비춰주었다. 짧은 순간 그의 얼굴이 불빛 안에 들어왔다. 그 생면부지의 얼굴은 내 쪽을 올려다보며 감동을 받아 기뻐하고 있는 것 같았다.

그가 올라오는 동안 등불을 비춰주며 나는 그가 아주 험하게 옷을 입은 예순 살가량의 노인이란 것을 알 수 있었다. 머리카락은 잿빛이었으며 피부는 구릿빛으로 매우 단단해 보였다. 그가 계단 끝까지 올라오자 내가 물었다.

"그런데 무슨 일로 오셨는지요?"

"무슨 일? 아하, 그렇군. 만약 허락해준다면 내가 설명을 해주겠소."

"집 안으로 들어오시길 원하시나요?"

"그렇소."

나는 그에게 다소 불친절하게 대했다. 나를 찾아온 사람에게 집안으로 들어올 생각이냐고 묻는 것 자체가 예의가 아니었다. 나를 알아보겠다는 듯 뿌듯해하며 환하게 웃고 있는 그의 모습에 왠지 모르게 화가 났기 때문이다.

방으로 들어서자 그는 여전히 감탄하는 표정으로 사방을 둘러보았다. 그는 투박한 외투와 중절모를 벗었다. 그러자 이마에 주름이 깊게 파인 대머리가 드러났다. 잿빛 머리칼은 양옆에만 나 있었다. 어리둥절해 있는 내게 그가 두 손을 내밀자 나는 뒤로 물러났다.

"도대체 무슨 일인데 이러시는 거지요?" 나는 여전히 미심쩍어하는 표정이었다.

"이 순간을 학수고대해온 사람에게는 참으로 실망스러운 발언이군. 게다가 내가 얼마나 멀리서 왔는데. 하지만 그렇다고 신사분을 비난하지는 않겠소. 조금만 참고 기다려주시오."

그는 난롯불 앞에 놓여 있는 의자에 앉더니 두 손으로 이마를 감쌌다. 나는 날카롭게 그를 주시하고 있었다. 하지만 여전히 그가 누구인지는 알 수 없었다.

그가 어깨 너머로 뒤를 돌아보며 말했다.

"근처에 아무도 없겠지?"

"이런 밤늦은 시각에 남의 집에 찾아와 그런건 왜 묻는 겁니까?"

내가 약간 높은 목소리로 말하자 그가 고개를 들어 나를 바라보았다.

"대담하군, 대담해. 당신이 그렇게 대담하게 커줘서 정말 기쁘오. 하지만 나를 너무 그렇게 닦달하지 말게. 나중에 후회할지도 몰라."

순간 나는 내 질문의 답을 스스로 찾을 수 있었다. 그의 얼굴을 알아보았던 것이다! 그간의 세월들, 그간에 일어났던 사건들이 그를 다른 사람으로 만들었다 할지라도, 나는 그를 단번에 알아보았다. 그가 자기가 누구인지 알려주려고 주머니에서 줄칼을 꺼낼 필요도 없었고 목에서 자기 목도리를 풀어 자기 머리에 비틀어 맬 필요도 없었다.

그는 내가 서 있는 곳으로 다가와 다시 두 손을 내밀었다. 나는 어찌할 바를 모르고 그냥 그의 두 손을 어정쩡하게 잡고 말았다. 그는 진정으로 뜨겁게 내 손을 잡더니 자기 입으로 가져가 입을 맞추었다.

"얘야, 넌 그때 정말 고결한 행동을 한 거다. 정말 고결했어. 난 그걸 결코 잊지 않았단다, 핍."

그가 갑자기 나를 껴안으려 하자 나는 그를 뿌리치고 물러서며 말했다.

"이러지 마세요. 내가 어린 꼬마 때 한 행동 때문에 고마워서 이러시는 거라면……. 좋은 뜻으로 오신 거니 당신을 쫓아내지는 않겠어요. 하지만……."

"하지만 뭐냐?"

"그때하고 지금은 너무나 달라요. 그때와 같은 관계를 다시 맺고 싶지는 않아요. 당신이 개심을 해서 이렇게 자유의 몸이 된 게 너무 기뻐요. 이렇게 그때의 고마움을 잊지 않고 찾아준 게 나도 고마워요. 하지만 우리는 갈 길이 너무 달라요. 저런, 몸이 젖어 있네요. 떠나시기 전에 뭘 좀 마시겠어요?"

그는 목도리를 느슨하게 풀더니 말했다.

"그래, 떠나기 전에 꼭 마시고 가야겠다."

나는 그에게 럼주와 뜨거운 음료를 만들어주었다. 나는 손을 떨지 않으려고 애를 썼다. 내가 그에게 잔을 건넸을 때 나는 놀랐다. 그의 눈에 눈물이 그렁그렁했던 것이다.

"제가 너무 심한 말을 했지요? 너무 섭섭하게 생각하지 마세요. 자, 당신의 건강과 행복을 위해 건배해요."

나와 그는 잔을 부딪쳤다.

내가 그에게 물었다.

"어떻게 생활하고 계신가요?"

"신세계로 가서 목축업도 하고 여러 사업도 했다. 폭풍이 몰아치는 바다를 건너 수천 킬로는 가야 하는 곳이지."

"성공하셨나요?"

"성공했지. 같이 간 사람들 중에 성공한 사람들이 많이 있지만 그 누구도 나만큼 성공한 사람은 없다. 덕분에 나는 그곳에서 아주 유명한 사람이 됐다."

"정말 잘됐네요. 너무 기쁜 일이에요."

"네가 그렇게 말해주니 나도 기쁘다."

그때 불현듯 옛날 일이 하나 생각났다. 내가 그에게 물었다.

"옛날에 제게 심부름꾼 한 명을 보내셨지요? 줄칼을 쥐어주면서. 그 사람 다시 보셨나요?"

"아니, 본 적 없다. 그럴 처지도 아니었고. 그가 석방되는 길에 내가 부탁한 거고 나는 계속 감방에 있었으니까."

"그 사람 제대로 심부름을 했어요. 내게 1파운드 지폐 두 장을 갖다 주었어요. 가난한 꼬마에게 정말 큰 재산이었지요. 저도 그 이후 당신처럼 성공했어요. 자, 그 돈을 갚아드릴게요. 다른 꼬마에게 그 돈을 쓰시면 될 거예요."

나는 지갑을 꺼내 빳빳한 1파운드 지폐 두 장을 꺼내 그에게 주었다. 그는 지폐를 받더니 그것들을 한데 꼬아서 등불에 대고 불을 붙여버렸다. 그리고 재를 쟁반에 던져버렸다.

그가 미소인지 찡그림인지 모를 묘한 표정을 지으며 내게 말했다.

"내가 감히 물어봐도 될까? 너와 내가 그 황량한 습지에서 몸을 벌벌 떨었던 그날 이후 네가 어떻게 이렇게 성공했는지?"

"어떻게 성공했냐고요?"

"그래."

그는 계속해서 나만 쳐다보고 있었다. 갑자기 내 몸이 떨려왔다. 나는 우물우물 약간의 재산을 물려받게 되었다고 대답했다.

그가 다시 말했다.

"나 같은 사회의 해충 같은 자가 그게 어떤 재산인지 물어
봐도 될까?"

나는 더듬거리며 우물우물할 수밖에 없었다.

"네가 성년이 된 후 받게 된 수입을 내가 짐작해봐도 될까?
첫 번째 숫자가 5가 아닌가?"

나는 심장을 쿵쾅거리며 의자에서 일어났다. 나는 의자 등
받이에 손을 올려놓고 그를 노려보았다.

"네 후견인 이야기를 해볼까? 네가 미성년자일 때 분명 후
견인 비슷한 사람이 있었겠지. 아마 어떤 변호사겠지. 그 사람
이름이 혹시 J로 시작되지 않나? 혹시 재거스인지도 모르지."

그의 말 몇 마디에 나에 대한 모든 진실이 섬광처럼 단번에
밝혀졌다. 나는 숨이 막힐 지경이었다. 아아, 이 어마어마한
실망과 불명예!

"그럼 이런 설명은 어떨까? 그 변호사를 고용한 사람이 오
늘 배로 포츠머스에 내렸고 너를 보고 싶어 했다고 말이다. 포
츠머스에서 편지를 써서 네 주소를 알아냈다고 하면 안 될까?
그 편지를 누구 앞으로 보냈더라? 그래, 웨믹이었지, 아마."

나는 단 한 마디도 할 수 없었다. 나는 한 손은 의자 등받이

에 한 손은 가슴에 댄 채 서 있었다. 나는 그를 쏘아보며 서 있다가 두 손으로 의자를 꽉 붙잡아야만 했다. 온 방이 파도처럼 빙빙 돌기 시작한 것이다. 그가 나를 소파에 앉히더니 그 몸서리쳐지는 얼굴을 내게 바싹 갖다 댔다.

"그래. 핍, 이 꼬마야, 내가 그 모든 걸 다 한 거다. 내가 너를 신사로 만든 거다. 난 그때 습지에서 맹세했다. 내가 혹시 1기니라도 벌게 되면 그 돈이 모두 네게 가게 할 거라고. 혹시 내가 부자가 된다면 너를 부자로 만들 거라고. 착한 마음에서? 네게 보은을 하려고? 아니다. 그 거름더미에서 쫓기던 내가 당당하게 신사를 만들어냈다고 외치기 위해서였다. 하늘 높이 자랑하기 위해서였다. 그리고 내가 만든 그 신사가 바로 너다, 핍!"

나는 그 어떤 야수 앞에서보다 더한 증오와 공포, 혐오감을 느꼈다.

그가 계속 말했다.

"나를 봐라, 핍. 내가 네 두 번째 아버지다. 넌 누구보다 소중한 내 아들이다. 온갖 고생을 하면서도 나는 네 얼굴만 생각했다. 그 옛날 습지에서 너를 보았을 때보다 더 또렷하게 나는 너를 보고 또 보았다. 네 얼굴은 단 한시도 내 곁을 떠난 적이 없었다. 그때마다 나는 맹세했다. '하느님, 제가 자유의 몸이 되어 부자가 되고 나서도 그 애를 신사로 만들지 않는다면 제게 벼락을 내려주십시오.' 마침내 나는 그 일을 완수했다. 자, 여기 네 집을 봐라. 신사가 살기에 흡족한 집이지? 이제 넌 신사다. 그래, 넌 귀족들과 어울리며 돈 자랑을 해라. 그래서 그들을 까뭉개라."

그는 도취감에 젖어 계속했다.

"내가 들어올 때 책을 읽고 있는 중이었지? 책들이 정말 많구나. 수백 권은 되겠어. 그래, 네가 내게 저 책들을 읽어주겠지? 제대로 이해하지 못하더라도 나는 자랑스러워할 거다."

그가 또다시 내 손을 그의 입술로 가져갔다. 그러나 내 피는 차갑게 얼어붙어버렸다. 그가 너무 진지했기에 더 무서워 보였다.

"넌 아무 말도 말아라. 이런 일을 나처럼 천천히 준비해온 게 아니니 놀라는 게 당연하지. 하지만 얘야, 이런 일이 벌어지면서 내 생각은 조금도 안 한 거니? 혹시 내가 아닐까 의심도 안 해봤니?"

"아, 아니오. 단 한 번도 안 해봤어요."

"그래 좋다. 이제 그게 바로 나였다는 걸 알겠지? 오로지 나 혼자 한 일이라는 걸 알겠지? 나와 재거스 씨 외에 이 일에 끼어든 사람은 단 한 사람도 없다."

아아, 이 무슨 불행이란 말인가! 내가 행운이라고 생각했던 것이 벼락이 되어 나를 내리치고 있었다. 오오, 나는 얼마나 큰 착각에 빠져 있던 것인가! 내게 이런 행운을 갖다준 사람이 미스 해비셤이라고 생각하고 있었다니! 아아, 차라리 나를 그냥 대장간에 살게 해두었더라면! 그랬다면 지금보다 훨씬 행복했을 것을!

그러나 그는 내 마음과는 상관없이 자기도취의 말을 계속했다.

"내가 말을 몰고 가는 놈들의 흙먼지를 뒤집어쓴 채 열심히 일하면서 그들 등 뒤에 대고 뭐라고 말했는지 아느냐? '이놈들아, 나는 너희 놈들이 도저히 흉내도 낼 수 없는 훌륭한 신사를 길러내고 있어. 네놈들은 죽었다 깨어나도 그런 신사가 못 될 거다'라고 말했지. 내가 성공한 후에 내 등 뒤에 대고 '저놈은 얼마 전까지만 해도 죄수였던 놈이야'라고 속닥거리면 내가 스스로에게 뭐라고 말했는지 아느냐? '그래, 나는 죄수였다. 일자무식일 뿐 신사와는 거리가 멀다. 하지만 이놈들아, 나는 신사를 소유한 주인이다. 네놈들은 가축과 땅을 가지고 있지. 하지만 신사를 갖고 있는 놈 있으면 어디 나와봐라!'라고 속으로 외쳤다."

그는 내 어깨에 손을 얹었다. 어쩌면 피에 젖은 손인지도 모른다는 생각에 진저리를 쳤다. 하지만 그는 아랑곳 않고 말을 계속했다.

"얘야, 그곳을 떠나는 일은 정말 쉽지 않았다. 멀기 때문만은 아니었다. 나는 종신 유배형을 받고 그곳으로 간 거다. 그러니 돌아온다는 건 죽음을 뜻한다. 만일 붙잡히면 나는 교수형에 처해질 거다. 하지만 오로지 너를 보고 싶다는 생각으로 모든 위험을 무릅쓴 거다."

이제 사태는 아주 명확해졌다. 이 가련한 사람이 나같이 가련한 놈에게 그 수많은 세월 동안 금과 은을 잔뜩 선물해놓고 이제 나를 보기 위해 목숨을 걸고 찾아온 것이다. 그리고 그 목숨이 내게 달려 있었던 것이다! 아아, 내가 그를 혐오하지 않고 사랑했다면, 그가 나를 움츠리게 만드는 게 아니라 존경하는 마음을 품게 했다면 나는 그 얼마나 열심히, 그리고 그 얼마나 신이 나서 그를 열심히 보호해주었을 것인가! 하지만 도리가 없었다. 어쨌든 나는 그를 보호해주어야만 했다.

나는 그를 허버트의 방에서 잠잘 수 있게 해주고 내 방으로 왔다. 잠자리에 든다는 것이 무서워서 그냥 소파에 앉아 있었다. 여러 시간 동안 너무 멍한 상태에서 아무 생각도 나지 않았다. 겨우 정신이 들자 내가 타고 왔던 배가 얼마나 처참하게 산산조각 났는지 실감이 들기 시작했다.

내가 제멋대로 추측했던 미스 해비셤의 뜻? 그건 모두 나의 헛된 꿈에 불과했다. 에스텔라는 결코 내 짝으로 정해진 게 아니었다. 나는 그저 새티스 하우스에서 편리하게 사용되는 도구에 불과했다. 미스 해비셤은 그녀의 탐욕스런 친척들을 자극하는 데 나를 이용했을 뿐이다. 나는 실습용 마네킹이었을 뿐인 것이다.

하지만 내가 진정으로 고통스러운 것은 그것이 아니었다. 아아, 조! 언제 교수형에 처해질지 모르는 저 방 안의 죄수 때문에 그를 버리다니! 아무리 생각해도 조나 비디에게 돌아갈 수는 없을 것 같았다. 그들이 나를 받아주지 않을까봐 걱정한 것이 아니었다. 내가 그들에게 했던 짓을 내가 너무나도 또렷하게 의식하고 있었기 때문이다. 그들만이 내 위안이 될 것은 틀림없었다. 하지만 나는 내가 저지른 짓들을 결코, 결코 되돌릴 수도 없고 용서할 수도 없었다.

나는 다시 죄수의 방으로 갔다. 그는 목도리를 둘둘 말아 베고 잠들어 있었다. 잠들어 있는 그의 얼굴이 침울해 보였고 굳어 있었다. 베개 옆에 총을 놓은 채 그는 조용히 잠들어 있었다. 나는 내 방으로 와서 의자에 앉았다가 그대로 잠이 들었다. 그러다 잠에서 깨어나니 교회들이 5시를 알리는 종을 울리고 있었다. 촛불들도 다 사그라졌고 난롯불도 꺼져 있었다. 바람과 비가 어둠을 더욱 짙게 만들고 있었다.

그를 계속 우리 집에 숨겨둘 수는 없는 노릇이었다. 살림을 돌보고 있는 노파와 그녀의 조카딸은 호기심이 많은 족속들이어서 툭하면 열쇠 구멍으로 나를 엿보았고 부르지 않아도 주변을 맴도는 사람들이었다. 나는 일단 시골에서 숙부님이 올라오셨다고 둘러대기로 작정했다.

내가 잠에서 깨어났을 때는 아직 어두웠다. 불을 켜려 했지만 깜깜해서 등불이 보이지 않았다. 나는 경비실에 도움을 요청하려고 밖으로 나갔다. 복도는 칠흑처럼 어두웠다. 나는 더듬더듬 계단을 내려가기 시작했다. 그런데 무언가 발에 걸려 그만 넘어지고 말았다. 한구석에 웬 남자가 몸을 웅크리고 있었다.

내가 그곳에서 뭘 하느냐고 묻자 그는 아무 말 없이 고개만 숙였다. 나는 황급히 계단을 내려가 등불을 든 경비와 함께 다시 안으로 들어왔다. 둘이 함께 계단을 샅샅이 뒤졌지만 아무도 발견할 수 없었다. 나는 경비를 밖에 세워둔 채 그의 등불을 들고 내 집으로 들어갔다. 그 등불로 방 안 촛불을 밝힌 후 나는 그 무서운 손님이 잠들어 있는 방을 포함해 온 집 안을 샅샅이 뒤졌다. 하지만 집 안은 고요하기만 했다.

왜 하필 이런 날 계단에 그런 잠입자가 있었단 말인가? 나는 너무 불안했다. 나는 문간의 경비에게 갔다. 나는 경비에게 혹시 모르는 사람이 드나드는 걸 보지 못했느냐고 물었다.

"웬 낯선 사람이 선생님에 대해 물어본 이후로는 아무도 못 보았습니다."

나의 그 무서운 손님을 말하는 게 분명했다.

제3부

**215**

"그 사람은 제 숙부입니다."

"아, 그러세요? 그분을 만나셨나요?"

"물론이지요."

"그분과 함께 온 사람도요?"

"함께 온 사람이라니요?"

"그럼 같이 온 분이 아니었나요? 저는 그런 줄 알았지요. 그분이 제게 말을 걸려고 멈춰 서니까 함께 멈춰서던데요. 그분이 이쪽으로 오실 때 뒤에서 함께 이쪽으로 왔거든요."

더 이상 그에게 물어보았댔자 소용이 없겠다 싶어 나는 다시 방으로 돌아왔다. 도대체 누가 나의 손님을 뒤따라온 것일까? 하지만 나는 더 이상 그 문제로 골치를 썩이지 않기로 했다. 그냥 우연의 일치일 수도 있고 나의 손님이 길을 물었던 사람일 수도 있지 않은가.

나는 방으로 들어와 난롯가에서 꾸벅꾸벅 졸다가 그대로 앉은 채 잠이 들었다. 그러다 잠이 깨면 내가 지금 꿈을 꾸고 있는 건 아닌지 팔을 꼬집어보기도 했다. 그런 식으로 자다 깨기를 반복하다보니 어느새 날이 밝았다. 마침내 집안 살림을 돌보는 노파와 그녀의 조수인 조카딸이 왔다. 내 모습을 보고 깜짝 놀라는 그녀들에게 나는 숙부님이 찾아와 주무시는 중이라고 말하고 식사 준비에 대해 일러주었다.

얼마 안 있어 방문이 열리고 그가 나왔다. 밝은 빛 아래서 보니 어제 보다 더 험상궂어 보였다. 그가 식탁에 앉자 내가 나지막이 물었다.

"나는 아직 당신 이름을 모릅니다. 당신이 내 숙부라고는 말해두었습니다."

"잘했어. 나를 계속 숙부라고 불러라."

"배를 타고 올 때 가명을 썼겠지요?"

"물론이지. 프로비스라는 이름을 썼다. 계속 그 이름을 써야겠어. 아주 마음에 들어."

"진짜 이름은 뭐예요?"

"매그위치다. 에이블 매그위치."

나는 그에게 궁금한 것을 물어보았다.

"지난밤 이곳에 오실 때 혹시 누구와 같이 왔어요?"

"내가? 아니다, 얘야. 내가 여기 아는 사람이 어디 있니?"

"재판은 런던에서 받았나요?"

그는 고개를 끄덕였다.

"그때 재거스 씨를 알게 되었지. 그가 내 담당 변호사였어."

무슨 일로 재판을 받았느냐는 말이 내 입술을 떠돌았다. 그러자 그가 마치 내 마음을 읽은 것처럼 말했다.

"어쨌든 내가 저지른 죄의 대가는 노역으로 다 채웠다."

그는 게걸스럽게 아침 식사를 했다. 그날 그 습지에서 내가 가져간 음식물을 허겁지겁 입에 처넣던 그의 모습이 겹쳐 떠오르며 나는 다시 한 번 공포에 사로잡혔다. 나는 식욕이 없어 아침 식사를 거의 하지 못했다.

식사가 끝나자 그는 파이프를 피우며 두 손으로 내 두 손을 잡고 아래위로 흔들었다. 그의 얼굴에 다시 감격한 표정이 떠올라 있었다.

"이게 바로 내가 만든 신사라 이거지! 진짜배기 신사! 핍, 나는 그냥 너를 바라보기만 해도 좋다. 내가 바라는 건 오로지 네 옆에 서서 너를 바라보는 거란다."

나는 얼른 손을 빼냈다. 그의 대머리를 올려보고 있자니 내가 얼마나 무거운 쇠사슬에 묶여 있는지를 실감할 수 있었다.

"나는 내 신사의 신발에 진창이 묻는 꼴도 두고 볼 수 없다. 반드시 말이 있어야 해. 마차용으로 부릴 수 있는 말까지."

그러더니 그는 터질 듯이 빵빵하게 지폐가 들어 있는 지갑을 꺼내어 탁자 위에 툭 던졌다.

"그 지갑 안에 제법 쓸 만큼의 돈이 들어 있다. 내가 가진 건 전부 네 거다. 돈에 대해서는 걱정하지 마라. 얼마든지 있다. 나는 내 신사가 신사답게 돈을 쓰는 걸 보려고 런던에 온 거다. 그래, 그게 바로 내 기쁨이다."

그러더니 그는 갑자기 고함을 질렀다.

"그래, 모두 나가 뒈져라. 잘난 척하던 식민지 지주 놈들아! 가발을 쓴 판사 놈들아! 모두 나가 뒈져버려! 너희 놈들을 다 합쳐도 당할 수 없는 멋진 런던 신사를 내가 보여줄 거다!"

나도 참을 수 없어 소리를 질렀다.

"제발 그만하세요!"

"그래, 내가 제정신이 아니었다. 내 말이 너무 상스러웠어. 그만 없었던 일로 해주렴, 핍. 앞으로 다시는 상스럽게 굴지 않겠다. 내 약속하마."

"그게 중요한 게 아니에요. 우선 당신이 발각되지 않으려면 어떻게 해야 하는지 대책을 세워야 해요. 미리 생각해둔 게 있으세요?"

"아냐, 그거보다 내가 상스러운 모습을 보였다는 게 더 중요한 문제야. 그토록 오랜 세월 공들여 신사를 키웠다면 그 신사에 어울리는 사람이 어떤 사람인지도 알아야 해. 이런 상스런 모습을 네게 보이려고 너를 신사로 키운 게 아니야. 핍, 아까는 내가 상스러웠다. 나도 모르게 옛 모습이 나온 거야. 이젠 절대로 그럴 일 없다. 그러니 좀 넘어가 다오."

나는 으스스한 가운데도 웃음이 나왔다. 나는 짜증 섞인 웃음을 터뜨리며 말했다.

"알았어요, 넘어가 드릴 게요. 그러니 이제 어떻게 하면 당신을 위험으로부터 보호할 수 있는지 말해보세요."

"글쎄다. 뭐 별로 위험할 것 같지도 않은데……. 내가 여기 있는 걸 아는 건 재거스 씨와 웨믹 씨와 너 셋뿐인데 누가 나를 밀고 하겠느냐?"

"혹시 그 외에 당신이 여기 돌아온 걸 아는 사람이 없나요?

"글쎄다. 아마 없을 걸. 내가 신문에 'A.M.'이라는 이름으로 '내가 뉴사우스웨일스에서 방금 돌아왔다'라고 광고하고 싶은 마음은 아직 없단다. 그리고 세월이 그렇게 흘렀는데 나를 밀고해서 득을 볼 자가 누가 있겠느냐? 핍, 설령 지금보다 수

백 배 더 큰 위험이 도사리고 있었다 할지라도 나는 너를 보러 왔을 거다."

나는 내가 정말로 궁금해하던 것을 물었다.

"그러면 여기 얼마나 오래 머무르실 건가요?"

그러자 그가 입에서 파이프를 떼더니 입을 헤벌린 채 나를 뚫어져라 바라보았다.

"얼마나 있을 거냐고? 난 돌아가지 않을 거야. 영원히 돌아온 거야. 거기 내 공장과 농장도 다 남에게 맡겨놓았어. 물론 수익은 내 은행으로 꼬박꼬박 들어올 거고."

나는 머리가 깨질 것 같았다.

"도대체 어디서 살 건데요. 어디면 안전하겠어요?"

"돈 주고 변장용 가발과 안경과 옷을 사면 돼. 변장하고 버젓이 살아가는 사람들이 많은데 나라고 성공하지 못하리라는 법이 없지. 어디서 살 거냐고? 얘야, 그건 네가 좀 생각해줘야 할 것 같구나."

기가 막힐 노릇이었다. 나는 모든 일을 허버트와 상의하는 수밖에 없다고 생각했다. 2~3일 후에 그가 돌아오면 모든 비밀을 다 털어놓고 함께 이 일에 대처하는 수밖에 없다고 나는 생각했다. 그 전에 나는 우선 그의 복장을 부유한 농장주처럼 바꿀 필요가 있다고 생각했다. 그런 후 그의 머리도 짧게 자르고 분도 좀 바르면 저 험한 모습이 좀 감추어지리라고 생각한 것이다. 나는 그에게 입힐 옷가지들을 구하려고 밖으로 나갔다. 그리고 밖으로 나간 김에 그가 숨어 살 수 있을 만한 집을 구하려고 돌아다녔다. 다행히 에식스가에 있는 조용한 3층 방을 세를 낼 수 있었다.

그 일들을 처리한 후 나는 발걸음을 리틀 브리튼으로 향했다. 혹시 재거스 씨가 이 모든 것을 알고 있을지 모른다는 생각이 든 것이다. 재거스 씨가 책상에 앉아 있다가 내가 들어오는 것을 보더니 의자에서 일어나 곧바로 난로가로 가서 섰다.

그가 내게 다짜고짜 말했다.

"핍, 조심하게."

"그러겠습니다, 변호사님." 내가 말했다. 그가 모든 것을 알고 있다는 것이 확실했다. 내가 입을 열려고 하는데 그가 다시 말했다. 마치 내 생각에 못을 박는 것 같았다.

"자신을 꼼짝도 못할 처지에 빠뜨리지 말게. 그리고 다른 사람도 그렇게 만들면 안 되고. 난 아무것도 알고 싶지 않네.

궁금한 게 아무것도 없다네.”

“그럴 일은 없을 겁니다. 단지 저는 제가 들은 게 과연 사실인지 확인하고 싶을 뿐입니다.”

재거스 씨는 고개를 끄덕였다. 그리고 말했다.

“한 가지 확실히 해두지. 자네 ‘들었다’고 했나, 아니면 ‘통보 받았다’고 했나? 뉴사우스웨일스에 있는 사람의 말을 직접 들을 수는 없지 않은가?”

“통보를 받았다고 하겠습니다, 변호사님.”

“좋아.”

“에이블 매그위치라는 이름의 사람에게서 바로 자기가 나의 익명의 은인이었다는 사실을 통보받았습니다.”

“맞네. 바로 그가 그 사람이네.”

“오직 그 사람뿐인가요?” 나는 그의 입에서 미스 해비셤의 이름이 나오길 은근히 기대하며 물었다. 그러나 그는 잘라 말했다.

“오직 그 사람뿐이라네.”

“됐습니다. 제가 알고 싶은 건 오로지 그것뿐입니다.”

그러자 그가 말했다. 그로서는 대단한 친절이었다.

"나는 대단히 현실적인 사람이라네. 매그위치가 뉴사우스 웨일스에서 보낸 편지에서 막연하나마 이곳 영국에서 자네를 보고 싶다는 뜻을 넌지시 비추었을 때 나는 그런 말은 안 들을 걸로 하겠다고 즉각 답을 해주었네. 여기서 사면 받을 가능성은 제로이며, 종신 추방당한 입장에서 이곳에 모습을 드러내면 곧장 교수형에 처해질 것이라고 경고했네. 그런데 나는 웨믹으로부터 포츠머스 소인이 찍힌 편지 한 통을 받았다는 보고를 받았네. 이름이 퍼비스인가 뭔가 하는 식민지 주민이 보냈다고 하더군."

"프로비스겠지요."

"그렇겠군. 프로비스라고 해두지. 자네가 매그위치 씨 소식을 들은 건 그 프로비스를 통해서이지? 그건 확실히 해두어야 하네. 프로비스를 통해 매그위치 씨에게 연락이 닿으면 그간 그가 맡긴 돈에 대한 지출 전표와 영수증을 자네에게 보낼 거라고 전해주게. 물론 잔금도 함께 보낼 거네. 아직 잔금이 많이 남아 있네. 자, 이제 그만 돌아가보게."

나는 그와 악수를 나눈 후 집으로 돌아왔다.

다음 날 주문한 옷들이 모두 도착했다. 그는 그 옷들로 갈

아입었다. 하지만 어떤 옷을 입어도 전보다 더 흉해 보였다. 변장을 하면 할수록 오히려 그의 본 모습이 더 잘 드러나는 것 같았다. 옷을 더 입히거나 잘 입힐수록 더욱 더 습지대에 웅크리고 앉은 탈주범 같았다. 그리고 다리에 무거운 사슬을 질질 끌고 있는 것 같았다. 나는 내 선입관 때문에 그럴지도 모르겠다고 스스로를 달랬다.

며칠이 흐른 뒤였다. 저녁 식사를 끝내고 너무 피곤해서 깜빡 잠들어 있다가 계단에서 들리는 발소리에 나는 잠에서 깨어났다. 역시 잠들어 있던 프로비스도 내가 부스럭거리는 소리를 듣고 자리에서 벌떡 일어났다. 그의 손에 잭나이프가 번쩍이고 있었다.

내가 그에게 말했다.

"진정하세요! 허버트예요."

이윽고 허버트가 600마일 이상 떨어진 프랑스의 신선한 공기를 뿜어내며 안으로 들어섰다. 그가 내게 반갑게 인사하며 다가오려다가 프로비스를 발견하고 멈칫했다.

내가 허버트에게 말했다.

"허버트, 그동안 내게 정말 이상한 일이 일어났어. 이분은

제3부

**225**

나를 찾아오신 손님이야."

그때였다. 프로비스가 자기 가방에서 까만 성경책을 꺼내 들더니 허버트 앞으로 다가왔다.

"이 책을 네 오른손에 들어라! 그리고 맹세해. 만약 밀고를 한다면 하느님께서 네게 즉사시키는 벌을 내리실 거다! 자, 이 책에 입을 맞추어라!"

"시키는 대로 해줘." 내가 허버트에게 말했다. 허버트는 내게 다정한 눈길을 주면서도 불안한 모습으로 내 말에 응했다. 그러자 프로비스가 즉시 그에게 손을 내밀었다.

"자, 너는 이제 맹세를 한 거다. 나도 맹세코 말하지만 핍이 너도 신사로 만들어줄 거다. 만일 그러지 않는다면 내 말은 하나도 믿지 않아도 좋다."

우리 셋은 난롯가에 앉았다. 나는 허버트에게 모든 이야기를 해주었다. 그가 얼마나 놀라고 마음의 동요를 느꼈는지는 자세히 묘사하지 않아도 짐작할 수 있을 것이다. 그가 이 일에 대해 느끼고 있는 감정은 내가 느끼고 있는 것과 거의 비슷했다. 허버트는 나와 마찬가지로 프로비스에 대한 혐오감을 은근히 내비쳤다. 하지만 그 감정을 프로비스에게 들킬 만큼 어리석지는 않았다.

프로비스는 당당한 승리감에 젖어 있었다. 그는 단 한 번 상스러운 모습을 잠깐 보였다는 것을 제외하고는 모든 것을 자랑스러워했다. 나를 신사로 만든 것도 자랑스러워했으며 나를 신사로 완성하기 위해 온갖 위험을 무릅쓰고 영국으로 돌아온 자신에 대해서도 자랑스러워했다. 그리고 그 사실에 대해 나나 허버트가 자부심을 가져야 하고 또 가지고 있으리라는 것이 그의 생각이었다.

프로비스는 밤늦게까지 우리와 함께 있다가 자정이 되어서야 자리에서 일어났다. 나는 그를 에식스가까지 바래다주었다. 그가 문을 열고 내가 잡아준 방으로 들어가자 나는 비로소 안도의 한숨을 내쉬었다.

다시 집으로 돌아와 허버트와 단둘이 있게 되자 내가 그에게 말했다.

"도대체, 어떻게, 어떻게 해야 하지?"

"불쌍한 나의 헨델, 나도 너무 놀라서 아무 생각이 안 나."

"나도 처음엔 그랬어. 하지만 절대로 가만히 있어서는 안 돼. 그자가 말, 마차 등 사치스러운 것들을 사주겠다고 난리야. 어쨌든 그건 막아야 돼."

"그런 걸 받을 수 없다는 거니?"

"내가 그걸 어떻게 받을 수 있겠어? 그자의 몰골을 봐! 저자가 주는 걸 알고는 받을 수 없어."

우리는 함께 몸서리를 쳤다. 내가 말을 계속했다.

"아아, 어찌해야 할지 정말 모르겠어. 그는 정말로 내게 강한 애착을 느끼고 있어. 게다가 지금 그와의 관계를 딱 끊는다고 해서 이제까지 그에게서 입은 혜택이 사라지는 건 아니야. 그리고 그와의 관계를 딱 끊은 다음에 어떻게 되지? 난 지금 엄청난 빚이 있어. 내게서 막대한 유산이 사라지면 도저히 감당하기 어려운 빚이야. 게다가 난 내 힘으로 살아갈 수 있는 직업교육도 받은 게 없어. 나는 정말 아무 짝에도 쓸모없는 놈이야."

"헨델, 그런 말은 하지 마. 너는 쓸모없는 사람이 아니야."

"쓸모가 있긴 있지. 당장 입대하면 되지. 아아, 허버트, 이제 난 군인이 되는 수밖에 없나봐."

"군대에 간다는 건 좋은 생각이 아니야. 그런다고 그에게서 받은 혜택을 돌려줄 수는 없잖아. 그러느니, 내가 지금 일하는 회사에서 함께 일하는 게 나을 거다."

가엾은 친구! 그는 그가 지금 누구의 돈으로 자신이 그 일을 할 수 있게 되었는지 전혀 짐작도 못하고 있었다. 아아, 허버트도 그 작자의 도움을 받은 것이다! 게다가 내가 계속 돈을 대주지 못하면 그가 어떻게 될지도 알 수 없는 상황이었다.

우리는 결론을 내리지 못한 채 온갖 궁리를 했고 온갖 이야기를 다 나누었다. 하지만 다람쥐 쳇바퀴 돌 듯 언제나 제 자리로 되돌아왔다. 더욱이 우리의 결정으로 모든 것이 해결될 수 있는 문제도 아니었다. 그 작자의 뜻을 어떻게 꺾을 수 있다 말인가! 내가 그를 거부했을 때 그가 나를 죽이지 않으리라는 보장이 어디 있는가?

마침내 허버트가 상황을 정리해서 말했다.

"헨델, 그 사람에게서 더 이상 은혜를 입을 수 없다는 결심은 확고한 거지?"

"그럼, 너도 내 생각과 같잖아."

"그 사람과의 관계를 끊겠다는 생각도 확실한 거지?"

"허버트, 어떻게 나한테 그런 질문을 할 수 있니?"

"그렇지만 네게는 너를 보기 위해 목숨까지 내건 그 사람을 측은하게 여기는 마음도 있을 거야. 가능하다면 그를 위험에서 구해주고 싶은 마음이 있을 거라고. 그러자면 그 사람을 우선 영국에서 빼내야 돼. 그리고 네가 그와 함께 가야 해. 그래야 그를 설득할 수 있을 테니까. 앞으로 네가 어떻게 살 것인가 하는 문제는 우선 그 일을 해결하고 난 다음에 생각해도 될 거야. 너는 젊어. 우리 둘이 힘을 합치면 얼마든지 헤쳐 나갈 수 있을 거야."

겨우 그 정도 결론을 내리고도 우리는 악수를 나누었고 위안을 느꼈다.

끝으로 내가 말했다.

"나는 그의 삶에 대해 아무것도 몰라. 어린 시절 나를 협박했던 자라는 것 빼놓고는 아무것도 몰라. 그것 때문에 더 미치겠어."

"맞아, 그를 더 잘 알아야 우리도 확신을 갖고 우리 계획을 실행할 수 있을 거야. 아침 식사 때 네가 직접 그에게 물어봐."

다음 날 그가 아침 식사 시간에 우리에게 왔다. 그는 하이드파크에 근사한 집을 빨리 얻으라고 내게 말했다. 그는 내 집과 자신의 숙소를 임시거처로 생각하고 있음이 분명했다. 자기는 그 집에서 간이침대 하나만 있으면 충분하다고 말했다. 그러나 그와 함께 한 집에서 지낸다는 생각만 해도 끔찍했다.

나는 기회를 잡아 그에게 말했다.

"당신이 옛날 습지대에서 젊은 죄수와 싸우던 이야기를 내가 내 친구에게 해주었어요. 우린 그가 누구인지, 당신이 왜 그와 싸웠는지 알고 싶어요. 제가 당신과 함께 지내려면 저도 당신에 대해 좀 더 잘 알아야 하는 것 아닌가요?"

그는 불을 붙이지 않은 파이프를 입에 물고 잠시 생각에 잠겨 있더니 허버트에게 말했다.

"어이, 핍의 친구. 우리가 맹세한 거 잘 기억하고 있겠지? 나에 대한 모든 일에 다 적용되는 거다."

"물론 잘 알고 있습니다." 허버트가 대답했다.

"그리고, 내 죄의 대가는 노역으로 이미 다 치렀다는 걸 잊지 말라고."

"그렇게 믿고 싶습니다."

그는 파이프를 외투 단추 구멍에 끼우고 두 손을 무릎 위에 올려놓았다. 그는 꽤 오랫동안 아무런 말없이 분노에 찬 시선

으로 난로를 쳐다보고 있었다. 이윽고 우리를 향해 돌아서더
니 이야기를 시작했다.


"핍, 그리고 핍의 친구야. 내 인생을 무슨 노래 가사나 범죄
자 일대기처럼 파란만장하게 늘어놓지는 않겠다. 그냥 간단
하게 '나는 평생 감옥을 들락날락했다'는 말로 충분하다. 나는
정말로 교수형만 빼놓고는 모든 형벌을 다 받았다. 그냥 살기
위해 무 한 뿌리를 도둑질한 것을 시작으로 어린 나이에 나는
그냥 상습범이 되었다. 어린 나를 보고 사람들은 '저 나이에
벌써 상습범이래. 아마 평생 감옥에 갇혀 살게 될 거야'라고
말했고 나는 그들 말처럼 되었다.

내 옛일을 이야기하면서 상스럽게 되지 않으려니 정말 힘
이 드는구나. 어쨌든 나는 이 감옥 저 감옥으로 옮겨 다녔고
풀려나면 구걸을 했다. 간간이, 정말 간간이 일을 하기도 했
다. 내게 일을 주려는 사람들이 별로 없었기 때문이다. 밀렵꾼
생활도 했고 노동일도 했으며 짐마차 꾼, 떠돌이 행상 등 죽
어라 고생을 해도 돈은 별로 안 되는 일들을 하면서 나는 어
른이 되었다. 너희가 믿지 않을지 모르지만 나는 글도 배웠다.

물론 정식으로 배운 건 아니다. 어느 탈주병과 유식한 떠돌이 거지에게 배웠다.

그래도 한동안은 감옥에 자주 드나들지 않던 시절이 있었다. 벌써 20년도 넘은 옛일인데, 나는 그때 경마장에 자주 드나들었다. 거기서 악당 한 놈을 알게 된 거지. 만약 그놈 머리통이 여기 벽난로 위에 걸려 있다면 부지깽이로 박살을 내버렸을 거다. 그놈이 바로 내가 그날 열나게 두들겨 팼던 놈이다. 이런, 내가 또 상스러운 말을 했구나. 미안하다.

그놈 이름은 콤피슨이었고 자칭 신사였다. 유명한 기숙학교도 다녔고 학식도 있었다. 말도 무지 잘했고 지체 높은 양반들의 행동방식에도 도통한 놈이었다. 게다가 아주 잘 생기기까지 했다. 나는 그놈을 경마장의 한 매점에서 우연히 만났다. 정말 잘 차려입은 신사 모습이었다. 그때 나는 부랑 죄로 수감되었다가 막 감옥에서 나온 참이었다.

그가 내 신세를 고쳐주겠다며 나를 유혹했다. 나는 그 유혹에 넘어갔고 그 길로 그의 하인 겸 동업자가 되었다. 그런데 그 사업이란 게 어떤 거였는지 아니? 사기, 문서 위조, 가짜 어음 유통 비슷한 일들이었다. 온갖 종류의 사기를 저지르고는 남에게 죄를 뒤집어씌운 뒤 자기는 쏙 빠져버리는 것, 그게 놈의 주특기였다. 정말 냉혹한 놈이었고 악마의 머리를 가진 놈이었다.

그에게는 동업자가 한 명 더 있었다. 이름이 아서였다. 그놈은 건강이 좋지 못했고 뼈와 가죽만 남은 유령 같은 몰골이었다. 내가 콤피슨을 만나기 전에 아서와 콤피슨은 어떤 숙녀에게 못된 짓을 해서 거금을 챙겼다고 한다. 하지만 콤피슨은 도박으로 그 재산을 다 탕진해버렸다. 아마 국왕의 수입을 다 갖다 쓴다 하더라도 놈은 금세 다 탕진해버렸을 거다.

아서는 결국 시름시름 앓다가 죽어버렸다. 콤피슨은 자기를 위해서나 아서를 위해서나 잘된 일이라고 내게 말했다. 그리고 그는 나를 파트너로 사기행각을 계속했다. 그놈이 어떤 사기행각을 했는지 자세히 말하지는 않겠다. 아마 1주일 밤을 꼬박 새워 이야기해도 모자랄 거다. 그저 내가 그놈이 쳐 놓은 비열한 그물망에 갇혔었다는 말만 해주겠다. 나는 앞장서서 내 모습을 드러냈고 놈은 뒤에 숨어 있는 식이었지.

결국 우리 둘 다 체포가 되었다. 콤피슨이 내게 이렇게 말했다. '우리 각자 알아서 변호를 하고 연락하지 맙시다' 나는 내가 가진 것들을 모두 팔고서야 겨우 재거스 변호사를 쓸 수 있었다. 그런데 결과가 어떻게 되었느냐고? 나는 주범으로 14년 형을 선고받고 놈은 겨우 7년 형을 받았다. 나는 그놈 변호사의 말을 듣고 무슨 음모가 있었는지 다 알았다. 그놈 변호사가 말했다. '재판장님, 그리고 신사 숙녀 여러분! 여러분 앞에 눈으로 확연히 구분할 수 있는 두 명이 앉아 있습니다. 한 명은 젊고 교육을 받은 사람입니다. 다른 한 명은 늙고 험악하게 생긴 사람입니다. 젊은이는 이 범죄 행위에서 그저 저 험악한 자가 시키는 대로 했을 뿐입니다. 여러분, 눈앞에 있는 두 사람을 보고 정확히 판단해주시기 바랍니다. 과연 누가 주범일까요?'

놈은 자신에게 유리한 증인들을 잔뜩 불러들였다. 그리고 진술을 하면서 수 없이 '아아!' 하고 한숨을 내쉬며 손수건에 얼굴을 묻었다. 그리고 정말 유식하게 시구들도 읊조렸다. 하지만 나는 그놈을 가리키며 '이놈이 진짜 악당입니다'라는 소리밖에 할 수 없었다. 하지만 아무도 내 말을 믿지 않았다. 결국 놈은 착한 성품에도 불구하고 나쁜 친구의 꾐과 협박에 넘어가 죄를 저지른 자가 되었다. '나는 밖으로 나가면 그 얼굴을 박살내버리겠다'고 으르렁거렸고 놈은 겁에 질린 척 몸을 움츠렸다. 결국 나는 14년 형을 언도 받고 놈은 7년 형을 받은 것이다."

그는 이야기를 하면서 흥분상태에 빠져 들었다. 그는 한두 차례 심호흡을 하고 침을 꿀꺽 삼키면서 흥분을 가라앉혔다.

"나는 그 자리에서 그 녀석 낯짝을 박살내버리겠다고 말했고 속으로도 다짐했다. 하느님께도 맹세했다. 우리는 같은 감옥선에 갇혔다. 기회를 노리던 나는 어느 날 마침내 그에게 가까이 갈 수 있었다. 나는 놈을 정말로 신나게 두들겨 팼다. 또 상스러운 말을 썼구나. 미안하다. 어쨌든 놈이 그렇게 두려워하는 모습을 보니 속이 좀 후련했다. 하지만 그 일로 나는 배 밑에 있는 독방에 갇혔다. 그렇지만 나처럼 헤엄 전문가에게 그건 오히려 기회였다. 나는 탈출해서 강기슭까지 도망갔고 묘지들 사이에 숨어 있다가 핍, 너를 만나게 된 거다.

핍, 꼬마였던 너를 통해 콤피슨 역시 감옥선을 탈출해서 그곳에 숨어 있다는 것을 알게 되었다. 놈이 어떻게 거기서 탈출했는지 나는 모른다. 감옥선에 나와 함께 있다가는 내게 맞아 죽을 줄 알고 도망친 걸 거다. 그놈도 도망쳤다는 걸 알고 나는 도망치기보다 먼저 놈을 잡으려고 나섰다. 그리고 나는 놈을 잡았다. 아마 병사들에게 발각되지 않았더라도 나는 놈의 머리카락을 질질 끌고 감옥선으로 갔을 거다.

다시 감옥선으로 끌려가서도 놈은 동정을 받았다. 나를 피해 도망간 것으로 여겨졌고 나는 극악무도한 놈이 되어버렸다. 나는 다시 재판을 받았고 종신 유배형을 선고받았다. 나는 감옥에서 평생 썩는 대신 신천지를 택했다. 그리고 지금 여기와 있게 된 거다."

이야기를 끝낸 그는 파이프에 담배를 채우더니 천천히 연기를 내뿜었다. 잠시 침묵을 지키다 내가 물었다.

"그는 어떻게 되었나요? 죽었나요?"

"누구 말이니, 애야?"

"콤피슨이요."

"나도 모른다. 아마 놈이 살아 있다면 나를 죽이지 못해 안달일 거다. 내가 정말 신나게 두들겨 팼을 뿐 아니라, 도로 감옥에 집어넣었으니까."

그의 이야기를 다 듣고 그가 약간 가엾게 여겨지긴 했지만 그를 향한 내 혐오감은 여전했다. 그가 콤피슨의 죄를 뒤집어

제3부

**237**

쓰긴 했지만 어쨌든 그도 범죄자 아닌가? 하지만 그의 이야기를 듣고 있던 허버트의 표정이 묘하게 변했다. 그리고 그의 이야기가 끝나자 책의 안표지에다 무언가 쓰기 시작했다.

허버트는 프로비스가 잠시 난롯불에 시선을 주고 있는 사이 그 책을 내게 내밀었다. 나는 그 내용을 읽고 경악했다.

미스 해비셤의 남동생 이름이 아서였어. 콤피슨은 미스 해비셤이 자기 애인이라고 떠들고 다니던 자였어.

나는 눈이 동그래져서 허버트를 바라보았다. 그가 고개를 끄덕였다. 우리는 둘 모두 아무 말 없이 파이프를 빨고 있는 프로비스를 바라보았다.

# 2

그의 이야기를 듣고 나서 내게는 새로운 두려움이 생겼다. 만일 콤피슨이 살아 있다면 어쩔 것인가 하는 두려움이었다. 그가 프로비스를 두려워하는 것은 분명했다. 그리고 프로비스가 말한 정도의 인간이라면 얼마든지 그를 밀고해서 자기의 안전을 도모할 것이 뻔했다.

나는 허버트에게 프로비스와 함께 외국으로 가기 전에 미스 에스텔라와 미스 해비셤을 만나봐야겠다고 말했다. 어찌 보면 소용없는 짓인지 몰랐지만 에스텔라의 진심을 확인하고 싶었다. 또한 그동안 나를 꼭두각시처럼 갖고 놀았던 미스 해비셤의 입을 통해 진실을 듣지 못하면 견딜 수 없을 것 같았다. 그리고 나를 가지고 놀았던 미스 해비셤에게 그 대가로 요구할 것이 있었다.

나는 다음 날 리치먼드로 에스텔라를 찾아갔다. 그러나 나는 그녀를 만나지 못했다. 나를 맞은 하녀의 말로는 에스텔라가 새티스 하우스로 갔다는 것이었다.

'그래, 더 잘됐어. 둘이 함께 있을 때 모든 걸 확인하는 거야.'

나는 허버트에게 새티스 하우스에 다녀오겠다고 말했다. 프로비스에게는 조를 만날 일이 생긴 것처럼 둘러댔다. 그는 내가 없는 동안 조심스럽게 지내겠다고 내게 약속했다.

나는 아직 동이 트지 않은 새벽, 마차를 타고 내 고향으로 향했다. 이슬비가 내리는 가운데 마차는 달렸고 이윽고 블루 보어 호텔에 도착했다. 그때 누군가 이쑤시개를 입에 물고 호텔 문을 나서는 모습을 보고 나는 깜짝 놀랐다. 벤틀리 드럼믈이었다.

나는 잠시 '저 녀석이 여긴 웬 일이지?'라고 생각했다. 순간 번쩍 떠오르는 것이 있었다. '그렇구나, 녀석이 에스텔라를 쫓아 여기까지 온 거야. 그렇다면 에스텔라가 놈을 여기까지 오도록 유혹했단 말인가!'

나는 녀석을 만나고 싶지 않았다. 녀석을 만나면 보나마나 우리 둘은 으르렁거리게 될 것이고 지금 내 형편에 그건 너무 한가한 짓이었다. 나는 녀석이 나가기를 기다렸다가 호텔로 들어갔다. 그리고 방을 잡고 몸을 씻은 후 새티스 하우스로 향했다.

나는 늘 가던 방에서 미스 해비셤과 에스텔라를 만났다. 미스 해비셤은 난롯가의 긴 소파에 앉아 있었고 에스텔라는 미스 해비셤의 발치에 놓인 방석에 앉아 있었다. 에스텔라는 뜨개질을 하고 있었고 미스 해비셤은 그 모습을 구경하는 중이었다. 내가 들어가자 두 사람 다 눈을 치켜떴다. 그리고 둘이 시선을 교환했다. 내게서 뭔가 심상치 않은 모습을 느낀 것이 틀림없었다.

미스 해비셤이 내게 말했다.

"그래, 무슨 바람이 불어서 여기까지 온 거냐, 핍?"

그녀는 태연한 척 나를 바라보고 있었지만 당황한 기색이 역력했다.

나는 그녀에게 말했다.

"미스 해비셤, 당신은 당신이 원했던 걸 확실하게 얻었습니다. 나는 당신이 작정했던 것 이상으로 불행해졌으니까요."

미스 해비셤은 계속 나를 뚫어지게 바라보고 있었다. 에스텔라는 여전히 뜨개질을 하고 있었지만 내 말에 귀를 기울이고 있는 게 틀림없었다.

"저는 제 은인이 누구인지 알게 되었습니다. 하지만 그 때문에 더 고통스러워졌다는 말밖에는 해드릴 수 없습니다. 지켜야 할 비밀이 있기 때문입니다."

그녀는 '그래서?'라는 표정으로 나를 바라보았다.

"저는 그 은인을 미스 해비셤으로 착각했던 적이 있었습니다."

"나는 그런 은혜를 베푸는 사람이 아니다."

"저는 오로지 미스 해비셤의 변덕과 욕망을 충족시키기 위해 동원된 하인에 불과했지요?"

"그렇다."

"제가 착각에 빠진 걸 미스 해비셤도 알고 계셨지요? 그러면서 저를 속이고 더 끌어들인 거지요?"

"그렇다."

"그게 자애로운 행동이라고 생각하십니까?"

내 말에 미스 해비셤이 버럭 소리를 질렀다.

"나를 뭐로 보고 하는 소리냐? 세상에, 내가 자비로운 행동을 하길 바란다고?"

그녀가 너무 크게 화를 내는 바람에 이제까지 못 들은 척 뜨개질을 하고 있던 에스텔라가 고개를 들 정도였다.

나는 서툰 불평을 한 셈이었다. 그리고 나는 그런 불평을 늘어놓으려고 미스 해비셤을 만나려고 한 것도 아니었다. 나는 차분하게 이야기를 이어나갔다.

"잘 알겠습니다. 저는 옛날에 미스 해비셤께 아주 후한 보상을 받았습니다. 그래서 저는 더 착각할 수밖에 없었지요. 미스 해비셤께서는 저를 그렇게 착각하도록 내버려두고 더욱더 착각에 빠지도록 부추기셨지요. 탐욕스러운 친척들을 약올리려고 그러셨나요?"

"그랬다."

그녀가 긍정을 하더니 다시 격렬하게 말했다.

"아니다! 그들 스스로 그런 덫을 놓은 거다. 그들은 그들의 욕심이라는 덫에 걸린 거다. 나는 그냥 두고 보기만 한 거다."

"저는 미스 해비셤의 친척들을 거의 다 만나보았습니다. 그분들 중 한 분의 집에 살게 되었으니까요. 솔직히 말씀드리지요. 그들 모두 저 못지않게 착각에 빠져 있었습니다. 언젠가 미스 해비셤의 은혜를 입게 되길 기다리고 있었지요. 하지만 포킷 씨와 그의 아들 허버트는 다릅니다. 감히 말씀드립니다. 그들을 다른 친척들과 똑같이 생각하셨다면 잘못하신 겁니다."

나는 정말 용기를 내서 말한 셈이었다.

그런데 미스 해비셤이 뜻밖의 반응을 보였다.

"그래, 그들에게 내가 뭘, 어떻게 해주길 바라는 거냐?"

"솔직하게 말씀드리겠습니다. 미스 해비셤, 혹시 제 친구 허버트에게 경제적으로 도움을 주실 수는 없으신지요. 그가 평생 자기 일을 하면서 살아가려면 당분간 도움이 필요합니다. 다만 그 일을 그가 모르게 해주시길 부탁드립니다."

"왜 걔가 몰라야 한다는 거냐?"

"사실은 제가 2년 전부터 허버트 모르게 그에게 도움을 주어왔습니다. 저는 그가 그 사실을 영원히 모르길 바라고 있습니다. 그런데 이제는 제가 도울 수 없는 처지가 되었습니다. 자세한 사정은 말씀드리기 어렵습니다. 어떤 사람의 비밀과

연관되어 있기 때문입니다."

미스 해비셤은 아무 말 없이 내게서 시선을 거두더니 한동안 난로의 불꽃을 바라보았다. 에스텔라는 계속 뜨개질만 하고 있었다.

이윽고 미스 해비셤이 내게로 눈길을 돌렸다. 하지만 그녀는 가타부타 말이 없이 내게 물었을 뿐이었다.

"그 밖에 다른 할 말은 없느냐?"

"미스 해비셤께 드릴 말씀은 그게 전부입니다. 이제 에스텔라에게 몇 마디 말을 하도록 허락해주시겠습니까?"

"내가 언제 막은 적이 있느냐?"

나는 천천히 에스텔라를 향하여 고개를 돌렸다. 떨리는 목소리를 진정하기 어려웠다.

"에스텔라, 내가 너를 사랑한다는 건 알겠지?"

내 말에 에스텔라가 고개를 들어 나를 쳐다보았다. 하지만 손으로는 여전히 부지런히 뜨개질을 하고 있었다.

"나는 네가 내 짝이 되리라는 희망을 품고 있었어. 하지만 그건 미스 해비셤이 심어준 환상이라는 것도 이제는 잘 알아. 이제 너를 더 이상 내 짝이라고 부를 희망이 영영 사라진 것

도 알아. 앞으로 내게 어떤 일이 닥칠지 나는 몰라. 나는 형편
없이 가난해질지도 몰라. 내가 어디로 가게 될지도 몰라. 하지
만 나는 여전히 너를 사랑해."

그러자 에스텔라가 아주 차분하게 말했다.

"네 말을 들으니 이 세상에 내가 모르는 그런 감정이 존재
하는 것 같네. 나를 사랑한다고? 그래, 나는 그 말뜻은 알아.
하지만 그뿐이야. 그게 어떤 건지 나는 전혀 몰라. 나를 사랑
한다고? 하지만 내 가슴에는 전혀 와 닿지 않아. 나는 네가 뭐
라고 하건 전혀 관심 없어. 그리고 그건 내가 네게 늘 했던 말
이고 경고했던 거였어. 내가 분명 경고했지? 그렇지?"

"맞아." 나는 한숨을 내쉬었다.

"그런데 넌 그 경고를 받아들이지 않았어. 내 진심이라고
생각하지 않은 거지. 그렇지 않니?"

"맞아, 진심이 아니라고 생각했고 그러길 바랐어. 너같이
예쁜 사람의 마음속에 그런 본성이 숨어 있으리라고는 생각
못했어."

"내게는 그런 본성이 있어. 네게 이렇게라도 얘기를 해주는
건 그래도 너를 다른 남자들과는 좀 다르게 생각하기 때문이

야. 그 정도면 된 거 아니니?"

그때 내게 왜 문득 벤트리 드럼블이 생각났는지 모른다. 나는 그녀에게 물었다.

"혹시 진짜 남들과 다르게 생각하는 남자가 벤틀리 드럼블이야? 그래서 그가 이곳 읍내에 나타난 거니? 걔가 너를 쫓아다닌다는 건 나도 다 알아. 너는 걔가 그러도록 부추기고 있는 거겠지?"

"맞아. 오늘 저녁 식사를 같이 할 거야."

"너는 그를 사랑할 수 없어, 에스텔라."

그러자 그녀가 뜨개질을 멈추었다. 그리고 화를 내며 내게 쏘아 붙였다.

"너 여태 내 말을 못 들었니? 그런 거 나는 모른다고. 아직도 내 말이 진심이 아니라고 생각하는 거니?"

나는 부들부들 떨면서 그녀에게 말했다.

"그렇다면, 그렇다면, 너 그와 결혼까지 할 생각은 아니겠지, 에스텔라?"

그녀는 미스 해비셤을 바라보더니 잠시 뜸을 들인 후 대답했다.

"네게 사실을 감출 필요는 없지. 난 그 사람하고 결혼할 거니까."

나는 두 손에 얼굴을 묻었다.

"에스텔라, 나를 제쳐두는 건 좋아. 하지만 드럼믈은 안 돼! 미스 해비셤은 너를 흠모하는 모든 남자들, 드럼믈보다 백 배 나은 모든 남자들에게 치욕을 안기려고 너를 그에게 주려는 거야."

"아무 소리 하지 마. 나는 곧 결혼할 거야. 왜 무례하게 우리 양어머니 이름은 들먹이는 거니? 이거 내가 알아서 결정한 일이야."

"네가 알아서 결정했다고? 그런 짐승 같은 놈에게 너 자신을 내던지는 일을?"

그러자 그녀가 미소를 지으며 말했다.

"내가 누구한테 나를 내던졌다는 거니? 드럼믈은 내가 자기에게 아무런 감정도 갖지 않고 있다는 걸 제일 먼저 눈치챈 사람이야. 그런 걸 기대하는 사람보다는 훨씬 나아. 됐어. 다 끝난 일이야. 난 아주 잘 살 거야. 미스 해비셤이 나를 이 길로 끌어들였다고? 아니야, 미리 아셨다면 나를 말리면서 기다리라고 하셨을 걸. 하지만 나는 이제 이런 식의 삶에는 지쳤어. 이제 내 의지로 내 인생을 변화시키고 싶어. 너는 나를 절대로 이해할 수 없어. 나도 너를 이해 못하는 건 마찬가지고. 이제 더 이상 아무 말도 하지 마."

"그런 비열한 놈하고! 그런 멍청한 놈하고!"

"픕, 걱정하지 마. 내가 그에게 축복이 되리라는 걱정은 하지 마. 그냥 함께 사는 거야. 자, 이제 내 손에 작별 키스나 해줘, 이 몽상가 소년아. 아니, 소년이 아니지. 이 몽상가 사내야. 너는 1주일 후면 네 속에서 내 모습을 지우게 될 거야."

"너를 지운다고? 너는 내 존재의 일부란 걸 너는 모르겠니? 내가 상스럽고 천한 꼬마의 모습으로 이곳에 처음 왔을 때부터 너는 늘 나와 함께했어. 내가 읽는 책 한 줄 한 줄마다, 내가 보는 모든 풍경들 속마다, 넌 내게 있었어. 런던에서 보는 모든 돌덩이 건물들에도 너는 늘 내 곁에 있었어. 넌 언제까지나 때로는 악한 모습으로, 때로는 선한 모습으로 내게 남아 있을 거야. 아니야, 이렇게 이별하게 되었으니 선한 모습만 남길 거야. 앞으로 그 모습만 붙들고 있을 거야. 넌 모를 거야. 네가 나를 그렇게 모욕을 주는 순간에도 네가 내게 얼마나 큰 도움을 주었는지!"

나는 격앙된 상태에서 내가 무슨 말을 하는지도 모른 채 마구 떠들었다. 속에서 부글부글 끓던 감정이 마치 큰 상처를 통해 뿜어져 나오는 피처럼 솟구쳤던 것이다.

나는 그녀의 손에 작별의 입맞춤을 했다. 나는 그때의 두 여자 표정을 지금도 잊지 못한다. 에스텔라가 믿을 수 없다는 듯 놀라운 얼굴로 나를 쳐다보고 있었고 미스 해비셤은 연민과 회한이 가득한 유령 같은 얼굴로 나를 무시무시하게 노려보고 있었다.

모든 게 끝장나고 모든 게 사라진 셈이었다. 내 삶의 모든 것은 하나의 악몽으로 변해버린 셈이었다.

나는 호텔로 돌아갈 수 없었다. 거기서 드럼블을 다시 만난다는 것은 너무나 큰 형벌이었다. 마차를 타고 누구와 이야기를 나눌 수도 없었다. 나는 걸어서 런던까지 갔다.

내가 런던교를 지날 때는 이미 자정이 넘어 있었다. 나는 열쇠를 가지고 있었기에 허버트를 깨우지 않고 슬그머니 방으로 들어갈 작정이었다. 내가 아파트 입구에 도착했을 때 경비가 내게 말했다.

"나리, 나리께 전해달라는 편지가 있습니다. 안으로 들어가기 전에 바로 읽으셔야 한다고 했습니다."

나는 놀라면서 편지를 건네받았다.

편지 겉봉에는 '필립 핍 씨 귀하'라고 수신인이 적혀 있었고 '부디 이 쪽지를 이 자리에서 당장 읽으시오'라고 쓰여 있었다.

나는 편지를 개봉했다. 경비가 등불을 비춰주었다. 편지 내용은 간단했다.

"집으로 가지 마시오."

그건 웨믹의 필체였다.

# 3

　　나는 편지를 읽자마자 심야 운행 이
륜마차를 집어타고 코번트 가든에 있는 허멈스 호텔로 갔다.
밤늦은 시간에도 방을 구할 수 있는 호텔이었다.

　나는 호텔방에 누워서도 도저히 잠을 잘 수 없었다. 모든
것이 끝난 마당에 '집으로 가지 마시오'라는 경고를 받다니!
도대체 왜 가면 안 된다는 걸까? 프로비스에게 무슨 일이 일
어난 걸까? 허버트는 어떻게 된 걸까?

　나는 7시에 깨워달라고 요청을 해놓았다. 어쨌든 웨믹부터
만나고 볼 일이었다. 그리고 월워스 식의 충고를 받아야 할 일
인 것도 확실했다.

월워스의 성벽이 보이기 시작한 것은 8시 쯤 되었을 때였다. 웨믹은 나를 반갑게 맞아주었다. 그가 내게 말했다.

"자, 핍씨, 우리는 서로 신뢰하는 사이이지요? 우리는 서로 속마음을 터놓은 관계로 지내왔지요? 우리는 지금 직무관계를 떠나서 이야기를 나누는 겁니다."

나는 그가 직무상 무언가 중대한 정보를 입수했다는 걸 알 수가 있었다. 나는 초조했다. 내가 그에게 "물론이지요"라고 말하자 그가 입을 열었다.

"어제 우연찮게 들은 이야기가 있습니다. 어떤 사람에 관한 이야기인데, 그 사람 이름은 말하지 않기로 하지요."

나는 직감적으로 프로비스 이야기라는 것을 알았다.

"그 사람이 정부의 비용으로 가게 된 곳에서 행방불명되었다는 소식을 들었습니다. 어디로 갔는지 알 수 없다는 내용이었지요."

그가 잠시 뜸을 들인 후에 말했다.

"나는 또한 템플지구의 핍 씨 집이 한동안 감시를 당했으며 감시당하고 있을지도 모른다는 이야기를 들었습니다."

"누가 내 거처를 감시했다는 거지요? 혹시 그 사람과 관련이 있는 건가요?"

"제가 그걸 직접적으로 그렇다 아니다 말씀드릴 수는 없습니다. 그럴 위험성이 크다는 정도만 알아두시지요."

나는 그가 리틀 브리튼의 일에 그 누구보다 충직한 사람임을 알고 있었다. 그리고 직무상 자기가 알게 된 일을 함부로 입에 올리지 않는 사람임을 알고 있었다. 나는 지금 그가 그 원칙을 어기고 얼마나 힘든 이야기를 해주고 있는지도 알고 있었다. 나는 재촉하지 않고 묵묵히 그의 이야기를 들은 수밖에 없었다.

"나는 핍 씨를 찾으러 가든 코트에 갔었습니다. 당신을 찾지 못해 클래리커 상사로 허버트 씨를 찾으러 갔었습니다. 그리고 핍 씨가 집을 떠나 있는 동안 이름은 모르지만 혹시 어떤 사람을 알고 있다면 그 사람을 집에서 피신시키는 게 좋을 것 같다고 알려주었습니다."

"허버트가 당황했겠네요."

"물론입니다. 내가 그 사람을 너무 먼 곳으로 피신시키는 건 위험할 거라고 말했더니 더 당황하더군요. 핍 씨, 한 가지만 말씀드리지요. 일단 대도시로 들어온 이상 그만한 장소가 없습니다. 우선 납작 엎드려 숨어 있으세요. 외국 공기를 마시러 나가고 싶더라도 좀 느슨해질 때까지 기다리는 게 좋습니다."

나는 그의 소중한 충고에 진심으로 감사한다고 말했다. 그리고 그 후 어떻게 되었느냐고 물었다.

"허버트 씨는 너무 놀란 나머지 30분 정도 그냥 주저앉아 있었습니다. 그러다가 묘안을 짜냈습니다. 그는 내게 비밀이라면서 지금 결혼을 전제로 사귀고 있는 아가씨가 있다고 했습니다. 핍 씨도 아시겠지요?"

물론 허버트는 내게 자기 약혼녀 이야기를 한 적이 있었다. 그녀 이름은 클라라였다. 하지만 아직 기회가 닿지 않아 만난 적은 없었다. 나는 안다고 웨믹에게 말했다.

"그 아가씨 아버지는 편찮아서 자리보전하고 있답니다. 강을 따라 오르내리는 배들을 볼 수 있는 창문가에 누워 있다고 합니다. 그분이 선박 사무장 일을 했기 때문에 배를 보고 싶어 하기에 그곳에 세를 얻은 겁니다. 그 집은 라임하우스와 그리니치 사이에 있는 풀 구역입니다. 허버트 씨는 그 이름 모를 사람을 임시로 그곳에 머물게 하면 어떻겠느냐고 제안했습니다.

제3부

**255**

나는 세 가지 이유로 좋다고 했습니다. 우선 그곳은 아주 외진 곳입니다. 둘째, 핍 씨가 직접 그곳에 가지 않고도 그 낯선 사람의 안부를 전해들을 수 있습니다. 셋째 적절한 시간이 되었을 때 그 사람을 배에 태워서 외국으로 데려가기에 아주 좋은 곳입니다.

내가 찬성하자 허버트 씨는 바로 실행에 옮겼습니다. 핍 씨가 집에 없는 사이에 그를 옮겼기에 감시하던 사람들은 혼동에 빠졌을 것입니다. 그래서 당신을 그 집에 들어가지 말라고 한 겁니다. 자, 이제 내가 할 일은 다 했습니다. 여기 그 집 주소가 있습니다."

나는 어두워질 때까지 웨믹의 집에 머물러 있다가 저녁 8시가 넘어서서 그의 집을 나섰다. 그리고 선박 제작소들이 있는 풀 구역으로 갔다. 런던교 아래 강변에 위치한 풀 구역은 내게는 낯선 곳이었다. 나는 웨믹이 주소를 알려준 집을 정말 어렵게 찾을 수 있었다. 그 집은 활모양의 내닫이창이 나있었고 문에는 '휨플 부인'이라는 문패가 걸려 있었다. 문을 두드리니 나이 지긋한 부인이 나와서 문을 열었다. 그러나 곧장 허버트가 나타나 그녀를 물러나게 한 뒤 나를 응접실로 안내했다.

그가 내게 말했다.

"다 잘 됐어, 헨델. 그 사람도 만족해하고 있어. 물론 너를 애타게 보고 싶어 해. 내 여자 친구는 아버지 곁에 있어. 그녀가 오면 소개시켜줄게."

그때 머리 위쪽에서 쿵쾅거리는 소리가 나더니 으르렁거리는 이상한 소리가 났다. 이어서 고함소리까지 들렸다. 내가 신경을 쓰는 걸 허버트가 눈치채고 말했다.

"그녀 아버지야. 나도 한 번도 본 적이 없어. 참 고약한 양반이야. 럼주 냄새 안 나니? 늘 그걸 마시고 있대. 몸져 누워 있으면서도 저러니 저 고함이 그칠 날도 얼마 안 남은 셈이야."

허버트는 전에도 몇 번 말한 적이 있는 클라라 이야기를 내게 해주었다. 둘 사이의 사랑을 맺어준 것은 이 집의 주인인 휨플 부인이고 그녀 아버지는 아직 그와 클라라의 관계를 모른다는 것이었다.

우리가 이런저런 이야기를 나누고 있는데 스무 살 남짓 돼 보이는 아름다운 아가씨가 나타났다. 정말로 매력적인 아가씨였다. 우리는 함께 맨 위층 선실 모양의 방으로 올라갔다. 그

제3부

**257**

곳에 프로비스가 있었다. 그는 나를 보고도 전혀 놀라지 않았으며 태평스러운 표정이었다. 그런데 불현듯 그가 전보다 좀 온화해진 것 같다는 느낌을 받았다. 너무 막연한 느낌이었지만 정말 그랬다.

나는 그에게 콤피슨에 대해서는 한 마디도 하지 않기로 결심했다. 그랬다가는 프로비스가 콤피슨을 찾으러 나서겠다고 고집을 부려 일을 그르칠 것 같았기 때문이었다. 나는 웨믹이 했던 말을 그에게 정확히 전달했다. 그리고 마차를 사는 등 내 생활방식을 바꾸면 남의 주목을 받을지 모르니 그냥 이대로 지내자고 말했다.

그는 예상 외로 순순히 내 말에 동의했다. 그리고 자못 이성적인 말을 했다. 자기가 돌아온 건 정말 위험한 짓이었으며 그 사실을 잘 알고 있는 이상 무모한 짓은 저지르지 않겠다고 말한 것이다. 그리고 이렇게 자신을 잘 돌보아주는 사람들이 있으니 정말로 마음이 편하다고 했다.

허버트는 자신의 계획을 우리들에게 말해주었다.

"우리들은 모두 노 젓는 데는 선수들이잖아. 전에 노 젓기 경주도 많이 했고. 그러니 적절할 때가 되면 우리가 직접 노를 저어서 강 아래쪽으로 가는 거야. 보트를 빌릴 필요도 없으니 의심도 사지 않을 거야. 그 전에 우리 자주 보트를 강에 띄우고 오르락내리락하자. 그러면 우리가 함께 이곳을 떠날 때 아무도 눈여겨보지 않을 거야. 전처럼 보트 놀이나 하는 줄 알겠지."

나는 그의 계획이 마음에 들었고 프로비스도 기뻐했다. 허버트와 나는 프로비스와 작별하고 템플구역으로 돌아왔다. 다음 날 나는 보트를 구했다. 그날 이후 나는 템플 선착장에서 거의 매일 빈번하게 보트 노 젓기 놀이를 했다. 어떤 때는 허버트와 함께 배를 타기도 했다. 처음에는 블랙프라이어스 다리까지만 가다가 이윽고 런던 다리까지 보트를 몰았다. 그리고 풀 구역의 배들 사이로 보트를 몰았다.

허버트는 1주일에 세 번 이상 그곳에 다녀왔고 아무 일도 없다는 소식을 전해주었다. 하지만 내 마음은 언제나 불안했다. 내가 감시받고 있다는 생각을 떨쳐버리기 힘들었고 주변의 모든 사람들이 의심스러웠다. 강물이 아래쪽을 향해 흐를 때면 그 강물이 뭔가를 싣고 매그위치를 잡으러 흘러간다는 생각에 두려워 떨곤 했다.

아무런 일도 일어나지 않은 채 몇 주가 흘러갔다. 그런데 나를 놀랍게 만든 두 가지 사건이 있었고 사태는 급박하게 흘러가기 시작했다. 때는 2월 하순 어느 날 저녁이었다.

날씨도 을씨년스러운데다 기분도 우울했다. 템플의 집에 들어가 보았자 우울함만 더할 것 같아 나는 저녁 식사 후 연극을 보러 갔다. 웝슬 씨가 주연인 연극이었다. 그동안 그는 열심이었지만 배우로서 성공했다는 이야기는 어디에서도 들려오지 않았다. 그래도 의리상 나는 그의 연극을 가끔 관람했다.

그런데 그날 아주 특이한 일이 벌어졌다. 웝슬 씨가 연기 도중 자주 내가 있는 쪽을 향해 강렬한 눈빛을 보내고 있었던 것이다. 그는 대본과는 상관없이 놀라운 표정을 지었고 덕분에 가뜩이나 서투른 실험정신에 입각해 있던 그의 연기는 완전히 엉망이 되고 말았다. 무대를 향해서 오렌지 껍질이 수도 없이 날아갔다.

극장 문을 나설 때까지도 나는 그가 왜 내가 있는 쪽을 그렇게 노려보았는지 알 수가 없었다. 그런데 내가 밖으로 나서자 웝슬 씨가 문 앞에서 나를 기다리고 있었다.

나는 그에게 악수를 청하며 말했다.

"아저씨, 저를 아주 열심히 쳐다보시더군요."

"그래, 자네를 보았네, 핍. 하지만 자네만 본 게 아냐."

"그럼 또 누구를 보았단 말인가요?"

"정말 이상한 일이야. 하지만 분명히 그자였어."

나는 웹슬 씨의 말에 오싹하는 기분을 느꼈다.

"그자라니요? 누구 말씀이세요? 어서 말씀해주세요."

그는 나와 함께 걸으면서 잠시 아무 말이 없었다. 오싹한 냉기가 다시 몰려왔다.

내가 다시 재촉하자 그가 말했다.

"정말 믿을 수 없는 일이야. 자네도 믿지 않을지 몰라."

"도대체 누굴 보셨기에 그러시는 거예요? 어서 말씀해주세요, 제발요."

"핍군, 자네가 아주 꼬마였을 때 어떤 크리스마스 날 기억나나? 두 명의 탈주범 추격전을 우리가 함께 따라가서 구경하던 날."

나는 망치로 한 대 맞은 기분이었다. 그가 다시 말을 이어갔다.

"그때 두 죄수가 싸움을 하고 있었지? 그중 한 명이 심하게 얻어맞아 얼굴 여기저기에 상처투성이였던 것도 기억나지?"

"그럼요, 생생히 기억나지요."

"그때 사방이 칠흑처럼 어두운데 횃불이 그들 얼굴만 환하게 비추고 있었지. 그들 중 한 명이 오늘 바로 자네 뒤에 앉아 있었네."

나는 속으로 '침착해야 해'라고 다짐했다.

"그들 중 누구를 보신 건데요?"

"얼굴에 심한 상처를 입었던 자라네. 확실해. 내가 또렷이 기억하고 있거든. 어둠 속에 불빛을 받아 또렷하게 그 얼굴이 드러나 있었으니까."

나는 속으로 충격을 받았지만 겉으로는 태연한 척했다.

"정말 이상한 일이네요. 그 사람이 어떻게 제 뒤에 앉아 있었지요?"

"게다가 자네를 유심히 보고 있던데."

나는 공포감에 사로잡혔다. 내가 아무리 은밀하게 움직였어도 그는 어둠 속에서 내 행동을 계속 지켜보고 있었다는 생각에 몸이 떨리지 않을 수 없었다.

나는 아무렇지도 않은 척하며, 웹슬 씨에게 저녁을 대접하고 집으로 돌아왔다. 집으로 돌아오니 허버트가 나를 기다리고 있었다. 우리는 난롯가에 앉아 진지하게 상의를 했다. 하지만 이 일을 웨믹에게 알리는 것 외에는 뾰족한 대책이 없었다. 그의 성채에 너무 자주 가는 것도 남에게 의심을 살 수 있다는 생각에 그에게 편지를 써서 부쳤다. 우리가 할 수 있는 일은 전보다 더 주위를 유심히 살피고 조심하는 것밖에 없었다.

그런 일이 있은 후 1주일 후였다. 나는 런던교 아래 부둣가에 내 보트를 매어 놓고 돌아오는 길이었다. 이른 오후였고 나는 식사할 곳을 정하지 못해 칩사이드 쪽을 어슬렁거리고 있었다. 그때 어떤 커다란 손이 내 어깨위에 놓이는 것이 아닌가? 깜짝 놀라 뒤를 돌아보니 재거스 씨였다.

그가 아직 식사 전이냐고 물었고 그렇다고 대답하자 그가 함께 식사를 하자고 했다. 나는 사양하고 싶었다. 하지만 그가 웨믹도 함께 할 거라고 하며 다시 권하자 나는 받아들였다.

사무실로 돌아간 우리는 웨믹과 함께 마차를 타고 제라드가의 재거스 씨 집으로 갔다. 집에 도착하니 식사는 이미 차려져 있었다.

식사를 시작하자 이내 재거스 씨가 웨믹에게 물었다.

"미스 해비셤이 보낸 편지를 핍 군에게 보냈나, 웨믹?"

"아직 안 보냈습니다, 변호사님. 우편으로 보내려던 참이었
는데 마침 핍 씨가 사무실로 왔습니다."

웨믹은 그 편지를 내가 아니라 자기 상사에게 주었다. 재거
스 씨가 그 쪽지를 내게 건네면서 말했다.

"두 줄짜리 쪽지네, 핍 군. 자네 주소를 모른다고 미스 해비
셤이 내게 보냈다네. 뭔가 자그마한 일이 있어 자네를 보기 원
한다는 내용이네. 어디, 내려가볼 텐가?"

내가 흘낏 쪽지를 보니 그가 말한 그대로였다.

"네, 즉시 내려가보겠습니다."

나는 다음 날 내려가보리라 마음먹고 답했다.

그런데 재거스 씨 입에서 뜻밖의 이야기가 나왔다.

"그런데 말일세, 핍! 우리의 친구 거미 군이 카드놀이를 했
네. 그런데 판돈을 다 휩쓸어버렸어."

느닷없이 드럼믈 이야기를 그가 왜 하는 것일까? 혹시 내
게 무언가 알려줄 일이 있는 것 아닐까?

"앞날이 촉망되는 친구야. 하지만 결국 자기 식대로 해나갈 수는 없을 거야. 결국은 더 의지가 강한 사람이 이기게 되어 있지."

"무슨 말씀이신지?"

"아, 드럼플 부부 이야기야. 자네 드럼플이 에스텔라와 결혼한 사실을 모르고 있었나? 어쨌든 둘 중 강한 쪽이 이길 거야. 그 거미 녀석은 결국 그녀를 때리거나 움찔하면서 으르렁거리게 되겠지."

나는 둘이 결혼하리라는 것을 이미 예상하고 있었다. 그리고 지금쯤 결혼했으리라는 생각도 하고 있었다. 하지만 막상 재거스 씨 입을 통해 그 사실이 밝혀지자 가슴뿐 아니라 얼굴까지 타오르는 것 같았다.

재거스 씨가 와인을 잔에 채우면서 말했다.

"자, 어쨌든 벤틀리 드럼플 부인을 위해 건배하세! 둘의 주도권 싸움에서 부인에게 만족할 만한 결과가 나길 기원하세. 둘 다 만족하는 식으로는 절대로 결말이 나지 않을 테니까. 어이, 몰리, 몰리! 오늘은 왜 이렇게 음식이 느려터지게 나오는 거야!"

그때 그녀는 접시를 식탁 위에 놓으며 그의 바로 옆에 서 있었다. 그런데 그녀가 음식을 놓으려고 식탁에 손을 내밀었을 때 그녀의 손가락 움직임이 나를 놀라게 했다. 그 움직임은 꼭 뜨개질을 하던 어떤 손가락의 움직임과 같았다.

그녀는 그녀의 주인 얼굴을 쳐다보며 서 있었다. 그녀의 눈빛은 매우 강렬했다. 그렇다! 나는 최근에 분명 그런 눈빛과 그런 손을 본 적이 있었다.

재거스 씨는 그녀를 내보냈다. 그러나 그녀는 여전히 그곳에 있는 것처럼 내 눈 앞에 생생히 남아 있었다. 내 눈 앞에 그 손이, 그 눈이, 그 찰랑이는 머리카락이 여전히 있었다. 그리고 그것들을 내가 알고 있는 또 다른 손과 눈, 그리고 머리카락과 비교해 보았다. 그리고 나는 확신했다. 그 또 다른 손과 눈, 그 머리카락이 난폭한 남편 밑에서 20년 모진 생활을 겪은 후에는 꼭 저렇게 변하리라!

그렇다! 나는 확신했다. 몰리는 에스텔라의 어머니인 것이다! 재거스 씨의 가정부 몰리는 단 두 번에 걸쳐 아주 짧은 시간 식탁에 나타났을 뿐이다. 나는 다시 한 번 그녀의 손이 에스텔라의 손이며, 그녀의 눈이 에스텔라의 눈인 걸 확인했다.

나는 온통 궁금증에 사로잡혔다. 식사가 지루할 수밖에 없었다. 이윽고 식사가 끝나고 나와 웨믹은 재거스 씨와 작별 인사를 한 후 밖으로 나왔다. 식사 내내 웨믹은 내가 월워스에서 본 진짜 웨믹이 아니었다. 월워스의 웨믹과 겉모습만 똑같은 또 다른 쌍둥이 웨믹이었다.

재거스 씨와 작별을 하고 밖으로 나오자 그는 월워스의 진짜 웨믹이 되었다. 나는 그 진짜 웨믹과 팔짱을 끼고 나란히 걸었다.

어느 정도 말없이 걸은 후에 내가 그에게 말했다.

"언젠가 재거스 씨 댁 가정부를 눈여겨보라고 한 적이 있었지요? 사나운 맹수 같다는 이야기도 해준 것 같아요. 그런데 재거스 씨가 그녀를 어떻게 길들인 거지요?"

"그건 그의 비밀입니다."

"그녀 이야기를 좀 해주세요. 정말 궁금해요. 우리 둘 사이 이야기니까 다른 데로 퍼지지 않으리라는 건 잘 아시겠죠?"

"나는 그녀의 내력을 전부 다 아는 건 아닙니다. 하지만 내가 아는 내용은 다 말해주지요. 물론 우리는 지금 사적인 이야기를 나누고 있는 겁니다."

"물론이지요."

"20여 년 전 그녀는 살인죄로 재판을 받았는데 무죄로 방면되었답니다. 아주 아름다운 아가씨였는데, 아마 집시 혈통을 어느 정도 물려받은 것 같았습니다. 아주 열띤 재판이었지요."

그가 약간 뜸을 들이더니 다시 말을 이었다.

"재거스 씨가 그녀의 변호를 맡았습니다. 그는 초짜였고 사건은 가망이 없어 보였습니다. 누구나 그녀를 진범으로 생각했으니까요. 그런데 그는 정말 경탄할 만한 방법으로 그 사건을 처리했습니다. 그 사건이 지금의 그를 만들었다고 해도 과언이 아닙니다.

그는 아직 직접 변론할 처지가 아니었는데도 법정 변호사옆에서 일일이 코치를 해주었습니다. 한 여자가 살해당한 사건이었는데 그녀보다 나이가 열 살은 더 많고 몸집도 훨씬 크고 게다가 힘도 훨씬 센 여자였습니다.

둘 다 떠돌이 생활을 하고 있었지요. 여기 제라드 가에 살고 있는 여자는 아주 어린 나이에 어떤 뜨내기 남자와 결혼을 했습니다. 사실 죽은 여자 나이가 결혼에 더 어울릴 만한 나이였지요. 누가 누구를 질투했는지는 모르지만 그 여자와 죽은 여자 사이에 질투심에 사로잡힌 싸움이 벌어졌습니다. 나이 어린 여자가 질투를 했다고들 했지만 나는 잘 모르겠습니다. 그 나이든 여자는 하운슬로히스 벌판 인근 헛간에서 죽은 채 발견되었습니다. 온몸에 타박상과 할퀸 자국이 있었고 목이 졸려 질식사했습니다.

누가 봐도 그 나이 어린 여자가 죽인 게 분명했습니다. 하지만 재거스 씨는 그녀가 그런 짓을 저지르는 건 불가능하다는 데 초점을 맞춰서 변론했고 결국 모두를 설득하는 데 성공했습니다. 지금도 가끔 그러지만 그때 그는 그녀의 손아귀 힘을 감추려 애를 썼지요.

당시 그녀는 아주 묘한 옷을 입고 있어서 누가 보기에도 정말 가냘프게 보였습니다. 팔도 아주 연약해 보였고요. 아마 재거스 씨 솜씨일 겁니다. 그런데 그녀를 기소한 측에서 그녀의 또 다른 살인사건을 들먹였습니다. 남편과 자기 사이에 낳은 아이를, 세 살쯤 되었지요, 도망간 남편에 대한 복수심에 죽였다는 것입니다.

그러자 재거스 씨가 이렇게 변론했습니다. '당신들이 제기

한 가설이 사실일지도 모릅니다. 하지만 우리는 지금 자기 아이를 죽였다는 죄목으로 이 여자를 재판하고 있는 게 아닙니다. 이 여자 손목의 상처요? 우리는 그 상처가 이미 다른 곳에서 생긴 것임을 증명했습니다. 여러분은 거짓 증거를 사건 입증에 사용하고 있다는 혐의를 벗기 어려울 겁니다.' 물론 내가 지금 간단하게 설명하고 있지만 재거스 씨의 논변은 그 누구도 반박할 수 없을 정도로 치밀하고 화려했습니다. 결론적으로 재거스 씨는 검사가 감당하기에는 너무나 벅찬 상대였습니다. 배심원들도 모두 그에게 고개를 끄덕였고요."

"그 이후로 그녀가 그의 시중을 들며 살게 된 건가요?"

"그렇지요. 그때부터 그녀는 길들여진 유순한 모습으로 그의 시중을 들게 된 거지요."

"그 여자가 죽였다는 그 아이는 사내 아이였나요, 계집 아이였나요?"

"여자 아이라고 알려져 있지요."

나는 그와 헤어져 집으로 갔다. 새롭게 생각해볼 문제가 생긴 것이었다.

# 4

　　나는 다음 날 마차를 타고 고향읍내로 내려갔다. 미스 해비셤을 만나기 위해서였다. 나는 도중에 마차에서 내려 한적한 길을 통해 마을로 걸어갔다. 돌아올 때도 같은 방식을 택할 예정이었다. 아무에게도 내 모습을 보이기 싫어서였다.

　미스 해비셤의 저택을 향하는 나의 마음은 그 어느 때보다 어두웠다. 에스텔라가 영원히 떠났다고 생각하니 모든 것이 이전과 달랐다. 초인종을 누르니 내가 전부터 알고 있던 나이든 하녀가 문을 열어주었다. 미스 해비셤은 평소의 자기 방에 있지 않고 피로연 탁자가 있는 건너편 큰 방에 있었다. 문간에서 안을 들여다보니 그녀는 벽난로 옆 의자에 앉아 난로 불빛을 멍하니 바라보고 있었다.

나는 늘 하던 대로 벽난로 앞에 섰다. 그녀가 고개를 들면 바로 눈에 들어올 수 있는 곳이었다. 그녀는 더없이 쓸쓸해 보였다. 내게 그렇게 큰 상처를 준 장본인임에도 불구하고 나는 그녀에게 연민의 정을 느꼈다. 그리고 세월의 흐름 속에 나 또한 그 집의 일부처럼 몰락한 것이라는 기분에 젖었다.

그녀가 나를 보고 말했다.

"정말 너로구나."

"네, 접니다, 핍입니다. 재거스 씨가 전해준 쪽지를 받고 바로 달려왔습니다."

"고맙다. 지난번 네가 부탁했던 문제를 해결해주기 위해 불렀다. 내가 돌처럼 차가운 사람이 아니라는 걸 네게 보여주고 싶었다. 너는 여전히 내게 사람다운 면은 남아 있지 않다고 믿고 있겠지만."

나는 열심히 그렇게 생각하지 않는다고 그녀를 안심시켰다. 그녀가 다시 말했다.

"그래, 네 친구를 위해 무언가 해줄 게 있다고 했지? 어디 설명해봐라."

나는 허버트의 합자 회사에 관한 전말을 모두 그녀에게 설명했다. 내가 그 일을 혼자 힘으로 완수하고 싶었지만 이제 그럴 형편이 못 된다는 것도 설명했다.

그러자 그녀가 물었다.

"그래, 허버트가 동업자 권리를 완전히 얻는 데 얼마가 필요하다는 거냐?"

나는 너무 거액이라서 입을 떼기가 어려웠다. 망설이다가 나는 금액을 말해주었다.

"900파운드입니다."

"내가 그 돈을 네게 준다면 네가 그 일을 비밀로 했듯이 이 일도 비밀로 해주겠지?"

"충실하게 비밀을 지켜드리겠습니다."

"자, 그 일은 됐다고 치고, 내가 너를 위해 해줄 수 있는 일은 없겠느냐?"

"없습니다. 정말로 없습니다."

그녀는 연필로 수첩에 몇 자 적었다.

"좋아. 너 재거스 씨를 아직도 만나고 있지? 여기 너에게 돈을 지급하라는 「위임장」이 있다. 나는 이곳에 돈을 두지 않는다."

그녀는 수첩을 내게 건네주었다. 그녀는 나를 똑바로 바라보지도 않고 말했다.

"내 이름이 첫 장에 적혀 있다. 혹시 그 내 이름 밑에 '나는 그녀를 용서합니다'라고 써줄 수 있겠느냐? 오랜 세월이 지나 내가 흙먼지로 변해버린 다음에 말이다."

"오, 미스 해비셤. 지금 당장 해드릴 수 있습니다. 저도 용서를 빌어야만 하는 사람입니다. 제게는 미스 해비셤을 용서하지 못할 이유가 없습니다."

계속 나를 외면하고 있던 그녀가 처음으로 내게 얼굴을 돌렸다. 그런데 놀랍게도 그녀가 내 발치에 무릎을 꿇는 것이 아닌가! 나는 온몸에 전율을 느꼈다. 내가 그녀를 일으키기 위해 그녀의 몸에 팔을 두르자 그녀는 내 손을 움켜쥐고 울음을 터뜨렸다.

그녀는 아예 바닥에 주저앉아 외쳤다.

"아아, 내가 무슨 짓을 했던 거지! 도대체 무슨 짓을 했던 거야!"

나는 어떻게 해야 할지 몰랐다. 그녀는 계속 같은 말만 반복하고 있었다. 나는 헛된 후회와 슬픔에 사로잡혀 있는 그녀를 동정심에 가득 차서 바라보는 수밖에 없었다.

"그래, 네가 그 애에게 고백하는 모습을 보고, 그리고 네 모습에서 한때 내 모습이라고 생각했던 모습을 보고서, 나는 비로소 내가 무슨 짓을 했는지 알게 되었다. 그전까지는 내가 무슨 짓을 했는지도 모르고 있었다. 아아, 내가 무슨 짓을 했단 말이냐!"

나는 용기를 내어 말했다.

"미스 해비셤, 저에 대해서는 양심의 가책을 안 느끼셔도 됩니다. 하지만 에스텔라의 경우는 이야기가 다릅니다. 그녀가 지닌 올바른 본성을 빼앗으신 건 잘못하신 거예요. 그녀에게 저지른 잘못 중, 작은 한 가지라도 되돌리실 수 있다면 이렇게 과거를 후회하고 슬퍼하시는 것보다는 나을 겁니다."

"그래, 그래, 나도 안다. 하지만, 핍. 내 말을 정말 믿어다오. 그 애가 여기 처음 왔을 때 나는 그 애가 나 같은 불행에 빠지지 않도록 도와줄 작정이었단다. 하지만 그 애가 자라면서 점점 더 아름다워지자 나는 그 애 가슴에 차디찬 얼음을 채워 넣었다. 나는 그 애를 통해 내 복수를 하려고 한 것이다."

그녀는 또다시 '내가 무슨 짓을 한 거야!'라고 부르짖었다.

"하지만 핍, 네가 내 사연을 안다면 나를 조금은 불쌍하게 생각해줄 거다. 내가 왜 그랬는지 이해해줄 거다."

나는 아주 조심스럽게 내가 미스 해비셤의 사연을 안다고 말했다. 그리고 나는 덧붙였다.

"미스 해비셤, 제가 질문 하나 드려도 될까요? 에스텔라에 관한 질문입니다."

"계속해봐라."

"에스텔라의 어머니가 누구인지요?"

"나는 모른다."

"그렇다면, 혹시 재거스 씨가 그녀를 이리로 데려왔나요?"

"그렇다. 그 애를 데려온 건 재거스 씨였다. 내가 이 방에 처박혀 있으면서 여자 아이를 원한다고, 나를 구원해줄 그런 여자 아이를 원한다고 그에게 말했었다."

"그때 에스텔라가 몇 살이었는지 물어봐도 될까요?"

"두 살 아니면 세 살이었다."

내가 확신하고 있던 게 사실로 드러난 순간이었다. 이제 더 이상 이곳에 있을 이유가 없었다. 허버트를 위한 일은 성사되었고 미스 해비섐이 에스텔라에 대해 알고 있는 것도 다 들었다. 그리고 미스 해비섐을 진정시키기 위해 할 수 있는 노력은 다 한 셈이었다. 나는 그녀와 작별을 했다.

계단을 내려가 마당으로 들어섰을 때는 땅거미가 내려앉아 있었다. 나는 배웅을 하는 하녀에게 집안을 한 바퀴 돌아보고 싶다고 말했다. 다시는 이 집에 올 일이 없을 것 같았기 때문이었다. 나는 나무 술통들 옆을 지나 정원으로 들어갔다. 나는 허버트와 싸움을 벌였던 정원 구석, 에스텔라와 거닐었던 작은 오솔길도 돌아보았다. 오, 모든 게 얼마나 황량하고 쓸쓸했던지!

정원을 돌아 나오는 길에 나는 양조장 쪽으로 방향을 잡은 뒤 작은 문의 빗장을 열고 양조장 안으로 들어갔다. 그리고 반대편 문으로 나오려는 순간 무심코 고개를 돌렸다. 그런데 그 순간 어린 시절 보았던 영상이 생생하게 되살아났다. 대들보에 대롱대롱 매달린 미스 해비섐의 영상이 보였던 것이다. 너무 실감이 나는 영상이어서 그것이 한낱 환상에 불과하다는 것을 깨달을 때까지 꽤 오랜 시간이 걸렸다.

비록 짧은 순간이었지만 나는 공포감에 사로잡혔다. 그리고 이상한 예감에 사로잡혔다. 아주 강렬한 예감이었다. 나는 집 안마당으로 들어서면서 대문 쪽이 아니라 건물 쪽으로 걸음을 옮겼다. 미스 해비셤이 잘 있는지 확인하고 싶은 생각이 들었던 것이다.

나는 그녀와 작별 인사를 한 방으로 들어갔다. 그녀는 등을 내게 보인 채 벽난로 가까이 앉아 있었다. 나는 그녀가 무사한 것을 보고 돌아 나오려 했다. 바로 그 순간이었다. 홀연 엄청난 화염이 솟는 게 보였다. 동시에 그녀가 날카로운 비명을 지르며 온몸에 불길을 뒤집어 쓴 채 내가 있는 곳으로 달려오는 게 보였다.

나는 망토가 붙은 상의를 입고 있었으며 팔에는 외투를 걸치고 있었다. 나는 옷가지들을 벗어들고 달려가 그녀에게 덮어 씌웠다. 그리고 식탁보도 끌어당겨 그녀에게 덮어씌우고는 정신없이 그녀를 부둥켜안고 함께 뒹굴었다. 우리는 거대한 식탁 옆 바닥에 쓰러졌고 불씨가 남은 그녀 드레스의 천 조각들이 뿌연 연기가 자욱한 공중에 떠다녔다.

나는 겨우 정신을 차리고 주변을 둘러보았다. 혼란에 빠진 거미 등 온갖 벌레들이 허겁지겁 도망치는 모습이 보였다. 그리고 하인들이 비명을 지르며 달려오는 모습이 보였다. 나는 여전히 그녀를 내리 누르고 있었다.

그녀는 의식이 없었다. 그러나 나는 그녀를 꼭 붙잡고 있었다. 혹시라도 그녀를 놓으면 불길이 다시 되살아나 그녀를 다 태워버릴 것만 같았다. 얼마 후 의사가 조수와 함께 왔다. 나는 그제야 몸을 일으켰다. 그때까지 전혀 의식하지 못하고 있었는데 내 두 손은 심하게 화상을 입고 있었다.

의사는 그녀를 진찰하더니 화상은 그다지 심하지 않다고 했다. 대신 그녀의 신경에 가해진 충격이 위험하다고 했다. 의사는 그녀를 긴 식탁 위에 눕혔다. 그녀는 자기가 죽으면 저 위에 누울 거라고 말했던 바로 그 식탁 위에 정말로 그렇게 누워 있었다.

나는 하인들에게 에스텔라가 지금 어디 있느냐고 물었다. 그녀는 파리에 있었다. 의사는 그녀에게 자신이 소식을 전하겠다고 내게 약속했다. 미스 해비셤의 친척들에게 소식을 전하는 일은 내가 맡았다. 나는 포킷 씨에게만 소식을 전하기로 마음먹었다. 나머지 친척들에게 알리는 일은 그의 소관에 맡기는 편이 나을 것 같아서였다.

　나는 그날 그곳에서 밤을 지냈다. 그녀는 단 한 번 정신이 똑바로 돌아왔을 뿐 곧바로 횡설수설하는 상태에 빠졌다. 그러면서 그녀는 "내가 무슨 짓을 했던 거야!"라는 말과 "내 이름 밑에 '그녀를 용서합니다'라고 써다오"라는 말을 반복했다.

　내가 그곳에 더 있어 봤자 딱히 도움 될 일도 없어서 나는 아침 일찍 그 집을 나섰다. 아침 6시경 몸을 숙여 그녀에게 이별의 입맞춤을 하는 순간에도 그녀는 "내 이름 밑에 '그녀를 용서합니다'라고 써다오"라는 말을 반복하고 있었다.

　런던으로 돌아온 나는 화상 입은 손을 치료했다. 왼손은 팔꿈치까지 심한 화상을 입었고 오른손은 좀 덜했다. 하지만 양손에 다 붕대를 감아야 했기에 매우 불편했다. 허버트는 나를 극진히 간호했다.

　내가 돌아온 날 저녁 허버트와 이야기를 나누면서 나는 또 충격을 받을 수밖에 없었다.

　그가 말했다.

"지난 밤 프로비스하고 두 시간은 함께 있을 수 있었어. 클라라는 저녁 내내 오르락내리락 하면서 영감과 함께 있을 수밖에 없었어. 점차 심하게 마룻바닥을 쿵쾅거리고 럼주를 마셔대니 오래 버틸 수 있을지 의문이야. 어쨌든 프로비스는 한결 유순해졌어."

"내가 고향으로 떠나기 전 네게 그런 이야기 해줬잖아."

"자기 인생에 대해 많은 걸 이야기해줬어. 지금 이야기해줄까? 아니면 네가 불편하니 나중에 해줄까?"

"지금 당장 해줘. 한 마디도 빼놓지 말고."

"자기가 사귀었던 여자 이야기를 해주더라. 그 여자는 어린데다 질투심이 많았던 것 같아. 복수심도 대단했고. 암튼 프로비스 말로는 그렇다는 거야. 그러니 살인 사건에 연루가 되었겠지. 그녀가 살인혐의로 재판을 받았고 재거스 씨가 변호했다는 거야. 프로비스가 재거스 씨를 알게 된 것도 그 덕분이라더군. 죽은 사람은 나이가 많고 힘센 여자였다는데 목 졸려 죽었대."

"그래서 그가 알던 여자는 어떻게 되었대?"

"무죄로 풀려났대. 그런데 헨델, 손이 많이 아프니? 표정이 왜 그래?

"아니야, 괜찮아. 그래서 어떻게 됐대?

"그 여자와 프로비스 사이에 아이가 있었나봐. 프로비스가 끔찍이도 귀여워하던 아이였나봐. 그 여자가 질투했던 여자가 목 졸려 죽은 날 그 어린 여자가 잠깐 프로비스 앞에 나타나서 말했다더군. 자기가 데리고 있던 아이를 죽여 버리겠다고, 그래서 다시는 프로비스가 그 아이를 보지 못하게 하겠다고 말하고는 사라졌다더군. 오, 핍. 너 정말 팔이 많이 아프구나. 얼굴도 창백하고 호흡이 너무 가쁜 것 같아. 자, 상처가 심한 왼쪽 팔을 이렇게 멜빵에 걸어봐. 그러면 훨씬 나을 거야."

나는 겨우 호흡을 가다듬고 허버트에게 말했다.

"그래서? 그 여자가 프로비스에게 말한 대로 했대?"

"왜 아니겠어? 프로비스도 그렇게 생각하던데. 자기가 증인으로 나서면 죽은 아이 이야기도 해야 되고 그렇게 되면 그 어린 여자에게 불리할 것 같아 자기는 도망쳐서 숨어버렸대. 그런 후 그 여자가 무죄로 풀려났다는 소식만 들었을 뿐 어떻게 되었는지는 모른대. 그렇게 해서 그는 딸과 아내, 두 여자를 동시에 잃게 된 거야."

나는 다시 기운을 냈다.

"자, 내가 한 가지만 묻자."

"그전에 이야기를 마저 마무리할게. 그때 그 흉악한 악당 콤피슨이 그가 숨어 지내는 이유를 모두 알게 되었대. 그걸 가지고 프로비스를 협박하고 가혹하게 부려먹은 거지. 그래서 프로비스가 콤피슨을 향해 맹렬한 적개심을 지니게 된 거야. 단순히 자기 죄를 뒤집어 씌워서 그러는 게 아니라는 걸 어제 알게 되었어."

"이제 다 끝났지? 그럼 하나만 물을게. 이 사건이 언제 일어났는지 그가 이야기했어?"

"대략 20년 전쯤인 것 같아. 네가 그를 묘지 근처에서 만난 게 일곱 살 때지? 그보다 한 3~4년 전인 것 같아. 그 사람 딸 때문에 너를 더 애틋하게 생각했다고 하더군. 살아 있었으면 너와 비슷한 나이일 거라고."

이제 모든 것이 확실했다.

잠시 침묵을 지키다가 내가 허버트를 불렀다.

"허버트, 이리 와서 나를 자세히 봐. 자, 난로 불빛에 똑바로 비추고 봐."

제3부

**283**

그가 내게로 가까이 왔다.

"자, 나를 만져봐."

그가 이상하다는 표정으로 나를 만졌다.

"자, 나는 분명히 나지? 이상하다는 생각 안 들지? 나 분명히 멀쩡하게 살아 있지?"

"그럼. 도대체 왜 이러는 거야?"

"내가 머리가 이상해져서 헛소리 한다고 생각하지 마."

"글쎄, 그런 생각 안 한다니까. 넌 지극히 정상이야. 좀 흥분해 있는 건 사실이지만……."

"그래, 난 정상이야. 분명 멀쩡한 정신으로 말한다. 우리가 강 아래 숨겨놓은 그 사람, 프로비스라고도 하고 매그위치라고도 하는 그 사람, 그 사람이 바로 에스텔라의 아버지야!"


프로비스가 에스텔라의 아버지라는 건 이제 너무나 분명했다. 하지만 나는 그걸 확실하게 증명하고 싶었다. 도대체 내게 왜 그런 마음이 든 것인지 스스로 묻지도 않았다. 그냥 그러고 싶었을 뿐이었다.

방법은 하나밖에 없었다. 그 모든 것을 환하게 꿰뚫고 있는 단 한 사람, 그 사람을 만나보는 것이었다. 그는 바로 재거스 씨였다. 그날 밤 당장 제라드 가로 가려는 나를 내 상처에 안정이 필요하다며 허버트가 말리는 바람에 나는 억지로 참아야만 했다.

다음 날 허버트는 자기 일터로 갔고 나는 리틀 브리튼으로 갔다. 재거스 씨는 웨믹과 함께 있었다. 하지만 웨믹이 있다고 해서 문제가 될 건 없었다. 그의 입은 우체통 입이 아니던가.

팔에 붕대를 칭칭 감고 외투를 어깨에 걸친 내 모습 덕분에 재거스 씨와의 면담은 오히려 자연스러울 수 있었다. 내가 끔찍했던 참사를 설명하는 동안 재거스 씨는 평소 버릇대로 난롯가에 서 있었다. 웨믹은 두 손을 바지 주머니에 찔러 넣고 펜은 우체통 입에 문 채, 나를 뚫어져라 바라보며 의자에 앉아 있었다.

설명이 모두 끝난 뒤 나는 미스 해비셤이 준 900파운드 지급 「위임장」을 꺼냈다. 재거스 씨는 아무 질문도 없이 그걸 웨믹에게 건네며 자신이 서명할 수표를 작성하라고 했다. 나는 웨믹이 작성하고 재거스 씨가 서명한 수표를 호주머니에 넣었다.

제3부

나는 잠시 뜸을 들였다가 재거스 씨에게 말했다.

"실은 제가 미스 해비섬에게 부탁한 일이 또 한 가지 있었습니다. 그리고 그분 양녀와 관련된 정보를 알게 되었습니다."

그가 조금 놀라는 표정을 지었다.

내가 재빨리 말했다.

"변호사님, 실은 제가 그 양녀의 친어머니가 누구인지 알고 있습니다."

재거스 씨가 미심쩍은 표정으로 나를 바라보며 말했다.

"어머니? 친어머니?"

"그렇습니다. 최근에 그녀의 어머니를 본 적이 있습니다."

"그래?"

"변호사님도 함께 보았지요. 사실 변호사님은 저보다 훨씬 자주 그녀를 만나고 있습니다."

"그래?" 그는 여전히 평온한 말투로 대답할 뿐이었다.

"실은 그녀의 내력에 대해 제가 변호사님보다 더 많은 걸 알고 있을 겁니다. 저는 그녀의 아버지가 누구인지도 압니다."

순간 재거스 씨가 흠칫 놀라는 몸짓을 해 보였다. 그는 워낙 냉정해서 자기가 미리 짐작하고 있던 사실에는 절대로 동요하지 않는 사람이었다. 그가 멈칫하는 걸 보고 나는 그녀의 아버지에 대해서는 그도 모르리라는 것을 확신했다. 사실 나는 프로비스가 에스텔라의 아버지라는 사실을 재거스 씨가 모를 것이라 어렴풋이 짐작하고 있었다. 살인 사건이 4년이나 흐른 후에 프로비스가 자신의 사건 변호인으로 재거스 씨를 선임했고 재거스 씨가 그를 의뢰인으로 받아들인 것이 그 증거였다. 만일 프로비스가 에스텔라의 아버지란 사실을 알았다면 재거스 씨는 무슨 핑계를 대서라도 그 사건을 맡지 않았을 것 아닌가?

무심한 표정으로 "그래?"라고만 반문하던 재거스 씨가 비로소 입을 열어 말했다.

"그러니까 자네가 그 아가씨의 아버지를 안단 말인가, 핍?"

"그렇습니다. 그리고 그의 이름은 프로비스입니다. 뉴사우스웨일스에서 온 사람입니다."

내 말에 아무리 재거스 씨라고 해도 놀라지 않을 수 없었다. 하지만 사람이 보일 수 있는 가장 가벼운 놀람이었고 순간적인 동작이고 표정이었다. 그러나 나는 그것을 놓치지 않았다.

"그래, 무슨 증거로 그런 말을 하는 건가? 그가 직접 그렇게 말하던가?"

"그는 아무 말도 하지 않았습니다. 그는 자기 딸이 살아 있다는 것도 모르고 있습니다."

이번만은 그도 어느 정도 자제력을 잃은 것 같았다. 그는 무섭도록 날카롭게 나를 쏘아보았다.

나는 그에게 그 사실을 알게 된 경위를 모두 설명했다. 그리고 내가 에스텔라를 열렬히 사랑했으며 지금도 사랑하고 있다고 말했다.

재거스 씨는 내 이야기를 들으면서 평온을 되찾았다. 하지만 확실히 평소의 그와는 달랐다. 그는 내 이야기를 듣더니 회상에 잠긴 듯 두세 차례 고개를 끄덕이더니 한숨을 내쉬었다. 그의 입에서도 한숨이 나올 수 있다는 것을 나는 그때 처음 알았다.

"핍, 자네의 그 가련한 꿈에 대해서는 이야기 말기로 하세. 그런 꿈이야 자네가 나보다 훨씬 생생하게 많이 꾸었을 테니 나보다 훨씬 잘 알거야. 자, 다른 문제 이야기를 해보지. 내가 자네에게 가상적인 상황을 제시해보겠네. 그전에 명심하게. 난 아무것도 시인하는 것이 아니라네."

나는 그가 아무것도 시인하는 것이 아니라는 것을 내가 확실히 받아들일 때까지 기다렸다. 이윽고 그가 입을 열었다.

"자, 핍. 이런 상황을 가정해보세. 자네가 말했던 상황에 처한 여자가 자기 아이를 숨겨놓고 있었다고 말이야. 그런데 그 여자의 변호를 맡은 변호사가 모든 것을 다 알아야 변호할 수 있다고 하는 바람에 그 사실을 털어놓을 수밖에 없었다고 치세. 동시에 그 변호사는 어떤 괴팍한 여자로부터 양녀로 키울 여자 아이를 하나 데려다 달라는 부탁을 받았다고 쳐보세. 다시 말하지만 이건 다 사실이 아니라 가상일세."

"잘 알겠습니다, 변호사님."

"그리고 그런 상황에 처한 아이들이 결국 어떻게 타락의 구렁텅이로 빠지는지 그 변호사가 하도 주변에서 많이 보아서 잘 알고 있었다고 치세. 핍, 그런데 그런 구렁텅이에서 빠져나와 구원받을 수 있는 한 예쁜 여자 아이가 있었다고 치세. 그 변호사는 어떻게 했을까? 아마 그 아이 어머니에게 이렇게 말했겠지. '난 당신이 한 짓을 알고 있어. 당신이 어떻게 그런 짓을 했는지도 알고 있고. 나는 당신이 의혹에서 벗어나려고 어떤 짓을 했는지도 다 알아. 나는 그걸 당신을 변호하는

데 썼고. 아이와 헤어져. 아이를 내 손에 넘기면 내가 최선을
다 하지. 당신이 구원된다면 아이도 구원되는 거야' 결국 그
변호사 말대로 되었고 그 여자는 무죄로 방면되었다고 가정
해보게."

"변호사님 말씀, 완벽하게 이해했습니다."

"그 여자가 무죄 방면되자 보호받기 위해서 그 변호사에게
갔다고 가정해보게. 그가 그녀를 받아들였고 그녀의 난폭한
본성이 되살아날 때마다 옛날 방식으로 강하게 눌러왔다고
가정해보게. 어때, 그런 일이 있을 수 있겠나?"

나는 묵묵히 고개를 끄덕였다.

"자, 이제 내가 하고 싶은 이야기를 하겠네. 그 아이가 자라
나서 돈 때문에 결혼을 했다고 치세. 그 아이 어머니는 아직
살아 있고 아버지도 살아 있으며 그 사실을 자네만 눈치채게
되었다고 쳐보세. 자, 자넨 누구를 위해서 그 비밀을 밝히려는
건가? 그 아버지를 위해서? 내 생각에는 그에게 그 애의 아
버지란 사람이 나타난다고 해서 그가 더 나은 삶을 살 것 같
지는 않네. 그렇다면 그 어머니를 위해서? 그녀는 이미 엄청
난 죄를 지은 사람이니 지금 사는 곳에서 사는 게 훨씬 더 안

전할 거네. 그렇다면 그 딸을 위해서? 그 사실을 그 남편이 알면 어떻게 되겠나? 20년 만에 이제 겨우 편하게 살게 된 마당에 다시 수치스러운 과거로 되돌아가라고? 핍, 내 분명히 말하겠네. 그런 짓을 하느니 차라리 자네의 그 붕대로 감은 두 손을 잘라버리는 게 나을 거네."

그러더니 재거스 씨는 천연스럽게 웨믹에게 말했다.

"자네, 핍 군이 들어왔을 때 무슨 일을 하고 있었지?"

그러더니 두 사람은 일 이야기를 했다. 나는 어정쩡한 자세로 서 있다가 그 현명한 변호사와 조수 앞을 물러나올 수밖에 없었다.

# 5

리틀브리턴을 떠난 후 나는 수표를
주머니에 넣고 회계사인, 미스 스키핀스의 오빠에게 갔다. 그
는 곧바로 클래리커 상사로 가서 클래리커를 불러왔다. 나는
대단히 만족스럽게 계약을 마무리 지었다. 유산을 상속받게
되었음을 알게 된 이후 행한 나의 단 한 가지 착한 행동이었
으며, 유일하게 완결을 본 일이었다.

클래리커는 자기 상사가 꾸준하게 성장을 해나가고 있다고
내게 말했다. 또한 사세 확장을 위해 근동에 작은 규모의 지사
를 설립하게 되었으며 허버트가 동업자 자격으로 그곳의 책
임자 일을 맡게 될 것이라고 말했다. 친구가 잘되는 것은 좋은

일이었지만 허버트와 헤어져야만 한다는 것이 가슴 아팠다. 마치 마지막으로 닻을 내리고 있던 곳에서 닻이 뽑혀버리고, 곧 바람과 파도에 떠밀려 다니는 신세가 될 것 같은 느낌이었다.

그날 허버트는 들뜬 목소리로 자신에게 큰 변화가 일어나게 되었다고 내게 말했다. 자기가 『아라비안나이트』의 나라로 클라라를 데려가게 되었으며 나도 언젠가 합류해서 나일강가에서 보트를 타게 될 거라고 말했다. 그는 내가 그 소식을 미리 알고 있으리라고는 꿈에도 생각하지 못했다. 허버트가 미래의 낙원을 그리며 기뻐하는 모습이 그나마 내게는 위안이 되었다.

때는 3월 초순이었다. 화상을 입은 왼쪽 팔은 여전히 불편했지만 오른쪽 팔은 웬만큼 쓸 만한 상태였다.

내가 허버트와 아침을 들고 있는데 웨믹으로부터 편지가 왔다.

이 편지를 읽는 즉시 태워버리세요. 이번 주 초, 즉 수요일에 당신이 생각하고 있는 일을 시도할 수 있을 것 같습니다. 당장 태워버리세요.

　편지를 허버트에게 보여준 후 난롯불에 던져넣고 우리는 상의를 했다. 허버트는 이 일을 위해 뱃사공을 부리는 것보다 스타톱에게 부탁하자고 했다. 그는 노 젓는 솜씨가 훌륭한데다 의리도 있으니 우리를 충분히 도와줄 거라고 했다. 나는 물론 동의했다. 실은 나도 그 친구를 염두에 두고 있었던 것이다.

　나는 갈 곳이 어디가 되었건 프로비스와 함께 갈 생각이었다. 우리는 템스강 하류까지 보트를 저어가서 만조 때 런던을 떠나는 외국 기선들을 만나 도움을 요청하리라고 계획을 세웠다. 조금 무모해 보이기는 했지만 다른 방법이 없었다.

　우리는 만조 때 런던을 떠나는 기선들을 면밀히 조사했다. 마침 우리 계획에 걸 맞는 함부르크 행 기선이 있었다. 계획이 수립되자 나는 필요한 여권을 발급받으러 갔고 허버트는 스타톱을 만나러 갔다.

　우리는 무사히 임무를 마쳤다. 나는 여권을 발급받았고 스타톱은 흔쾌히 우리의 일에 동참하기로 했다. 우리는 허버트와 스타톱이 노를 젓고 내가 키를 잡기로 결정했다. 수요일에 일을 결행하기로 하고 우리는 헤어졌다.

집으로 가자 우편함에서 편지 한 통을 발견했다. 꽤나 지저분한 편지였으며 우편을 이용한 게 아니라 인편으로 전한 편지였다. 나는 얼른 편지를 읽어보았다.

오늘 밤이나 내일 밤 9시에 옛날 그 습지대에 있는 석회 가마 근처 수문 관리소 건물로 올 의향이 있는가? 겁이 난다면 오지 않아도 좋다. '당신의 숙부 프로비스'에 관한 정보를 원한다면 오는 게 좋을 거다. 누구에게도 얘기하지 말고 시간을 지키는 게 좋을 것이다. 반드시 혼자 와야 한다. 이 편지를 갖고 와라.

나는 의심이 들었지만 편지에 쓰인 대로 하기로 했다. 큰 모험을 앞두고 작은 모험 따위는 가볍게 생각했는지도 모른다. 게다가 '프로비스 숙부'에 관한 정보라는 말이 나를 유혹했다. 혹시 그 정보가 탈출에 도움이 되는 정보가 아닐까 하는 생각까지 들고 보니 이것저것 따질 겨를도 없었다. 편지에 쓰인 대로 하려면 서둘러야 했다. 내일은 탈출 준비를 위해 시간을 낼 수 없을 것이니 오늘이라야 했다. 시계를 보니 고향 행 오후 마차가 30분 안에 떠나게 되어 있었다.

나는 허버트에게 급히 고향에 다녀올 일이 생겼다는 쪽지를 남기고 부랴부랴 밖으로 나와 마차를 잡아타고 역마차 사무실로 내달렸다. 다행히 막 출발하려는 역마차를 잡아 탈 수 있었다.

고향 행 역마차에 승객은 나 혼자뿐이었다. 그제야 나는 좀 제정신이 들어 상황을 되돌아보았다. 탈출 계획에 들떠 있는 데다, 빨리 역마차를 타야 한다는 생각에만 사로잡혀서 내가 과연 편지에서 시킨 대로 해야 하는지 아닌지 따져볼 겨를도 없었던 것이다.

나는 '도대체 이름도 모를 사람에게서 느닷없는 편지를 받고 이렇게 허둥지둥 내려간다는 게 말이 되느냐, 지금이라도 당장 돌아가는 게 옳다. 지금은 그 어느 때보다 침착해야 할 때인데 이렇게 경솔하면 되느냐'라며 스스로를 질책했다. 하지만 '프로비스'라는 이름이 그 모든 것들을 눌러버렸다. 만일 그곳에 가지 않았다가 프로비스에게 무슨 피해를 입히게 된다면 스스로를 용서할 수 없을 것이라는 논리로 나는 자신을 설득했다.

마차에서 내리기도 전에 벌써 날이 저물었다. 나는 한적한 여관을 골라 저녁식사를 한 후 곧장 약속 장소로 갔다.


보름달이 떠 있었지만 습지대는 매우 어둡고 황량했다. 하지만 나는 그곳에 익숙했기에 깜깜한 밤이어도 길을 찾을 수 있었다. 습지대에 들어와서도 30분 정도 더 걸은 후에 나는 편지에서 정한 장소에 도착했다. 나는 수로 관리소의 문을 손으로 두드렸다. 아무 응답이 없었다. 나는 빗장을 벗기고 안으로 들어갔다. 탁자 위에 촛불 한 자루가 밝혀져 있었고 긴 의자 하나, 바퀴달린 침대가 하나 있었다. 나는 "아무도 없어요?"라고 소리쳤다. 하지만 아무 응답이 없었다.

나는 문 쪽으로 걸어갔다. 어느새 달은 구름에 가려졌고 비가 심하게 쏟아지고 있었다. 사방이 온통 어둠뿐이었다. '촛불이 밝혀져 있는 것으로 보아 분명 사람이 있었던 것 같은데……'라고 생각하며 나는 다시 안으로 들어갔다. 나는 촛불 심지를 확인하기 위해 촛불을 들어올렸다. 그 순간, 갑자기 촛불이 확 꺼져버렸다. 내가 뒤를 돌아볼 사이도 없이 내 목에는 이미 올가미가 걸려 있었다. 이어서 착 가라앉은 목소리가 들렸다.

"이놈, 이제야 잡았다."

나는 몸부림을 치며 소리를 질렀다.

"아니 이게 뭐하는 짓이야! 당신 누구야? 사람 살려! 사람 살려!"

하지만 아무 소용이 없었다. 나는 곧바로 벽에 걸려 있는 사다리에 꽁꽁 묶이고 말았다. 다시 한 번 목소리의 주인공이 말했다.

"어디 한 번 또 소리쳐 보시지. 단번에 요절을 내줄 테니."

급습을 당한데다 팔의 통증으로 나는 정신이 하나도 없었다. 게다가 그가 정말로 자기 말대로 할 것 같아 나는 조용히 있었다. 꽁꽁 묶인 부상당한 팔이 마치 불길에 펄펄 끓고 있는 것 같았다.

정체불명의 사나이는 건물의 덧문을 닫더니 전혀 서두르는 기색 없이 부싯돌로 불을 붙였다. 불빛에 그의 얼굴이 보였다. 올릭이었다. 나는 정말 위험한 궁지에 몰렸음을 직감했다. 나는 그에게서 시선을 떼지 않았다.

그가 입을 열었다.

"이제야 네놈을 잡았다."

"도대체 왜 이러는 거야? 제발 날 풀어줘."

"풀어달라고? 겨우 여기까지 혼자 오도록 유인했는데 풀어달라고? 이 원수 같은 놈을 풀어달라고? 내 일자리를 잃게 만든 놈을 풀어달라고?"

"그럴 수밖에 없었어."

"그뿐인 줄 아냐? 너는 아이 때부터 이 올릭 영감의 앞길을 가로 막는 방해꾼이었어. 네가 죽어야 내가 마음대로 활개를 칠 수 있어. 넌 이제 죽은 목숨이야. 난 네놈의 옷가지 하나, 뼛조각 하나도 남기지 않을 거다. 난 너를 석회더미에 처넣을 거야."

나는 꼼짝없이 죽은 목숨이라고 생각할 수밖에 없었다. 그러자 내가 죽은 뒤에 있을 일들이 떠오르기 시작했다. 에스텔라의 아버지는 내가 자기를 버리고 도망갔다고 생각할 것이다. 허버트조차도 나를 의심할지 모른다. 조와 비디는 내가 그들에게 얼마나 미안해했는지 영영 모를 것이다.

나는 코앞에 닥친 죽음이 두려웠다. 하지만 그보다 두려운 건 내가 죽은 이후에 나에 대해 사람들이 품게 될 오해였다. 아아, 아직 태어나지도 않은 아이들, 그래, 에스텔라의 아이들에게도 나는 경멸을 받겠지!

순간 올릭이 마치 내 생각을 방해하려는 듯 말했다.

"생각만 해도 이가 갈리던 네놈을 그냥 쉽게 죽이진 않을 거다. 네놈을 괴롭히면서 그 꼬락서니를 실컷 즐기다가 죽일 거다. 이 원수 같은 놈."

나는 그에게 애원 같은 건 하고 싶지 않았다. 하지만 할 수만 있다면 기회를 봐서 저항하리라고 마음먹었다. 그는 전부터 술을 마시고 있었는지 눈이 벌겋게 충혈되어 있었다. 그는 또다시 술병을 입에 가져다 대고 벌컥벌컥 마시기 시작했다. 지독한 독주 냄새에 진저리가 쳐졌다.

그가 팔짱을 끼며 말했다.

"이 원수 같은 놈아. 죽기 전이니까 내가 다 말해주지. 네놈의 그 잔소리꾼 누나를 그렇게 만든 건 바로 너다."

순간 나는 번쩍 정신이 들었다. 내가 올릭에게 외쳤다.

"그렇구나, 바로 네놈 짓이구나!"

"분명히 말하지만 그건 네가 저지른 짓이야. 바로 네놈 때문에 벌어진 일이라고."

그가 옆에 두었던 총의 개머리판을 휘두르며 말을 이었다.

"이 올릭 영감이 네 누나를 뒤에서 공격했다. 한 방 제대로 갈겼지. 그대로 죽었어야 하는 건데……. 하지만 그 짓을 한 건 이 올릭 영감이 아냐. 바로 너야. 네놈만 총애를 받고 나는 두들겨 맞기만 했어. 골탕을 먹기만 했다고. 그렇게 만든 건 바로 너야. 그러니 너는 이제 대가를 치러야 해."

그는 다시 술을 들이켰고 그만큼 더 난폭해졌다. 그는 나를 끝장내기 위해 술의 힘을 빌리고 있는 것 같았다.

그가 다시 나를 내려다보며 말했다.

"어차피 죽을 몸이니 내가 선심 써서 다 말해주지. 이놈아, 그날 밤 계단에서 너를 걸려 넘어지게 한 것도 바로 나다."

내 머릿속에 어둠 속의 계단이 보였다. 그런데 올릭이 어떻게 거기에 있었단 말인가? 그가 내 생각을 읽은 것처럼 말을 이었다.

"올릭이 어떻게 거기 있었는지 궁금하지? 네놈이 나를 이 고장에서 잘도 몰아냈지? 나는 네놈을 죽이려고 굳게 결심했다. 그래서 너를 죽 감시했다. 그런데 너를 감시하다가 그놈의

'숙부 프로비스'를 발견한 거지. 뭐, 숙부? 웃기는 짓이지. 나는 네놈을 내 엄지손가락 하나로 내동댕이칠 수 있을 때부터 죽 봐왔어. 그런데 무슨 숙부?

헤헤, 내가 그 잘난 네 숙부의 정체를 어떻게 알았는지 궁금하지? 이 올릭 영감이 네 누나를 내리친 족쇄, 그걸 내가 우연히 습지에서 주웠거든. 그 프로비슨가 뭔가 하는 친구가 그 족쇄의 주인이라며?"

그가 이죽대며 촛불을 내 얼굴 가까이 들이대는 바람에 나는 얼굴을 옆으로 돌렸다.

"왜 피하시나? 이야기를 마저 들어야지. 네놈이 나를 고향에서 몰아낸 후 나는 새로운 친구들을 사귀었지. 내게 편지를 써주는 친구도 있어, 알겠어? 편지를 써준다고! 그것도 수십 명의 필체로 써줄 줄 알아.

그 친구 이야기를 해줄까? 아마 마지막 이야기가 될 거야. 올릭 영감이 네 원수인 것처럼 네 숙부 프로비스에게도 원수가 있지. 네 숙부 이름을 내가 알지. 매그위치, 그래, 그 매그위치와는 이 땅 위에서 함께 살 수 없다고 생각하는 사람이 있어. 매그위치가 외국에 나가 있을 때도 그 소식에 늘 귀를 기울이고 있던 사람이지. 매그위치, 네 숙부 프로비스, 콤피슨을 조심해야 할 거다."

그가 그런 이야기를 해줄수록 확실해지는 것이 있었다. 그가 나를 죽이려는 게 단순한 협박이 아니라는 사실이었다. 나를 완전히 끝장 낼 심산이 아니었다면 그런 이야기들을 내게 다 해줄 리 없었다.

그는 방 안을 왔다갔다 하며 술을 마셨다. 이윽고 마지막 술 한 방울마저 다 마셔버린 후 그는 손잡이가 달린 돌망치를 집어 들고 천천히 나를 향해 다가왔다.

나는 마음속에 다짐했던 대로 한 마디도 애원의 말은 하지 않았다. 대신 젖 먹던 힘을 다해 고함을 지르며 발버둥을 쳤다. 움직일 수 있는 건 오로지 머리와 두 다리뿐이었다. 위기에 처하면 자신도 모르는 힘이 나오는 법이던가? 내 저항이 생각보다 강해서인지 그가 잠시 주춤했다.

바로 그 순간이었다. 사람들 외침소리가 들리더니 이어서 사람들이 등불을 든 채 문을 박차고 들어왔다. 이어서 사람들과 올릭 사이에 격투가 벌어졌다. 하지만 올릭은 훌쩍 탁자 위를 뛰어넘더니 어둠속으로 도망쳐 버렸다. 나는 그대로 정신을 잃었다.

내가 정신이 돌아오자 내 눈에 허버트와 스타톱과 양복점 주인 트랩의 모습이 보였다.

허버트가 내 상처를 응급처치해준 후에 우리는 읍내로 돌아왔다. 돌아오는 길에 나는 허버트와 스타톱이 어떻게 그곳에 나타나게 되었는지 설명을 들을 수 있었다. 사실은 내 실수 덕분이었다. 내가 황급히 집을 나서느라 문제의 그 편지를 개봉한 채 내 집에 떨어뜨렸고 그가 그것을 본 것이었다. 그리고 허버트는 사태가 심상치 않음을 느끼고 전세마차를 불러서 황급히 이곳으로 왔으며, 마침 길에서 트랩을 만나 그곳까지 안내를 받은 것이었다.

나는 내 친구들에게 올릭에게서 들은 이야기를 모두 해주었다. 생각 같아서는 당장 경찰청에 신고해서 올릭을 잡아들이고 싶었다. 하지만 지금 당장 급한 것은 프로비스를 무사히 외국으로 탈출시키는 일이었다. 더욱이 올릭의 말대로 콤피슨이 가까이서 프로비스를 노리고 있다지 않는가? 우리는 사륜마차를 타고 바로 런던으로 올라왔다.

다음 날 나는 하루 종일 자리에 누워 있었다. 이윽고 수요 일 아침이 밝아왔다.

# 6

그날은 태양이 뜨겁게 빛나고 바람은 차가운 3월의 어느 날이었다. 나와 허버트와 스타톱은 모두 두꺼운 모직 상의를 걸쳤다. 그리고 나는 가방을 들고 있었다. 나는 가방에 간단한 필수품들만 챙겨 넣었다. 내가 어디로 가게 될지, 어떤 일을 하게 될지, 언제 돌아오게 될지 확실한 건 아무것도 없었다. 하지만 그런 문제로 초조하지는 않았다. 내 신경은 오로지 프로비스의 안전에만 쏠려 있었다.

우리는 천천히 템플 선착장으로 내려갔다. 우리는 모두 보트에 올랐다. 8시 반이었고 만조 때였다. 허버트가 뱃머리에 앉고 나는 키를 잡았다. 우리는 9시에 강 하류를 향해 바뀌는 조류를 타고 오후 3시까지 흘러간 다음, 조류의 흐름이 바뀌면 어두워질 때까지 노를 저어나갈 예정이었다. 그렇게 되면 그레이브스엔드 아래쪽의 켄트 주와 에식스 주 사이에 있는 유역에 도착할 수 있으리라고 생각했다. 그곳은 한적한 곳이었기에 여인숙에서 하룻밤 꼼짝 않고 머물기에 안성맞춤이었다. 그런 후 목요일 아침에 런던을 향해 출발하는 함부르크 행 기선이나 로테르담행 기선에 오를 예정이었다.

계획을 빈틈없이 세우고 나니 만사가 다 이루어진 것처럼 안심이 되었고 앞날에 대한 희망까지 생기는 것 같았다. 우리는 드디어 프로비스와 만나기로 한 풀 구역의 선착장이 보이는 곳에 이르렀다. 우리가 선착장에 닿자 기다리고 있던 그가 보트에 올라탔다. 그는 선원용 망토를 입고 있었고 검은색 가방을 들고 있었다.

그가 자리에 앉으며 내 어깨에 손을 얹고 말했다.

"애야, 약속을 지켰구나. 고맙다, 정말 고마워."

우리는 겹겹이 늘어서 있는 배들 사이를 들락날락하며 보트를 저었다. 이제 런던교 근처로 가서 기선에 오르기만 하면 만사 오케이였다. 주위를 조심스럽게 살펴보았지만 어떤 보트도 우리를 따라오지 않았고 주목하는 보트도 없는 것 같았다. 허버트와 나, 그리고 스타톱은 주위를 열심히 살폈지만 정작 태평한 사람은 당사자인 프로비스였다. 그는 늘 위험과 함께 하며 살아왔기에 위험 자체를 대수롭지 않게 생각하는 것 같았다.

그가 말했다.

"얘야, 내가 저 멀리 다른 세상에서 살고 있을 때, 나는 늘 이쪽만 바라보고 살았단다. 내가 아무리 부자가 되었지만 그곳의 삶은 갑갑하고 따분했어. 모든 사람들이 매그위치를 알 정도로 나는 유명했지. 그리고 마음먹은 대로 아무 곳이나 오 갈 수 있었어. 사람들이 아무 신경도 안 썼지. 그런데 여기서 는 사람들이 나를 아주 불편하게 여기는구나."

"몇 시간 후면 다 잘될 거예요. 완벽한 자유를 누릴 수 있을 거예요."

"글쎄다. 나도 그랬으면 좋겠다. 하지만 나는 지금보다 더 평온하고 태평한 데서 살게 되면 당황할지도 몰라. 그런 적이 별로 없었으니까. 심심할지도 모르고. 아무튼, 얘야. 이 강물 밑이 안 보이지? 우리 앞길도 마찬가지야. 앞으로 몇 시간 후에 무슨 일이 생길지 우리는 알 수 없는 법이란다. 이 물은 우리가 잡을 수 없잖니? 그 몇 시간의 흐름도 이 강물처럼 우리가 잡을 수는 없어."

그는 평온한 표정으로 파이프를 피우며 우리가 이미 영국 밖에 나와 있는 듯 느긋하게 앉아 있었다. 앞으로 무슨 일이 생길지 알 수 없다는 그의 말은 걱정에서 하는 말이 아니었다. 무슨 일이 생겨도 받아들일 준비가 되어 있다는 말처럼 나는 느꼈다.

공기는 차가웠지만 날씨는 맑았고 햇살도 화창하게 내리쬐고 있었다. 우리는 도중에 가끔 선착장에 멈춰 서서 준비한 음식물을 먹으며 휴식을 취했다. 조류를 거슬러 노를 저으려면 힘이 필요했기 때문이었다. 우리는 해가 질 때까지 노를 젓고 또 저었다. 강기슭 너머로 지는 해가 보이더니 금방 어둠이 내리기 시작했다. 멀리 솟아있는 언덕들만 보일 뿐 가끔 눈에 띄는 갈매기를 제외하고는 아무것도 보이지 않았다.

이제 우리 계획대로 제일 먼저 눈에 띄는 여인숙을 잡아서 하룻밤 묵으면 될 것이었다. 우리는 7~8킬로미터를 더 노 저어 나아갔다. 어두워지니까 꼭 뒤에서 누가 추격해오는 것 같았다. 드디어 우리는 어렴풋한 불빛과 지붕을 발견했다. 여인숙이었다. 우리는 곧 자그마한 둑에 보트를 댔다. 우리는 보트에서 노, 키, 갈고리 장대 등의 물건들을 꺼낸 후 보트를 뭍으로 끌어당겨놓았다. 그리고 모두 함께 내려 여인숙으로 갔다. 정말 외진 곳이었다. 우리는 부엌 난롯가에 앉아 아주 맛있게 식사를 했다.

우리가 확인한 일정대로라면 다음 날 오후 1시쯤 우리가 목표로 하고 있는 기선이 나타나게 되어 있었다. 우리는 기선이 나타나기 한 시간 전까지 이곳에서 기다리다가 보트를 타고 기선 쪽으로 다가가기로 계획을 세웠다. 그런 후 우리는 모두 잠자리에 들었다.

다음 날 12시쯤 우리는 모두 보트에 올라 기선의 항로를 향해 노를 젓기 시작했다. 우리는 모두 기선의 연기가 보이는지 앞을 주시했다. 예상보다 30분 늦은 1시 반이 되어서야 기선의 연기가 보였다. 곧 이어 또 다른 기선의 연기도 보였다. 두 기선은 전속력으로 다가오고 있었다. 나와 프로비스는 각각 가방을 들고 보트 안에서 허버트와 스타톱과 작별 인사를 했다. 우리는 눈물이 글썽한 채 진심어린 악수를 나누었다. 이제

나와 프로비스가 기선에만 오르면 만사형통이었다.

그런데 바로 그 순간이었다. 어디 숨어 있었는지 네 명이 노를 젓는 갤리선이 우리와 별로 멀리 떨어져 있지 않은 강둑 밑에서 불쑥 나타났다. 갤리선은 우리 보트와 같은 방향으로 노를 저어 나아가고 있었다.

기선이 우리 시야에 들어왔다. 나는 허버트와 스타톱에게 기선 쪽에서 우리가 기다리고 있는 걸 알 수 있도록 조류를 타고 계속 흘러가라고 말했다. 그리고 프로비스에게는 망토로 몸을 감싸고 그대로 있어달라고 말했다. 그는 명랑한 표정으로 조각상처럼 앉아 있었다.

그사이 갤리선이 우리를 따라잡았고 두 배가 나란히 가게 되었다. 갤리선에는 노를 젓는 사람 네 명 외에 두 명이 더 타고 있었으며 그중 한 명이 키를 잡고 우리를 살펴보고 있었다. 또 한 명은 프로비스처럼 외투로 몸을 감싼 채 몸을 웅크리고 있었다. 나는 그가 우리를 바라보며 키잡이에게 무언가 귓속말로 속삭이는 것을 보았다.

몇 분 뒤 스타톱은 앞에서 오는 기선이 함부르크 행이라고 우리에게 알렸다. 기선은 빠른 속도로 다가와 그 그림자가 우리 보트를 덮을 정도가 되었다. 그때였다. 갤리선의 키잡이가 우리를 향해 고함을 쳤다.

"어이, 당신들! 그 안에 불법 귀국한 유형수가 있는 것 알고 있어. 저기 망토를 뒤집어쓴 자가 바로 그자야! 에이블 매그위치! 너를 체포한다."

그러면서 그는 갤리선을 우리 보트에 부딪혔다. 그러더니 자기들 배를 우리 보트에 걸쳐 놓았다. 순식간에 벌어진 일이었다. 그러자 기선 위에서는 큰 소동이 일었다. 배를 멈추라는 고함소리가 들렸지만 기선은 관성의 힘으로 계속 우리를 향해 돌진했고 소용돌이가 사납게 일었다.

그때 갤리선 키잡이가 프로비스의 어깨에 손을 댔다. 순간 우리 보트와 갤리선이 모두 기선이 내는 파도에 빙그르르 돌았다. 그때였다. 프로비스가 벌떡 일어났다. 그는 자신을 체포하려던 자 너머로 훌쩍 몸을 던지더니 갤리선에 몸을 웅크리고 앉아 있던 자의 목덜미에서 망토를 벗겨냈다. 나는 그 자가 지난 날 수로 도랑에서 보았던 또 다른 탈주자의 얼굴임을 알 수 있었다.

그의 얼굴은 하얗게 질려 있었다. 그때 뭔가가 풍덩 물에 빠지는 소리가 들렸고 내 바로 밑에서부터 우리 보트가 가라 앉기 시작했다. 찰나의 순간에 벌어진 일이었다.

나는 곧 갤리선 위로 끌어올려졌다. 허버트와 스타톱은 이미 갤리선 위에 있었다. 그러나 우리의 보트는 이미 사라진 뒤였고 두 죄수의 모습도 보이지 않았다.

갤리선을 젓는 자들은 노련했다. 그들이 신속하게 노를 젓자 갤리선은 재빨리 기선이 내는 파도의 소용돌이 밖에서 벗어났다. 그런 후 모두 배 앞 쪽 강물 속을 들여다보았다. 그 속에서 조류를 타고 갤리선 쪽으로 다가오는 검은 물체가 보였다. 키잡이가 손을 들자 노잡이들이 조용히 강물을 거슬러 올라갔다. 그 검은 물체는 매그위치였다. 갤리선의 사람들은 그를 갤리선 위로 끌어올렸고 그의 손목과 발목에는 곧바로 쇠고랑이 채워졌다.

기선이 사라지자 갤리선의 사람들은 열심히 물속을 살폈다. 그러나 아무런 기척이 없었다. 그들은 포기하는 수밖에 없다고 생각하고 뭍으로 배를 저었다. 우리가 떠났던 여인숙으로 돌아간 것이다. 매그위치는 가슴에 심한 부상을 입었고 머리에도 깊게 찢어진 상처가 있었다.

매그위치는 곁에 앉은 내게 낮은 목소리로 어떤 일이 벌어졌는지 힘겹게 말해주었다. 그 내용은 다음과 같다.

그는 기선 아래에서 강물 위로 오르다가 배 밑에 머리를 부딪친 것 같다고 했다. 가슴의 부상은 갤리선 옆구리에 부딪쳐서 입었다고 했다. 그는 자신이 콤피슨에게 했을 수도 있고 하지 않았을 수도 있는 일에 대해서는 굳이 말하려 하지 않았다. 다만 그의 망토를 잡아채는 순간 놈이 비틀거리며 일어나 뒷걸음질 치는 바람에 함께 강물로 떨어지게 된 것이며, 키잡이가 자기를 억지로 잡아두려고 애쓰는 바람에 보트가 뒤집혀버렸다는 것이었다. 그는 그렇게만 말했지만 아마 격렬한 격투가 벌어졌으리라. 그 뒤의 상황은 그냥 상상만 할 수 있을 뿐이었다.

경관은 매그위치의 소지품을 모두 압수했다. 그리하여 한때 내 수중에 있던 그의 돈지갑도 경관에게 넘어가게 되었다. 내가 그 돈을 쓰지 않겠다며 그에게 돌려주었던 것이다. 경관은 내가 런던까지 동행해도 좋다는 호의를 베풀었다. 하지만 내 친구 두 명까지 함께 가는 것은 곤란하다고 했기에 나는 두 친구와 헤어질 수밖에 없었다. 두 친구는 육로로 런던으로 돌아가기로 했다.

나는 갤리선 매그위치 옆에 앉았다. 이제 그에 대한 혐오감은 모두 사라지고 없었다. 쇠고랑을 찬 채 내 손을 꼭 쥐고 있는 그는 오로지 내 은인이 되고자 했던 사람이었다. 그는 긴 세월 동안 나를 향한 한결 같은 애정을 간직했던 사람이었다. 나에게 고마워하며 나에게 너그럽기만 하던 사람이었다. 내가 조에게 보여주었던 모습과는 너무나 다른 고귀한 인간의 모습을 내게 보여준 사람이었다.

밤이 되자 그는 숨쉬기도 힘들어하며 고통스러워했다. 나는 내 한쪽 팔에 그를 편하게 기대게 해주는 것 외에 아무것도 해줄 것이 없었다. 그냥 차라리 죽는 게 나을 것 같다는 생각을 하니 가슴이 저려왔다. 그는 탈옥을 했던 자이고, 다시 재판을 받은 자이며, 종신형을 선고받고 유배형을 떠났다가 돌아온 자였다. 게다가 범인을 체포할 수 있게 해준 자를 죽게 만든 자였다. 아무리 생각해도 관대한 처분을 기대할 수 없는 처지였다.

그가 내게 말했다.

"얘야, 나는 그런 위험을 무릅썼던 일에 대해 아주 만족하고 있단다. 나는 내 꼬마를 본 거야. 이제 그 아이는 내가 없어도 신사가 될 수 있을 거야.”

아니었다. 나는 적어도 그가 생각하고 있던 신사는 될 수 없었다. 그가 유죄 판결을 받게 되면 그의 재산은 모두 국왕의 재산으로 몰수될 것이라고 웨믹이 이미 내게 알려주었다. 그는 자주 만약의 사태에 대비해서 그에게서 동산을 받아놓으라고까지 했었다. 동산은 물론 현금을 말한다.

그는 내 생각을 아는지 모르는지 계속 말했다.

“얘야, 너 같은 신사가 나하고 아는 사이라는 건 사람들이 모르는 게 좋아. 그러니 그저 우연히 웨믹을 따라온 것처럼 가끔 나를 보기나 하렴. 내가 마지막 맹세를 하게 될 때 내가 네 모습을 볼 수 있게만 해주렴. 그러면 더 이상 바랄 게 없단다.”

“아저씨, 아저씨가 제게 그랬듯이 저는 아저씨 곁에 늘 머물 겁니다.” 나는 진심으로 대답했다.

내 손을 잡고 있는 그의 손이 떨리는 것을 느꼈다. 그는 보트 바닥에 누워 나를 외면했다. 나는 나를 부자로 만들어주겠다는 그의 희망이 물거품이 되었다는 사실을 그에게 말해주지 않았다. 그건 그가 알 필요도 없고 알아서는 안 될 사실이기도 했다.

그는 다음날 구치소로 끌려갔다. 재판은 한 달 뒤에 열릴 예정이었다.

그러던 어느 날 허버트가 침울한 표정으로 나를 찾아와 말했다.

"헨델, 유감스럽게도 너와 곧 작별해야 할 것 같다. 곁에서 너를 도와야 할 때에 너를 떠난다는 게 마음 아프지만 어쩔 수 없어. 이번에 카이로에 가지 않는다면 영영 기회를 놓치게 될 거야."

"허버트, 난 늘 너를 필요로 할 거야. 늘 너를 사랑할 거고. 하지만 지금이라고 해서 특별히 더 네가 필요한 건 아니야."

"그래, 너는 씩씩하게 이겨낼 거야. 하지만 헤어지기 전에 하나만 물어보자. 좀 거북한 질문이야. 너 네 장래에 대해 생각은 해봤니?"

"아니. 어떤 식으로든 내 장래 생각을 한다는 게 두려워."

"하지만 장래를 외면하고 살 수는 없는 법이야. 정말 친구로서 호의에서 하는 말이니 좀 참고 들어볼래?"

"그래, 무슨 말이든 다 들을 게."

"우리 회사 그 지점에 말이다, 헨델. 사람이 꼭 필요한 자리가 하나 있는데……."

"사무직원이겠지?"

"그래, 사무직원. 네가 그 자리에서 일을 하게 되면 동업자 지위로 올라설 가능성이 많다고 봐. 자, 헨델, 간단히 말할게. 내게 와주겠니?"

나는 그에게 진심으로 고맙다고 말했다. 하지만 지금 당장 확답은 할 수 없다고 말했다. 내게는 아직 어떤 막연한 생각이 하나 남아 있었고 그걸 해결하지 않으면 어떤 결정도 할 수 없었기 때문이었다.

"허버트, 잠시 그 문제를 미룰 수는 없겠니? 당장 결정해야만 돼?"

"아냐, 시간이 얼마 걸려도 상관없어. 6개월도 좋고 1년도 좋아."

"그리 오래 걸릴 일도 아냐. 기껏해야 두세 달 정도일 거야."

나와 허버트는 그렇게 헤어졌다.

아참, 한 가지 더 이야기할 게 있다. 어느 날 웨믹이 무슨 일인지 말해주지도 않은 채 아침 8시까지 자기 집으로 와달라고 했다. 네 시간만 시간을 내달라는 것이었다. 그의 집으로 가니 그는 나와 산책을 하자고 했다. 우리가 캠버웰그린 녹지로 가자 교회가 나타났다. 그러자 그가 말했다.

"어, 여기 교회가 있네. 한번 들어가볼까요?"

나는 무작정 따라 들어가는 수밖에 없었다.

교회 안으로 들어가더니 그는 상의 주머니에서 장갑을 꺼냈다. 그러더니 그가 말했다.

"오호, 여기 장갑이 있네. 우리 한 켤레씩 껴볼까요?"

나는 그제야 이거 무슨 일이 있긴 있구나, 하는 생각이 들었다. 그때였다. 그의 노친이 숙녀 한 명을 에스코트하면서 교회로 들어섰다. 그러자 웨믹이 말했다.

"오호, 여기 미스 스키핀스가 있네. 우리 결혼이나 합시다."

그는 그렇게 결혼을 했다. 나는 신랑의 보증인이자 들러리 역할을 한 것이다. 결혼식을 마치고 식사를 한 후 헤어질 때 그가 내게 말했다.

"이건 순전히 월워스 식으로 한 겁니다."

"알았습니다. 리틀 브리튼에서는 입도 뻥긋 안 하겠습니다."

제3부
**319**

"고맙습니다. 재거스 씨가 이 사실을 알게 되면 아마 내 뇌가 물렁해졌거나 그 비슷해졌다고 생각할 겁니다."

역시 웨믹다웠다.


프로비스는 수감된 이후 내내 감옥에 누워 있었다. 갈비뼈 두 대가 부러졌으며 폐에도 손상을 입은 상태였다. 내가 찾아가도 그는 거의 말을 하지 않았다. 아니, 말을 할 수 없었다. 내가 알고 있는 소식을 들려주거나 책을 읽어주면 그는 가만히 듣고만 있었다.

그는 병세가 중해서 일반 감방에서 병동 감방으로 이송되어 있었다. 덕분에 나는 그와 자주 있을 수 있게 되었다. 하지만 그는 날이 갈수록 초췌해졌으며 병세가 악화되어갔다.

그와 더 자주 지내게 되면서 나는 그가 좀 더 좋은 환경에서 자랐더라면 훨씬 더 나은 사람이 되었으리라는 확신을 갖게 되었다. 하지만 정작 그 자신은 그런 이야기는 입도 뻥끗하지 않았다.

그 와중에도 재판은 열렸고 그는 사형선고를 받았다. 재거스 씨의 재능도 아무런 힘을 발휘하지 못했다. 나는 장관 등 여러 사람에게 「탄원서」를 보냈고 심지어 국왕에게도 「탄원서」를 보냈지만 아무 소용이 없었다.

일단 사형이 확정되자 면회시간은 점점 짧아졌으며 그에 대한 감시도 심해졌다. 하루하루가 흘러갈수록 그의 얼굴에서 밝은 빛이라고는 찾아볼 수 없게 되었다. 그는 평온하게 흰 천장만 바라보았으며 내 말에 잠깐 얼굴이 밝아졌다가 다시 어두워지곤 했다. 그는 말 대신 내 손을 약하게 누르는 것으로 대답을 대신했다. 하지만 그것만으로도 나는 그의 의도를 잘 파악할 수 있었다.

그의 사형이 확정된 후 열흘 정도 지났을 때였다. 내가 들어가자 그가 눈을 반짝 빛냈다. 그리고 놀랍게도 그가 말을 했다.

"얘야, 네가 늦는 줄 알았구나. 하지만 그럴 리 없다고 생각했지. 넌 늘 면회 시간에 늦지 않으려고 문에서 기다리지?"

"맞아요. 단 한 순간도 놓치고 싶지 않아요."

"고맙다, 얘야. 정말 고마워. 하느님의 축복이 내릴 거다. 넌 나를 버리지 않았어, 핍."

나는 아무 말 없이 그의 손을 꼭 잡았다. 한 순간 그를 버리기로 마음먹었던 때가 있었던 것이 생각났다.

"얘야. 내가 시커먼 먹구름 아래 있게 된 이후로 넌 늘 내 옆에 있었던 셈이란다. 네가 내 옆에 있다는 생각이 들면 햇빛이 밝게 비칠 때보다 내 마음이 더 편했어. 그게 내게는 가장 기쁜 일이었어."

그는 가쁘게 숨을 몰아쉬었다. 그의 얼굴에서 점점 생명의 빛이 꺼져 가고 있는 게 분명히 느껴졌다.

내가 말했다.

"아저씨, 많이 힘드시지요?"

"난 그 어떤 일에도 불평하지 않으련다, 애야."

"아저씨는 결코 불평하신 적이 없으시지요."

그게 그의 마지막 말이었다. 그는 미소를 지었다. 나는 내 손을 그의 가슴에 올려놓았다. 그는 다시 미소를 지으며 내 손 위에 자신의 두 손을 포갰다.

주어진 면회 시간이 다 되었다. 뒤를 돌아보니 교도소장이 가까이 서 있었다. 그가 내게 속삭였다.

"아직 안 나가도 됩니다."

그 말과 함께 교도소장은 뒤로 물러났고 간수에게도 자리를 피하라고 말했다. 그는 애정이 가득한 눈으로 나를 바라보고 있었다.

내가 그에게 말했다.

"사랑하는 매그위치 아저씨, 마지막으로 제가 아저씨께 드릴 말씀이 있어요. 제 말 알아들으시겠어요?"

그가 내 손을 살짝 누르는 느낌이 전해졌다.

"아저씨, 아저씨에게 딸아이가 있었지요? 사랑했지만 잃어버렸던 딸아이요."

그가 내 손을 조금 더 세게 눌렀다.

"그 딸이 지금도 살아 있어요. 훌륭한 사람 밑에서 자랐고요. 숙녀가 되었고 아주 아름답답니다."

나는 심호흡을 했다.

"그리고 아저씨, 내가 그녀를 사랑한답니다."

그는 안간힘을 쓰면서 내 손을 자기 입술에 갖다 댔다. 그러고 난 후 천천히 내 손을 다시 자기 가슴 위에 올려놓은 뒤 자신의 두 손을 포갰다. 천장을 바라보는 그의 얼굴이 더없이 평온했다. 그는 머리를 가슴 위로 조용히 떨어뜨린 채 세상을 떠났다.

그 순간 그와 함께 읽었던 성경 구절이 떠올랐다. 지금 그의 침대 옆에서 내가 해줄 수 있는 말은 그것밖에 없었다.

"오, 하느님! 죄인인 그에게 부디 자비를 내려주옵소서!"

# 7

　　나는 이제 철저히 혼자가 되었다. 나는 임대 기간이 끝나기 전에 템플의 거처를 떠나겠다고 주인에게 통보했다. 나는 즉시 내 방들을 전대(轉貸)한다는 광고문을 창문에 내붙였다. 나는 빚투성이였고 수중에는 한 푼도 없었다.

　　나는 앓아 누웠다. 그동안 긴장상태에서 억눌려 있던 병이 일순간 엄습해온 것이다. 나는 이틀간을 방바닥에 누워 있었다. 머리는 무거웠고 팔다리는 쑤셨으며 아무런 목적의식도 없었고 아무런 기력도 남아 있지 않았다.

　　나는 완전히 비몽사몽간을 헤매고 있었으며 현실과 환영

이 구분이 되지 않는 상태에 있었다. 내가 그런 멍한 상태에서 겨우 깨어났을 때 나는 두 남자가 누워 있는 나를 내려다보고 있는 것을 알았다. 아마 한참을 그렇게 기다린 것 같았다.

나는 기운 없는 목소리로 물었다. "처음 보는 분들 같은데 무슨 일이시지요?"

"당신이 곧바로 해결해야할 문제 때문에 왔소. 어쨌든 당장 당신을 구류해야겠소."

"빚이 얼만데요?"

"123파운드 15실링 6펜스요. 보석상이 청구한 금액이요. 지금 당장 돈이 없으면 채무자 유치장으로 가야할 거요."

나는 일어나려고 애썼다. 그러나 곧바로 다시 쓰러져서 정신을 잃고 말았다. 아니다. 아예 정신을 잃은 것은 아니다. 그들이 나를 데려가는 일을 포기한 것이 어렴풋이 떠오르는 것으로 보아 반은 의식이 남아 있었던 것 같다.

그 후 나는 또다시 비몽사몽간을 헤맸다. 비몽사몽간에 수많은 사람들의 얼굴이 나타났고 수많은 환영들이 나타났다. 그러나 정말 이상한 일이 한 가지 있었다. 그 환영들은 언제나 마지막에는 조의 얼굴로 바뀌어버리는 것이었다. 그 환영들은 꼭 조는 아니더라도 최소한 조와 닮은 얼굴을 하고 있었다.

병세가 최악으로 치달았다가 반환점을 돈 모양이었다. 나는 겨우 비몽사몽 상태에서 벗어났다. 그러나 모든 증상이 바뀌고 사라졌어도 마지막에 조의 형상이 나타나는 증세는 여전했다. 밤에 눈을 떴을 때도 침대 옆 의자에 앉아 있는 조의 형상이 보였다. 낮에 눈을 뜨니 창문 옆 긴 의자에 앉아 파이프를 물고 있는 조의 형상이 보였다. 나는 "물 좀 줘"라고 그 형상에게 말했다. 그러자 그 형상이 벌떡 일어났다. 나는 환영을 보고 있다고 생각했다. 나는 꿈속에서인 양 그가 갖다준 물을 마셨다. 그리고 다시 베개 위로 풀썩 쓰러졌다. 그런데 조가 나를 애정 어린 표정으로 내려다보고 있었다.

그렇다, 환영이 아니라 정말 조였다. 실제로 조가 나를 내려다보고 있었던 것이다.

내가 힘없이 말했다.

"정말 조야? 조가 거기 있는 거야?"

그러자 그리도 그립던 옛 목소리가 들렸다.

"그래, 조라네, 친구."

조는 내가 정신을 차리고 자기를 알아본 게 기뻐서 얼굴을 숙이고 내 목에 팔을 둘렀다. 나는 죄책감에 그에게 말했다.

"오, 조! 나한테 화를 내야 돼. 이렇게 해주면 내 가슴이 더 찢어지는 것 같아. 차라리 나를 때려줘. 나는 배은망덕한 놈이야."

"그런데 말이네, 핍. 우리는 언제나 친구 사이였다네. 자네가 건강을 회복해서 밖으로 나갈 수 있다면 난 정말 신이 날 거야."

그 말을 한 후 조는 창가로 가서 눈물을 닦았다. 곧 이어 조가 빨개진 눈을 하고 내 곁으로 왔다. 나는 그의 손을 잡았고 행복감을 느꼈다.

"조, 나 얼마나 이러고 있었던 거야?"

"오늘이 5월 마지막 날이다, 핍. 내일은 6월 첫째 날이고."

도대체 얼마나 누워있었는지 계산도 되지 않았다. 나는 조에게 말했다.

"그러면 그동안 죽 여기 있었던 거야?"

"거의 그런 것 같다네. 네가 아프다는 소식을 우편배달부가 가져왔어. 그 사람은 전엔 혼자였는데 지금은 결혼했어. 신발 바닥이 닳도록 열심히 일했지만 여전히 박봉이야. 하지만 재산은 그의 관심이 아냐. 그는 진심으로 결혼을 바랐는데……." 장황한 말투에 화제가 샛길로 새는 그의 버릇은 여전했다. 그리고 그런 그의 말투를 듣게 된 게 나는 너무 기쁘고 행복했다.

그가 말을 계속했다.

"내가 비디에게 말했어. 네가 낯선 사람들 사이에 끼어서 살고 있을지 모르고, 또 너와 항상 친한 친구였으니 이럴 때 찾아가면 반갑게 맞아줄지도 모른다고. 비디의 대답은 '지체하지 말고 어서 가세요'였어. 비디가 바로 그렇게 말한 거지. 맞아, '단 1분도 지체하지 말고 어서 가세요'라고 했다고 하더라도 내가 비디의 말을 잘못 전달한 게 아닐 거야."

그런 후 그는 내게 식욕과는 상관없이 정해진 시간에 조금씩 음식물을 먹어야 한다고 주의 사항을 알려주었다. 나는 그의 손에 입을 맞춘 후 다시 조용히 누웠다. 그동안 조는 비디에게 편지를 쓰기 시작했다. 비디가 조에게 글 쓰는 법을 가르친 게 분명했다. 오! 조가 글을 쓰다니! 나는 기뻐서 눈물을 흘렸다.

그가 편지 쓰기를 마치고 내 곁으로 왔다. 나는 묻고 싶은 게 많았지만 우선 미스 해비섬의 안부부터 물었다.

"조, 미스 해비섬이 좀 회복됐어?"

내 질문에 조가 고개를 저었다.

"그녀가 죽었어, 조?"

조가 충고하는 말투로 아주 천천히 말했다.

"글쎄, 너도 알겠지만, 친구, 나는 그런 표현을 쓰지 않을 거네. 내가 말하기에는 좀 과한 표현이라네. 하지만 그녀는 더이상……."

"살아 있지 않다는 거야, 조?"

"그래, 그게 더 사실에 가까운 표현이야. 그녀는 더 이상 살아 있지 않아."

"조, 그녀의 재산이 어떻게 되었는지 들었어?"

"그러네, 친구. 재산처분이 다 끝난 것으로 보여. 에스텔라 양에게 다 꽁꽁 묶어둔 것 같아. 하지만 그 사고가 나기 전 그녀는 유서에 보충을 한 것 같아. 에누리 없이 4,000파운드를 매슈 포킷 씨 앞으로 남겼어. 그런데 미스 해비섬이 왜 그 사람에게 4,000파운드를 남긴 것 같니? 미스 해비섬이 문서에 이렇게 써놨어. '전술한 당사자 매슈 씨에 대해 핍이 했던 진술' 때문에 남긴다고."

그는 자신이 법률 용어를 쓴 데 대해 자부심을 느끼는 듯 다시 반복했다.

"'전술한 당사자 매슈 씨에 대한 핍의 진술' 때문이래. 그리고 에누리 없는 4,000파운드다, 핍!"

조가 에누리 없다는 표현을 쓰는 걸 나는 처음 보았다. 아마 그 표현으로 그 액수가 어마어마하다는 것을 보여주고 싶었을 것이다.

그의 설명을 듣고 나는 너무 기뻤다. 내가 했던 유일한 착한 일이 결실을 보게 된 것이었다. 조는 떠듬떠듬 미스 해비셤이 나머지 친척들에게 남긴 재산에 대해 내게 이야기해주었다. 조의 말을 듣고 그녀들도 유산을 받게 된 것을 나는 알았다. 하지만 새러 포킷만 그녀의 위장병 치료약을 사 먹으라는 명목으로 연간 25파운드를 받게 되었으며 나머지 친척들은 현금으로 50파운드 미만의 돈을 받았을 뿐이었다.

미스 해비셤 이야기가 끝나자 이번에는 내가 묻지도 않았는데 조가 뜻밖의 소식을 전했다.

"그런데 말일세, 너는 아직 건강하지 못해. 그러니, 친구, 오늘은 한 삽만큼의 이야기만 더 해주겠어. 올릭 영감, 그놈이 어느 집 문을 부수고 들어가 가택침입을 감행했어."

"누구네 집인데?"

"자네가 잘 아는 집이야. 그 사람이 허장성세로 가득 찬 태도를 갖고 있다는 건 인정해. 하지만 영국인의 집은 성과 같은 거야. 전쟁 때가 아니라면 성은 부서져서도 안 되고 침입당해서도 안 돼. 그 사람에게 아무리 결함이 많다고 하더라도 그는 진짜 곡물상이야."

"그럼 펌블추크 씨 집에 올릭이 침입했다는 거야?"

"바로 그렇다네. 그 일당은 그의 귀중품 서랍을 뒤졌고, 금고를 훔쳤고, 그의 와인을 마셨고, 그의 얼굴을 때리고 코를 잡아당겼어. 그들은 그를 침대 기둥에 묶었고 그를 여러 차례 때렸고 그의 입에 꽃들을 잔뜩 쑤셔 넣었어. 왜 그런지 알겠지, 핍? 소리 지르는 걸 막으려던 거야. 그런데 그가 올릭을 알아보았어. 올릭은 지금 군 교도소에 가 있어."

그의 보살핌 아래서 나는 건강을 회복했다. 그와 함께 있게 되자 나는 다시 꼬마 필립이 된 것 같았다. 그가 그만큼 다정하게 나를 돌보아주었던 것이다. 그는 모든 집안일을 홀로 처리했다. 심지어 세탁물도 세탁부에게 맡기지 않고 직접 그가 처리했다.

하지만 내가 건강을 회복하면서 안타까운 일이 발생했다. 내가 조금씩 튼튼해지면서 조가 나를 서서히 불편해하기 시작한 것이다. 내가 쇠약해져 어린애처럼 그에게 기대고 있을 때 그는 옛날처럼 나를 "이보게, 친구, 핍"이라고 마치 노래 가락처럼 친근하게 불렀다. 나 역시 옛날 말투로 돌아갔고 그러면서 행복해했다.

나는 건강을 회복하면서도 여전히 그 말투를 고수하고 있었지만 조의 말투는 미세하나마 조금씩 바뀌었다.

아아, 그것은 모두 내 책임이었다. 내가 건강해지고 잘 살수록 그에게 점점 냉담해지고 그와 멀어질 것이라는 생각을 내가 그에게 심어준 것이다. 그의 순수한 마음속에 내가 건강해질수록 그를 잡은 손이 느슨해지리라는 생각을 심어준 것은 바로 나였다! 내가 먼저 그의 손을 뿌리치기 전에 그가 먼저 손의 힘을 푸는 게 나을 것이라는 생각을 심어준 것은 바로 나였다!

내가 건강을 회복하자 우리는 템플공원으로 자주 산책을

나갔다. 물론 조가 나를 조심스럽게 부축했다. 그러던 어느 날 이제 혼자 걸을 수 있을 것 같아서 내가 조에게 말했다.

"이것 봐, 조! 난 이제 제법 기운차게 걸을 수 있어. 곧 나 혼자 힘으로 걸을 수 있게 될 거야."

그러자 조가 말했다.

"너무 무리하지 마, 핍. 하지만 그렇게 되면 나는 행복할 겁니다, 신사분."

나는 그의 마지막 말투와 호칭이 마음에 걸렸다. 그러나 내가 어찌 항변할 수 있단 말인가! 나는 공원 입구까지만 혼자 걷고 곧 걷기 힘든 척 조의 팔에 매달렸다. 조는 선선히 팔을 맡겼지만 무언가 생각에 잠겨 있었다.

나도 생각에 잠겼다. 변해가는 조를 어떻게 막지? 나는 현재의 내 처지를 그에게 다 털어놓고 싶었다. 내가 무일푼이며 빚만 잔뜩 지고 있다는 것, 그가 생각하는 신사와는 거리가 멀다는 것을 그에게 털어놓고 싶었다. 하지만 나는 그러지 못했다. 한구석으로는 부끄러워서 주저한 것도 사실이다. 하지만 그 이야기를 들으면 그가 내 빚을 갚아줄 게 너무도 분명해서 그에게 차마 말할 수 없었다. 나는 그가 열심히 모아놓은 얼마

안 되는 돈을 축내고 싶지 않았다.

그러나 이대로 지낼 수는 없었다. 내가 자초한 일이지만 조가 나를 가까이 하기 어려운 신사로 대접하면서 멀어져 가는 모습을 두고 볼 수는 없었다. 그날은 일요일이었다. 나는 한 주가 시작되는 다음 날 아침 그에게 모든 것을 털어놓겠다고 마음먹었다. 나는 '내가 허버트가 있는 카이로로 당장에 가지 못하는 이유도 그에게 털어놓아야지'라고 결심했다.

결심을 하자 마음이 가벼워졌다. 월요일 아침 나는 상쾌한 기분으로 자리에서 일어났다. 나는 조를 보자마자 모든 걸 다 털어놓으리라는 결의로 가득 차 있었다. 나는 아침 식사 전에 그에게 이야기를 하겠다고 마음먹고 즉시 그의 방으로 갔다.

그러나 그는 그곳에 없었다. 조만 그곳에 없었던 것이 아니라 그의 짐 상자도 없었다. 나는 서둘러 식탁으로 가보았다. 그리고 그 위에서 편지 한 장을 발견했다. 편지에는 아주 짧은 글이 적혀 있었다.


사랑하는 핍, 네가 다시 건강을 되찾았고 이제 나 없이
도 잘해나갈 수 있을 테니, 방해하고 싶지 않아서 나는

그만 떠난다.

조

추신: 너의 영원한 최고 친구가


봉투 속에는 내가 지고 있던 빚을 갚은 영수증이 함께 들어
있었다. 그 순간까지도 나는 내가 건강을 완전히 회복될 때까
지 채무청구소송이 유보되어 구류를 면하고 있다는 어리석은
생각을 하고 있었다. 조가 그 돈을 이미 갚아주었으리라는 생
각은 꿈에도 하지 않고 있었다. 그런데 조가 그 돈을 갚아준
것이다!

이제 내게 남은 일이 뭐가 있었겠는가? 한시바삐 조에게
달려가는 일만 남아 있었다. 옛날 그 대장간으로 그를 찾아가
내 속마음을 털어놓고 그에게 참회하는 일 외에 무슨 일이 남
아 있겠는가? 그리고 아직 내 마음속에 남아 있는 두 번째 과
제, 시간이 흐를수록 점점 더 나의 확실한 목표가 되어가고 있
는 그 두 번째 과제를 실천하는 일 외에 뭐가 남아 있겠는가?

이제 그 과제가 무엇인지 털어놓기로 하자.

그것은 바로 비디에게 돌아가겠다는 것이었다. 그녀에게 내가 얼마나 지난 일을 뉘우치고 있는지 고백하고, 내가 모든 것을 다 잃었다는 것을 고백하는 것이었다. 나는 그녀에게 이렇게 말할 작정이었다.

'비디, 나는 한때 네가 나를 꽤 좋아했다고 생각해. 네가 길을 잃고 헤매던 나를 용서해주고 그때의 절반만큼이라도 나를 좋아해줄 수 있다면! 나를 돌아온 어린아이처럼 받아들여줄 수 있다면! 그러면 나도 네게 조금이라도 가치 있는 존재가 되려고 노력할 거야.

비디, 앞으로 내가 조의 대장간에서 일을 하게 될지, 아니면 그곳에서 뭔가 다른 일을 하게 될지 혹은 먼 외국으로 너와 함께 떠나게 될지 아직 아무것도 몰라. 그건 모두 네 결정에 달려 있어. 사랑하는 비디, 네가 나와 함께 이 세상을 헤쳐 나가겠다고, 함께 이 세상을 더 낫게 만들려고 노력하겠다고, 그리고 나를 좀 더 나은 사람으로 만들겠다고 지금 내게 말해준다면, 나도 너를 위해, 그리고 이 세상을 더 좋은 세상으로 만들기 위해 열심히 노력할 거야.'

나는 사흘 뒤 곧바로 정다운 고향으로 내려갔다.

제3부

**337**

내가 철저하게 몰락했다는 소문은 이미 고향 마을과 인근 지역에 다 퍼져 있었다. 그런 고향에 내려가서 내가 사람들에게 어떤 대접을 받았는지는 자세하게 말하고 싶지 않다. 나는 이미 그 모든 것을 각오하고 있었고 감수할 준비가 되어 있었으니까.

어쨌든 그중에서도 가관인 것은 펌블추크 씨의 태도였다. 고향에 도착한 다음 날, 아침 식사를 위해 보어 호텔 식당으로 내려갔을 때 펌블추크 씨가 호텔 주인과 이야기를 나누고 있었다. 그는 나를 기다리고 있었는지 나를 보자마자 내게 다가와서 말했다.

"젊은이, 이토록 몰락한 자네 모습을 보게 되다니 유감이 군. 이제까지 자네에게 온갖 은혜를 베푼 내게 배은망덕한 짓을 하고 흥청망청 지내더니…… 어이구, 얼굴도 말이 아니군. 내가 돌봐줄 때는 그렇게 포동포동하더니 이제 뼈만 남았잖아! 자업자득이지."

나는 그가 아주 긴 시간에 걸쳐 떠벌린 이야기들을 정말로 뼈대만 간추려서 소개한 것이다. 그는 시종일관 자신이 내게 얼마나 큰 은혜를 베풀었으며 내가 얼마나 배은망덕한 놈인지 주위 사람들을 돌아보며 열변을 토했다. 나는 꾹꾹 참으면서 겨우 아침 식사를 마쳤다.

하지만 펌블추크 씨의 그런 행태를 보고도 나는 별로 기분이 나쁘지 않았다. 어찌 보면 펌블추크 씨는 내게 큰 선물을 한 셈이었다. 그 뻔뻔스러운 철면피 위선자와 비교해보니 비디와 조가 얼마나 너그럽고 큰 사람인지 새삼 크게 느낄 수 있게 해준 것이었다. 펌블추크 씨 덕분에 그들은 더욱 빛나는 존재가 되었고, 더욱 즐겁고 기쁜 마음으로 그들에게 갈 수 있었다. 그들에게 가까이 가면 갈수록 내 마음은 점점 평온해졌으며 내 속에 들어있던 오만과 거짓은 점점 더 멀어지는 것 같았다.

6월의 날씨는 상쾌했다. 하늘은 푸르렀으며 종달새들은 초록색 밀밭 위를 힘차게 날아오르고 있었다. 나는 이곳에서 자랐지만 내 고향 풍경이 이렇게 아름답고 평화롭게 느껴진 것은 처음이었다. 이제까지 내가 보았던 그 어느 풍경보다도 아름다웠다. 나는 지혜로 내 앞길을 이끌어줄 반려자, 그녀가 새롭게 변모시킬 내 모습들을 상상하며 감동에 젖어 길을 걸었다. 마치 긴 방랑 생활을 마치고 맨발로 힘겹게 집으로 돌아가는 것 같았다.

이윽고 대장간이 가까워졌다. 나는 조의 망치질 소리를 듣기 위해 귀를 기울였다. 하지만 아무리 대장간에 가까이 가도 망치질 소리는 들리지 않았다. 모든 것이 정적에 싸여 있었다. 대장간도 닫혀 있었다. 불빛도 없었고 쏟아지는 불꽃도 없었으며 풀무질 소리도 들리지 않았다. 모든 게 닫혀 있었고 온통 정적만이 감돌았다.

나는 집 쪽으로 향했다. 응접실에 흰 커튼이 나부끼고 있었다. 창문은 열려 있었고 화사한 꽃들이 창문에 장식되어 있었다. 나는 안을 들여다보려고 조용히 그 방을 향해 다가갔다. 그런데, 그런데, 창문으로 다가가기도 전에 조와 비디가 팔짱을 낀 채 내 앞에 서 있었다.

나를 본 비디는 처음에는 유령이라도 본 것처럼 비명을 질렀다. 하지만 곧바로 내 품에 안겼다. 나는 그녀를 보고 울었고 그녀도 나를 보고 울었다. 그녀가 너무 상큼하고 즐거워 보여서 나는 울었다. 그녀는 내가 너무 초췌하고 창백해 보여서 울었다.

"세상에 비디, 정말 멋지구나!"

"그래, 핍?"

"조, 조도 정말 멋있어."

"그렇지? 친애하는 내 친구, 핍!"

나는 두 사람을 번갈아 바라보았다.

그런데 곧바로 비디가 명랑하게 말했다.

"오늘이 내 결혼식 날이란다. 나는 조와 결혼했어!"

그들은 나를 부엌으로 데려갔다. 나는 옛날 그 나무 탁자 위에 머리를 기댔다. 그러자 조가 조금은 걱정스러운 표정으로 말했다.

"이 친구가 그런 놀라운 소식을 견디기에는 아직 체력이 회복되지 않았나봐, 비디."

"제가 그 생각을 했어야 했는데요. 하지만 사랑하는 조, 난 너무 행복해서 그만……."

두 사람 모두 나를 보고 어찌나 기뻐하고 즐거워하는지 내가 꼭 그들의 결혼식 날을 마련해주기 위해 온 것 같았다.

내게 제일 먼저 든 생각이 무엇이었을까? 다행이라는 생각이었다. 이렇게 좌절되어버린 내 소망을 조에게 발설하지 않은 게 얼마나 천만다행인가! 그가 만약 한 시간만 나와 더 있었더라도 그는 내 소망을 알게 되었을 것이다. 오오, 그렇게 되었다면 그 얼마나 돌이킬 수 없는 일이었겠는가!

나는 진심으로 그들을 축복해주었다.

"사랑하는 비디. 세상에서 제일 훌륭한 남편을 얻었구나. 조는 정말로, 정말로……. 그리고 조, 조도 세상에서 가장 훌륭한 아내를 얻었어. 비디는 조가 마땅히 받아야 할 행복을 갖다 줄 거야. 조, 정말 사랑하는 조. 너무 선량하고 고결한 조!"

조는 입술을 떨며 나를 바라보았다. 그리고 자주 눈가에 옷소매를 갖다 댔다.

"조, 그리고 비디, 두 사람이 이미 교회에 다녀왔고, 서로 긍휼히 여기고 사랑하게 되었으니 이제 두 사람 모두에게 말할게. 두 사람이 이제까지 해준 일들, 내가 변변히 보답도 못한 일들에 대한 내 감사의 마음을 받아줘. 조, 비디, 내가 곧 해외로 나갈 예정이라서 한 시간 내로 떠나야 한다고 해도 나를 용서해줘. 두 사람이 나를 감옥에 보내지 않기 위해 쓴 돈을 내가 열심히 일해서 두 사람에게 보내기 전까지는 내 마음이 편치 않을 거라는 걸 알아줘. 사랑하는 조, 그리고 비디, 내가 그 돈의 천 배를 갚는다 하더라도 단 한 푼도 갚은 것 같은 생각이 안 들 거야. 내가 그런 생각을 할 놈이라고는 생각하지 말아줘."

그들은 내 말에 감동해서 더 이상 아무 말 말아달라고 간청했다.

"하지만 더 해줄 말이 있어. 사랑하는 조, 부디 예쁜 아이들을 가져. 그 꼬마가 이 난롯가에 앉아 조에게 사라진 꼬마 애를 기억나게 해주면 좋겠어. 조, 그 아이에게 사라진 꼬마가 배은망덕했다는 이야기는 하지 말아줘. 비디, 그 아이에게 그 꼬마가 옹졸하고 잘못된 아이였다는 얘기는 하지 말아줘. 그 꼬마는 너무나 착하고 진실한 두 사람을 정말 존경했다는 이야기만 해줘. 그리고 두 사람의 아이니까, 사라진 그 꼬마보다는 훨씬 더 훌륭한 사람이 되는 게 당연하다고 이야기해줘."

조가 말했다.

"나는 그 아이에게 그런 얘기는 절대로 안 할 거다. 비디도 안 할 거야. 아니, 누구도 그런 이야기는 하지 않을 거야."

"두 사람의 따뜻한 마음은 내가 잘 알아. 하지만 두 사람 모두 직접 내게 말해줘. 나를 용서한다고! 부디 두 사람이 그 말하는 걸 듣게 해줘. 나는 내가 들은 그 용서의 말을 내 속에 지니고 열심히 살아갈 수 있을 거야."

그러자 조가 말했다.

"오, 친애하는 핍, 내 친구. 혹시 내가 자네에게 뭔가 용서할
게 있다면 이미 그렇게 했다는 걸 하느님은 아실 거네."

"아멘, 나 역시 그렇다는 걸 하느님께서 아실 거야." 비디가
그대로 따라했다.

나는 옛 내 방으로 올라가서 잠시 쉰 뒤, 그들과 함께 식사
를 하고 길을 떠났다. 이정표 있는 곳까지 둘이 따라와주었고
우리는 작별 인사를 했다.


나는 내가 가진 모든 것들을 팔아서 돈으로 챙긴 후 해외로
나가 허버트와 합류했다. 내게는 아직 빚이 많이 있었다. 채권
자들은 다행히 내게 빚을 갚기까지 넉넉한 시간을 주었다. 나
는 두 달 안에 클래리커 상사의 사무직원이 되었고 넉 달 안
에 단독 업무를 맡게 되었다. 그리고 그사이 풀 지역 위층에서
끊임없이 발을 쿵쾅거리며 으르렁거리던 소리가 들리지 않게
되었고 허버트와 클라라는 결혼식을 올렸다.

여러 해가 흘렀다. 나는 마침내 클래리커 상사의 동업자 지

위에 올랐다. 나는 빚을 다 갚았고 비디, 조와는 계속 편지를 주고받았다. 내가 회사에서 세 번째 지위에 오르자 비로소 클래리커는 허버트에게 나에 관한 비밀을 털어놓았다. 동업자로서 그런 비밀을 계속 간직하고 있는 게 양심에 찔렸기 때문이라고 했다. 허버트는 감동했다.

나는 우리 회사가 큰 성공을 거두어 거대한 상사가 되었다거나, 떼돈을 벌었다는 식의 상상을 여러분이 하도록 내버려두지는 않겠다. 우리는 거창한 사업을 벌인 것은 아니었지만 제법 좋은 평판을 받고 있었다. 허버트는 언제나 밝고 근면했으며 유능했다. 그런 그를 한때 내가 왜 무능하다고 생각했는지 의아할 정도였다.

그러다가 나는 문득 깨달았다. 그가 실제로 무능했던 것이 아니라 그 무능함은 바로 그때 내 속에 존재했던 것이다.

# 에필로그

 11년의 세월이 흘렀다. 그동안 나는 조도 비디도 직접 만나지 못했다. 내가 계속 외국에 있었기 때문이었다. 나는 편지를 주고받으며 상상 속에서 그들을 만났다.

 그러던 어느 해 12월 저녁이었다. 나는 그리운 옛 부엌 빗장에 손을 살포시 올려놓고 있었다. 나는 아무도 소리를 듣지 못하게 조심조심 빗장을 열었다. 그리고 몰래 안을 들여다보았다. 부엌 난롯가의 옛 자리에 머리가 약간 세긴 했지만 여전히 힘차고 든든한 모습의 조가 파이프를 입에 물고 앉아 있었다. 그리고 그 안쪽, 내 작은 걸상 위에 바로 내가 앉아 있는 것이 아닌가!

내가 그 또 다른 나의 아이 곁 의자에 앉자 조가 말했다.

"이보게, 친애하는 친구! 우린 자네를 위해 이 아이에게 자네 이름을 주었네. 우리는 이 애가 자네처럼 자라기를 바라고 있어. 실제로 그렇게 되고 있다네."

내 생각도 그랬다.

그날 저녁, 비디는 내게 결혼을 해야 된다고 말했다. 허버트와 클라라도 늘 하던 말이었다. 내가 그녀에게 대답했다.

"난 결혼할 것 같지 않아. 난 허버트와 클라라 집에서 너무 편하게 살고 있어. 난 이미 노총각이야."

비디가 내 손을 잡았다. 결혼반지가 내 손을 눌렀고 그 안에는 꽤 많은 느낌이 들어있는 것 같았다.

"핍, 넌 아직 그 여자 때문에 애를 끓이고 있구나? 맞지?"

"오, 아니야. 그건 절대로 아니야."

"그럼 옛 친구로서 솔직히 말해봐. 그 여자를 깨끗이 잊은 거야?"

"사랑하는 비디, 내 인생에서 깨끗이 잊은 건 아무것도 없어. 하지만 내 가련한 꿈은 깨끗이 사라졌어. 그래, 아주 깨끗이 사라졌어."

하지만 말은 그렇게 하면서도 나는 그날 저녁, 지금은 거의 흔적만 남은 미스 해비셤의 부지를 찾아가려는 생각을 하고 있었다. 그렇다. 그것은 에스텔라를 위해서였다.

나는 그녀가 몹시 불행한 삶을 살았다는 이야기를 듣고 있었다. 그녀 남편이 그녀를 잔인하게 학대했고 그녀는 그와 헤어졌다는 이야기를 들었다. 게다가 그가 말을 타다가 사고로 죽었다는 이야기도 들었다.

조의 집에서 이른 저녁 식사를 하고 나는 천천히 옛 미스 해비셤 부지로 향했다. 이제 정원 담장만 남아 있을 뿐 양조장을 비롯해 모든 건물들은 사라지고 없었다. 텅 빈 공터에는 대충 경계를 표시하는 울타리가 쳐져 있을 뿐이었다. 나는 울타리 한쪽 문이 조금 열려 있는 것을 발견하고 문을 열고 안으로 들어갔다.

그날 저녁 차가운 안개가 끼어 있었다. 안개 너머로는 별들이 빛나고 있었고 달이 막 모습을 드러내려 하고 있었다. 나는 그 옛날 내 추억이 서린 곳들을 서서히 둘러보았다. 그리고 옛날의 쓸쓸한 정원 산책로로 눈길을 돌렸다.

그런데 그때였다. 거기 홀로 사람 한 명이 서 있는 것이 보였다. 내가 다가가자 그 사람도 나를 주시하고 있음을 알 수 있었다. 그 사람도 내 쪽으로 다가오다가 걸음을 멈추었다. 더 가까이 가보니 여자라는 것을 알 수 있었다. 그녀가 나를 알아보자 깜짝 놀라 비틀거리더니 내 이름을 입 밖에 냈다. 나는 큰 소리로 외쳤다.

"에스텔라!"

그렇다 그녀였다. 그녀는 대뜸 내게 말했다.

"나, 많이 변했어. 어떻게 그렇게 대뜸 알아보지?"

그녀 말대로 풋풋한 아름다움은 사라지고 없었다. 하지만 그녀는 여전히 매력적이었다. 거기다 내가 예전에는 결코 볼 수 없었던 부드러움이 눈가에 맴돌고 있었고 그녀의 몸짓에 정겨움이 깃들어 있었다. 내가 그녀의 손을 잡자 나는 그 정겨움을 더욱 확실하게 느낄 수 있었다.

우리는 근처의 벤치에 앉았다. 내가 먼저 입을 열었다.

"정말 신기해. 오랜 세월이 지난 후에 우연히 우리 둘이 여기서 이렇게 만났다는 게. 그것도 우리가 처음 만났던 이곳에서. 이곳에 종종 와봤어?"

"그동안 한 번도 와본 적이 없었어."

"나도 처음이야."

달이 떠오르기 시작하고 있었다. 나는 세상을 떠난 매그위치가 하얀 천장을 바라보며 지었던 평온한 표정을 생각했다. 그리고 내가 그에게 마지막 해준 말에 내 손을 지그시 누르던 그의 손길을 생각했다.

우리는 잠시 말없이 있었다. 그녀가 먼저 침묵을 깼다.

"너무나도 자주 돌아오고 싶었어. 하지만 그때마다 올 수 없는 사정들이 생겼어. 오, 불쌍한 내 집!"

떠오르는 달의 빛살들이 그녀의 눈에서 떨어지는 눈물 위에서 빛났다. 그녀가 눈물을 참으려고 애쓰며 말을 계속했다.

"왜 이곳이 이런 꼴이 됐는지 궁금하지? 집 부지는 아직 내 소유야. 그건 내가 끝까지 양도하지 않았어. 그 외의 재산들은 모두 조금씩 내 손을 떠났어. 하지만 흔들리지 않은 채 이것만은 꿋꿋하게 지켜왔어."

"다시 건물을 세울 거야?'

"그렇게 되겠지. 새 건물이 들어서고 모습이 변하기 전에 집터와 작별 인사를 하려고 온 거야. 그런데 너는? 넌 여전히 외국에 있니?"

"그래. 열심히 일하며 살고 있어. 잘해나가고 있어."

그녀가 잠시 뜸을 들이더니 말했다.

"종종 너를 생각했어."

"그래?"

"최근에는 아주 자주. 그 가치도 모르는 채 내가 버린 것들, 그것들을 까맣게 떼어놓고 지낸 세월이 있었지. 하지만 그걸 기억하는 게 바로 내 본분이라는 걸 알게 된 순간부터 내 가슴속으로 그것들이 다시 들어오기 시작했어."

"넌 늘 내 가슴속에 자리를 차지하고 있었어." 내가 그녀에게 대답했다.

"나는 이곳과 작별하면서 너와도 작별 인사를 하게 될 줄은 꿈에도 생각하지 못했어. 그런데 너와 여기서 작별 인사를 할 수 있게 되어서 너무 기뻐."

"에스텔라, 나와 작별하는 게 기쁘다고? 내겐 고통스러운 일인데. 나는 너와의 마지막 작별을 기억할 때마다 늘 슬프고 고통스러웠어."

"넌 그때 말했잖니. 하느님께서 나를 축복해주시고 용서해

주시길 바란다고. 그때도 그렇게 말했으니 지금도 그렇게 말
해줄 수 있겠지? 나는 고통을 통해 많은 가르침을 얻었어. 그
고통을 통해 그때 네 심정이 어떠했는지도 이해할 수 있게 되
었어. 지금 내게 다시 그 이야기를 해줘. 그러면 내게 정말 큰
힘이 될 거야. 나는 휘어지고 부러졌어. 하지만 그때보다 나은
모습이었으면 해. 부디 옛날처럼 착한 마음으로 나를 대해줘.
옛날처럼 깊은 마음으로 나를 헤아려줘. 그리고 우리는 친구
라고 말해줘."

그녀가 벤치에서 몸을 일으켰다. 나도 일어나며 그녀에게
몸을 숙이고 말했다.

"우리는 친구야."

그러자 그녀가 말했다.

"아무리 떨어져 살아도 계속 친구일 거고."

나는 그녀의 손을 잡았다. 우리는 그 폐허에서 나왔다. 옛날
내가 처음 대장간을 떠나던 날 그랬던 것처럼 안개가 피어올
랐다가 걷히고 있었다. 걷혀가는 안개 속에서 교교한 달빛이
멀리까지 뻗어나가고 있었다. 그 달빛 속에는 그녀와의 그 어
떤 이별의 그림자도 없었다.

## 『위대한 유산』을 찾아서

　여러분 복권을 사본 적이 있는가? 많은 사람들이 그렇다고 대답할 것이다. 나도 우연히 복권 판매소가 눈에 띄면 약간 망설이다가 사본 경험이 꽤 있다. '일확천금'이라는 단어는 일반적으로 좋은 대접을 받지 못하지만 사실상 일확천금의 꿈은 누구나 꾼다. 사람이라면 누구나 더 나은 삶을 꿈꾸기 때문이다. 지금의 처지에 만족하지 못하는 게 인간이기 때문이다. 더 나은 삶을 향한 꿈, 그 꿈이 부작용을 낳기도 하지만 사람과 세상을 변화시키는 동력이 되기도 한다.

　'더 나은 삶', 좋은 말이다. 한세상 태어났으면 '더 나은 삶'을 꿈꾸며 사는 건 당연하다. 그런데 도대체 어떤 게 진짜 '더 나은 삶'일까? 돈벼락을 맞고 부자가 되는 것? 그리하여 이전에는 감히 엄두도 못 내던 호사를 누리는 것? 전에는 감히 쳐다보지도 못하던 신분의 사람들과 어울리는 것?

모두 좋은 일이다. 우리는 그런 꿈이 이루어지는 동화를 많이 알고 있다. 그중 대표적인 것이 바로 『신데렐라』다. 어릴 때 우리가 『소공녀』 『소공자』라는 동화에 흠뻑 빠져들었던 것도 우리들 속에 '신데렐라의 꿈'이 들어 있기 때문이다. 그 꿈이 점점 커져서 날개를 펴면, 지금의 '나'가 진짜 '나'가 아닐 거야, 내가 있어야 할 곳은 '지금 여기'가 아닐 거야, 라는 생각을 하는 데까지 이른다. 좀 점잖은 표현을 쓰면 '자기 정체성 부정'이다. 너무 그런 꿈에만 젖어 사는 것도 문제지만 아예 그런 꿈조차 없는 삶은 더없이 삭막할 수도 있다.

『위대한 유산』의 주인공 핍은 그런 의미에서 신데렐라다. 대장장이가 될 수밖에 없는 주어진 운명에서 벗어나 신사가 되겠다는 꿈을 이룬 주인공이다. 게다가 그에게는 그럴 자격도 충분히 있다. 어릴 때 굶주린 탈옥수에게 먹을 것, 마실 것을 갖다 준 선행의 보상으로 행운을 얻은 것이니 흠잡을 것도 없다. 흥부가 제비다리 고쳐주고 팔자를 고친 것과 너무나 비슷하다.

그런데 핍은 흥부와는 달리 자신의 꿈을 이룬 세계에서 그야말로 새로운 삶, 행복한 삶을 누리지 못한다. 거꾸로 가끔 죄의식에 사로잡히기도 한다. 왜일까? 간단하게 말하자. 그가 꿈꾸었던 더 나은 삶이 실은 더 나아진 삶이 아니라 타락한 삶이었기 때문이다. 자신은 더 나은 삶을 살고 있다고 믿었지만 실은 진정으로 중요한 덕목, 가치들을 버리고, 진정으로 소중한 사람들을 배신하고 누리는 삶이었기 때문이다. 결국 그가 누리게 된 것은 '더 나은 삶'이 아니라 '더 못한 삶'이었던 셈이다. 그리고 문득문득 그는 그것을 의식하고 죄의식을 느낀다.

어쩌다 그런 일이 벌어졌던 것일까? 그것을 알아보려면 작품의 핵심적인 단어의 하나인 '신사(gentleman)'가 도대체 무엇을 의미하는지 알아볼 필요가 있다. 공부하는 셈 치고 조금 살펴보기로 하자.

우리는 교양도 있고 예의범절도 바르며 사리분별이 확실한 사람을 보면, '그 사람 참 신사야'라고 말한다. 물론 '그 사람 참 신사야'라는 말 속에는 그 사람의 도덕성과 인격에 대한 평가도 포함되어 있다. 겉모습만 번지르르하거나 돈만 많다고 우리는 그 사람을 신사라고 부르지 않는다.

19세기 영국 빅토리아 시대에 만들어진 '신사'라는 용어는 바로 그런 내적 덕목을 갖춘 이상적인 사람을 지칭하는 용어였다. 프랑스에도 영국의 신사와 비슷한 개념이 있었다. 바로 17세기 고전주의 시대의 '신사(honnête homme)'라는 개념이다. 그러나 17세기 프랑스 고전주의 시대의 '신사'는 영국 빅토리아 시대의 '신사'와는 많이 다르다. 17세기 프랑스의 신사는 귀족계급들이 이상적으로 생각한 인간형이었다. 물론 프랑스 고전주의자들은 그 이상적 인간형을 모든 인간들이 본받고 따라야 할 인간형이라고 믿었지만, 어쨌든 그들은 귀족이었다.

하지만 19세기 영국의 신사는 귀족이 아니라 부르주아 계급이 만든 이상형이었다. 19세기에 이르러 사회의 주역이 귀족에서 부르주아로 바뀌면서 부르주아 계급이 바람직한 자신들의 정체성을 확보하기 위하여 만든 개념이 바로 '신사'였던 것이다. 신사라는 개념은 과거 귀족 계급들이 지니고 있던 자질에 부르주아의 새로운 덕목을 합쳐서 만들어졌다고 보면 된다. 그 부르주아 계급의 가장 중요한 덕목 중의 하나가 바로 성실과 근면이다.

이쯤 되면 우리는 『위대한 유산』에 나오는 신사들이 본래 지향했던 모습과 얼마나 다른지 금방 알 수 있다. 『위대한 유산』의 신사들에는 귀족들이 지향했던 고결함, 부르주아의 덕목이었던 근면함은 사라진 채, 그들의 악덕만 고스란히 남아 있다. 그들에게는 귀족의 사치와 낭비, 부르주아의 속물근성만이 남아 있을 뿐이다. 결국 신사의 기준이 내적인 인간적 성숙은 무시한 채 겉으로 드러나 보이는 재산과 신분, 외양으로 바뀌어버린 것이다. 정신적인 가치는 사라지고 오로지 물질적인 것이 기준이 되면서 벌어진 일이다.

거액의 유산을 물려받고 신사가 되려는 꿈을 실현한 핍이 보여주는 모습은 바로 그 타락한 신사의 모습이다. 그는 거액의 유산을 상속받았다는 그 사실만으로 자신을 우월한 존재라고 생각하기 시작한다. 돈이 자신을 더 나은 존재로 만들어주었다고 생각한다. 그리고 그는 그가 속해 있던 사회의 사람들, 즉 고향 사람들을 천하고 불쌍하게 여긴다.

그는 그토록 다정하게 지냈던 조가 런던으로 찾아오자, 그의 행동과 말투를 부끄러워하며 그를 냉대한다. 더욱이 고향에 내려가서도 조의 집에 머물지 않는다. 그는 아무런 목적 없이 사교계를 드나들면서 그저 사치와 낭비를 일삼는다. 꼭 복권 당첨이 지상의 목표였던 사람이 복권에 당첨된 것과 같다. 그는 과거의 순진함과 소박함, 진실성을 상실한 채 외양만 중시하는 속물이 되어버린 것이다. 매그위치가 자신에게 은혜를 베푼 사람이라는 것을 알고도 그에게 감사해하기는커녕 혐오감을 느끼는 것은 역시 매그위치의 신분과 외모 때문이다.

한마디로 말하자. 그는 꿈을 이루었다고 말하면서 사실은 꿈을 꿀 가능성을 아예 잃은 것이다. 무슨 가능성을 잃은 것인가? 인간적으로 더 성숙한 사람이 될 수 있는, 더 훌륭한 사람이 될 수 있는 가능성을 잃은 것이다.

꿈을 이루었다고 생각하면서 실은 꿈을 잃은 속물이 되어버린 핍의 모습! 가슴 아프지만 그게 바로 오늘날 우리들의 모습이라는 걸 인정하지 않을 수 없다. 여러분, 여러분은 과연 꿈을 꾸고 있는가? 그렇다고 대답할 사람이 많을 것이다. 그러나 그 꿈의 내용은? 내가 수십 년 대학에서 들은 학생들의 꿈은 지극히 현실적인 경우가 대부분이었다. 어떤 사람이 되고 싶다는 꿈보다는 무엇이 되고 싶다는 꿈이 대부분이었다.

그 꿈이 쓸모없다고 말하는 게 아니다. 그것만이 진짜 꿈이라고 생각하는 게 문제라는 말을 하고 싶을 뿐이다. 돈과 출세는 사람을 신사로 만들어주지 않는다. 겉모습만 신사로 만들어줄 뿐이다. 신사가 된다는 건 겉만 신사가 된다는 걸 뜻하지 않는다. 신사라는 이름에 걸맞은 사람이 되는 것을 의미한다. 돈과 출세는 그 자체가 목적은 아니다. 이름에 걸맞은 신사가 되기 위한 수단일 뿐이다. 그 수단을 목적으로 착각하는 것은 달을 가리키는데 손가락만 보는 것과 같다.

『위대한 유산』의 핍은 나중에는 손가락 너머 달을 보는 데 성공한다. 진정으로 더 나은 삶이 무엇인지 알고 그것을 꿈꾸는 사람이 된다. 그런데 역설적이게도 자신이 꿈꾸었던 것을 모두 잃은 다음에 그는 진정한 꿈을 갖게 된다. 그리고 그 물질적인 꿈속에 빠져서 냉대했던 것, 하찮게 여겼던 것들의 가치를 재발견한다. 그리고 그런 사람이 되는 것이 그의 목표이자 꿈으로 바뀐다. 그런 덕목들을 실천하면서 사는 사람으로 바뀐다. 그렇다고 그가 과거로 되돌아가는 것은 아니다. 비록 허울뿐이었지만 그는 신사가 되었던 사람이다. 그는 다시 대장장이로 돌아갈 수 없다. 핍은 비디가 진정한 자신의 반려자였음을 깨닫고 평생 함께해달라고 고백하려고 마음먹는다. 하지만 비디는 이제 그의 여자가 될 수 없다. 그녀는 조에게 어울리는 여자이다.

그곳은 이미 그가 속한 세상이 아니다. 그러나 그는 다른 곳, 다른 방향에서 '더 나은 삶'을 살기 위해 노력하고 '더 나은 삶'을 산다. 신사가 되기 위해 노력한다는 것이 아니라 '신사다운 사람'으로 살기 위해 노력한다는 말이다. '더 나은 삶'은 대장장이에서 신사로의 변신에 의해 이루어지는 게 아니라 허울뿐인 신사에서 신사다운 신사가 되려는 노력 자체에 의해 가능해진다. 그 변모는 역설적이게도 그토록 혐오하던 매그위치가 자신보다 훌륭한 사람이라는 깨달음에 의해서 가능해지며 대장장이인 조가 지닌 인간성, 도덕성, 인격에 감동하면서 가능해진다. 그런 의미에서 조는 언제나 '더 나은 삶'을 지향하면서 살던 사람이며, 진정한 의미에서 그의 스승이다. 핍은 조에게서 사람이 지향해야 할 고결한 인간성을 본다. 고결한 인간은 언제나 그 누구에게나 스승이 될 수 있다.

여러분은 은근히 핍이 재산을 다 잃어버리지 않기를 바라면서 이 책을 읽었는가? 그가 물질적 풍요를 여전히 누리면서 좋은 사람이 되기를 은근히 바라면서 이 책을 읽었는가? 아마 그런 사람이 많을 것이다. 실은 나도 그런 사람 중의 하나다. 그렇더라도 그건 우리 잘못이 아니다. 우리들은 모두 물질적 가치에 너무 함몰된 세상에 살고 있기 때문이다. 조를 미련하다며 부끄러워하고 비웃는 세상에 살고 있기 때문이다.

하지만 만일 핍이 자신의 과거를 진정으로 뉘우치는 것을 보고, 조와 비디의 결혼을 축복해주고 어려운 제 길을 가게 되는 것을 보고, 여러분의 가슴이 뜨거워지며 속으로 박수를 보냈다면 여러분은 이미 핍과 함께 '더 나은 삶'을 향한 길에 나설 준비가 된 셈이라고 나는 감히 말할 수 있다. 우리는 그가 모든 것을 다 잃은 것을 안타까워하면서도 그가 깨달음을 얻는 장면에서는 박수를 치고 눈물을 흘린다. 우리 마음속 깊은 곳에 그런 근본적 '선함'이 숨어 있기 때문이다.

찰스 디킨스가 48세 되던 해인 1860년 12월부터 이듬해 8월까지 주간지인 『연중 일지』에 연재되었던 『위대한 유산』

은 출간 당시부터 큰 인기를 얻었으며 찰스 디킨스의 가장 성공작으로 꼽히고 있다. 이 작품은 20여 차례 이상 영화와 텔레비전 드라마로 제작되어 큰 인기를 끌었으며 21세기에 들어와서도 여전히 사람들의 사랑을 받고 있다. 이 작품의 무대는 19세기 빅토리아 시대의 영국이지만, 이 소설속의 인물들, 그들의 행동, 그들 간의 갈등은 지금 우리에게도 너무 친근하기에 가능한 일이다. 우리는 그때보다 더 속물화된 세상에 살고 있으며, 바로 그 때문에 진정으로 '위대한 유산', 즉 물질적 유산이 아니라 정신적 유산, 도덕적 유산을 그리워하고 그것에 감동을 받을 준비가 되어 있기 때문이다.

1812년 영국 남부 포츠머스에서 태어난 찰스 디킨스는 가장 영국적인 작가다. 영국인들이 가장 존경하는 작가는 셰익스피어이고 가장 사랑하는 작가는 찰스 디킨스라고 흔히들 말한다. 찰스 디킨스가 영국인들이 가장 공감하는 이야기를 썼기에 듣는 찬사일 것이다. 찰스 디킨스는 그가 작가로 활동하던 19세기에도 가장 성공한 작가 중 한 명으로 꼽혔고 20세기에도 전 세계 독자들에게 가장 많은 사랑을 받은 작가 중

한 명이며 21세기에 들어서서도 그의 소설을 향한 독자들의 사랑은 식지 않고 있다.

　이유는 간단하다. 그의 소설이 재미있기 때문이다. 교훈을 전하는 소설을 쓰더라도 감동과 재미로 읽는 이를 빨아들이기 때문이다. 가장 널리 알려진 그의 작품 중의 하나인 『크리스마스 캐럴』을 생각해보면 금방 고개를 끄덕일 수 있을 것이다. 소설이란 궁극적으로 재미있는 이야기라는 사실을 그가 절대로 잊지 않았기에 가능한 일이다.

　그의 소설이 오랫동안 널리 사랑받는 또 하나의 이유는 그의 소설 속 이야기가 우리 주변에서 흔히 있을 수 있는 일들로 이루어져 있기 때문이다. 그의 소설에서 사랑을 이야기하더라도 현실과 동떨어진 사랑 이야기가 아니라 현실 속에서 흔히 이루어지는 사랑 이야기가 나올 뿐이다. 그래서 그의 소설을 사실주의 소설이라고들 말한다. 하지만 그의 사실주의는 철저히 영국적 사실주의다. 즉 프랑스의 사실주의와는 아주 다르다. 같은 사실주의면서 둘이 어떻게 다른지 잠깐 공부 좀 하자.

　프랑스 사실주의는 있는 현실을 객관적으로 묘사하는 것을 목표로 삼았다. 심지어 플로베르 같은 작가는 인칭이 없는 소설을 쓰려고까지 했다. 프랑스 사실주의는 객관적 묘사를 목표로 했기에 '나'를 아예 지워버리려는 노력을 하는 데까지 간 것이다. 하지만 영국의 사실주의는 다르다. 있는 현실을 객관적으로 묘사하는 게 목적이 아니라, 내가 경험한 현실을 있는 그대로 묘사하는 것이 영국의 사실주의이다. 둘 다 주어진 현실에서 눈을 돌리지 않는 것은 같지만 프랑스 사실주의는 거리를 두고 관찰한 현실을 기록한다. 하지만 영국 사실주의는 현실에 뛰어들어 경험한 것을 기록한다. 영국이 경험주의 철학의 나라라는 것은 바로 그런 뜻이다. 그리고 찰스 디킨스의 소설들은 그런 영국식 사실주의를 대표한다.

25세 되던 해에 『올리버 트위스트』를 잡지에 연재하기 시작하여 큰 호평을 얻은 찰스 디킨스는 37세에 쓴 『데이비드 코퍼필드』 이외에도 『크리스마스 이야기』 『두 도시 이야기』 『위대한 유산』 『작은 도릿』 등 대작을 연달아 발표하며 큰 성공을 거둔다. 프랑스의 빅토르 위고와 함께 생존 시 대문호의 대접을 받은 대표적인 작가라고 할 수 있을 것이다. 소설 창작뿐만 아니라 사교계에서도 총아로 군림하던 그는 왕성함을 넘는 과도하게 역동적인 활동의 부작용 때문인지 1870년 6월 9일, 58세의 나이로 심장마비로 죽었다. 그는 웨스트민스터 사원, 시인묘지에 묻히는 영광을 누렸고 매년 수백만 명이 그의 묘지를 찾고 있다. 일체의 허례허식을 배제한 간소한 장례식을 원했으며 조용한 집 근처 교회에 묻어주길 원한 그였지만 그러기에는 그는 너무 유명하고 큰 사람이 되어 있었다.

# 『위대한 유산』 바칼로레아

**1** 작품의 주인공 핍은 더 나은 삶을 꿈꾸는 인물이다. 그렇다면 '더 나은 삶'이란 도대체 어떤 것일까? 돈벼락을 맞고 부자가 되는 것? 감히 넘보기 어렵던 신분을 획득하는 것? 핍은 그것을 이루었다가 한꺼번에 다 잃는다. 그리고 진짜 '더 나은 삶'이 무엇인지 깨닫는다. 여러분도 핍과 함께 진정으로 의미 있는 '더 나은 삶'이 어떤 것인지 깊이 생각해보라.

**2** 핍의 매형인 조는 핍의 가장 친한 친구이면서 겉보기에는 어눌하고 바보 같은 사람이다. 하지만 그는 '인간성, 도덕성, 인격'의 상징이기도 하다. 여러분이 너무 착해서, 너무 도덕

적이어서 사람들로부터 바보 취급을 받더라도 여러분은 여전히 착하고, 도덕적으로 살아갈 수 있겠는가?

# 위대한 유산

생각하는 힘: 진형준 교수의 세계문학컬렉션 30

| 펴낸날 | **초판 1쇄 2018년 2월 1일** |
|---|---|

| 지은이 | **찰스 디킨스** |
|---|---|
| 옮긴이 | **진형준** |
| 펴낸이 | **심만수** |
| 펴낸곳 | **(주)살림출판사** |
| 출판등록 | **1989년 11월 1일 제9-210호** |

| 주소 | **경기도 파주시 광인사길 30** |
|---|---|
| 전화 | **031-955-1350   팩스 031-624-1356** |
| 홈페이지 | **http://www.sallimbooks.com** |
| 이메일 | **book@sallimbooks.com** |

| ISBN | **978-89-522-3826-9 04800** |
|---|---|
| | **978-89-522-3842-9 04800 (세트)** |

이 도서의 국립중앙도서관 출판시도서목록(CIP)은 서지정보유통지원시스템 홈페이지
(http://seoji.nl.go.kr)와 국가자료공동목록시스템(http://www.nl.go.kr/kolisnet)에서
이용하실 수 있습니다.(CIP제어번호: CIP2017035130)

책임편집·교정교열 **오석하 이해옥**